四重奏

坂　元　裕　二　腳　本　書

坂元裕二

SAKAMOTO YUJI

contents

「據說人生會遇到三種坡道。上坡道，下坡道，（苦笑）沒想到」（真紀）

第1話

1　去年十月左右，在鬧區的一角（夜晚）

世吹雀（30歲）從背上將大型樂器盒卸下，取出有些許刮痕的大提琴。
坐在摺疊椅上，將大提琴抱在胸前。
手中拿著三角形包裝的咖啡牛奶，啜了一口。
想著該開始了，輕拍了下琴身，演奏起卡薩多的《大提琴無伴奏組曲》。
儘管過往行人並未駐足傾聽，小雀絲毫不受影響地繼續彈奏。

×××

演奏結束後的小雀，繼續喝她的咖啡牛奶。
擺在地上的大提琴盒裡只有大約三百圓的零錢。
正準備收拾，面前有隻手伸了過來，握著一張摺起來的萬圓鈔。
小雀將視線往上抬，看到了卷鏡子（66歲）。
小雀雖然覺得納悶，還是向對方點頭示意，打算將錢收下。

鏡子「世吹雀小姐對吧？」
鏡子有點緊張還有些許不安。
小雀「（帶著警戒，嘴裡咬著咖啡牛奶的吸管）……」
鏡子「我有份工作想委託給妳」
小雀「（點頭回應）如果是演奏的話，哪裡都……」
鏡子「不。」
鏡子用微顫的手在束口小物袋中搜了一會，拿出一張照片。
小雀看了一眼，是身著禮服、手持小提琴的女性（卷真紀）的半身照。
鏡子「要給妳的工作是和這個女性做朋友」
小雀「（覺得詭異，一邊吸著吸管）」

早已喝光的咖啡牛奶包裝就這樣被吸扁了。

2　現在，市內某高級公寓前（白天）

雷聲轟轟作響，天空下著傾盆大雨。

卷真紀（36歲）站在公寓入口前面。

手裡揣著樂器盒並用大衣護著。

一台廂型車駛來，正好停在門前，別府司（32歲）匆匆忙忙地下車。

他將副駕駛座的門打開，輕輕點頭致意。

司「小提琴沒濕吧？」

真紀將琴盒從大衣裡拿出來看了看。

真紀「沒濕（很小聲地回應）」

3　碓冰交流道

雨已經完全停了，廂型車正開在山路上。

司坐在駕駛座，真紀坐在副駕駛座上。

4　輕井澤車站前面

駛過輕井澤車站前的廂型車。

司「冬天的輕井澤也挺好的，只是一到十點，商店就都關了」

5　道路

車子開過商店街，經過了網球場還有教堂。

司「別墅在舊輕井澤裡面一點，是我祖父的，琴聲再響也沒關係」

真紀打了個哈欠。

司「抱歉，我一個人說個不停」

真紀「（搖了搖頭）我昨天太緊張了沒睡好」

真紀的聲音很小，司側耳傾聽。

真紀「看了影片後，就更睡不著了」

司「影片？」

真紀「小鴨子一隻接一隻掉進排水溝的影片」

司「真的嗎？（說著一邊苦笑）家森和小雀也都很期待妳的到來」

6　往別墅的路上

正在行駛的廂型車。

司「我覺得（微微轉頭）這是命運。妳看，我們偶然在東京的ＫＴＶ相遇」

×××

真紀的回想，在東京ＫＴＶ的店內。

揹起樂器走出包廂的真紀。

真紀準備走出走廊，兩側並列的三扇包廂門同時打開，走出來的女性（小雀）男性（司）、男性（諭高）三人的背後身影。

大家全都揹著樂器。

司的聲音「而且四個人還都是演奏家，小提琴、小提琴、中提琴、大提琴」

司「這樣當然只有組成弦樂四重奏了。我們絕對會是最棒的四重奏」

真紀「絕對……」

司「（聽不清楚）什麼？」

真紀「聽說人生中有三種坡道」

司「三種坡道。嗯」

真紀「上坡道、下坡道（正要繼續說下去的時候）」

　前方的路上，家森諭高（35歲）正揮著手

　司看到，踩了煞車，將車停下。

　諭高不知為何地熱情抱住他身旁揹著背包的年輕女性，還親了對方一下。

諭高「掰掰」

　諭高打開廂型車後座車門後坐了進去。

諭高「（對著真紀說）妳好，我是家森」

真紀「（點頭回禮）」

司「剛剛的女生是誰啊？」

諭高「一個人旅行的大學生，找我問路」

司「只是問路而已？」

諭高「嗯？（有什麼問題嗎？）」

7　別墅・前方

　司和諭高從停好的廂型車下來。

司「不僅是周末，平日也要嗎？」

諭高「一起生活的話，不也可以培養我們四重奏的默契嗎？我要一直住在這裡」

　真紀下車後，看到正前方的別墅

　一直盯著別墅的真紀。

司「就算說要住這裡，卷小姐是有家庭的人……」

諭高「別府，你講的 maki，叫的是卷小姐的姓氏，還是名字啊？1」

司「呃，卷真紀，音一樣……」

諭高「那你叫的是？」

司「（思考）我叫的是姓。（回到原先話題，對著真紀）住下來的話，妳老公應該會生氣吧？」

諭高「畢竟卷小姐是有錢人家的小姐嘛」

真紀「（很小聲地說了什麼）」

沒聽到真紀說甚麼的司和諭高，將臉湊向真紀。

真紀「他說，就照我的意思」

司「妳老公說的？」

真紀「他說，按照我自己的作風」

司．諭高「喔——（兩人微微地鼓掌）」

真紀走著走著，因為高低落差，腳下一個不穩，扶了一下司的肩膀。

司內心緊張了一下。

8　同地（在別墅）．一樓

別墅的一樓挑高通風，有廚房、飯廳跟客廳，還有通往二樓的樓梯。

真紀、司和諭高進入別墅。

司「房間的話，一人一間，浴室有兩間，可以男女分開」

三人注意到客廳的矮桌下方伸出的腳。

司和諭高馬上進入情況，走過去、兩人各抓一腳，將人拖了出來。

被拖出來的人是穿著睡衣在睡覺的小雀。

司「小雀不管在哪裡都能睡著」

真紀「（很小聲地說了什麼）」

司和諭高一臉困惑地將臉湊近。

真紀「嚇到我了」

司．諭高「喔——」

諭高「昨天是睡在廁所」

司「她很期待妳來呢」

真紀「（想著原來如此，小聲地叫著）小雀。小雀」

司和諭高想著這種音量是叫不起小雀的。

司「（大聲）小雀！」

諭高「（大聲）小雀！」

真紀「（小聲）小雀」

司．諭高「（大聲）小雀！」

搔了搔臉的小雀，睜開雙眼。

小雀伸著懶腰並看向司和諭高。

小雀「嗯？」

司「卷小姐來囉」

小雀「啊（說完，回頭）」

跟待在身後的真紀互相撞到額頭。

咣地一聲，兩人發疼地向後仰。

小雀「（呻吟著）！」

真紀「（小聲）好痛！」

司「還好嗎？」

真紀．小雀「（點了個頭）」

撫著額頭，小雀和真紀照面。

小雀「（害羞，微微地點頭示意）」

真紀「（害羞，微微地點頭示意）」

司「那我就先帶卷小姐到她房間……」

小雀「（對著真紀，擺出拉大提琴的樣子）我現在去拿」

小雀衝上二樓。

司「她才剛到而已……！」

不過真紀也打開了小提琴盒。

司「真是的——」

××

拉小提琴的真紀、大提琴的小雀、小提琴的司，還有中提琴的諭高，逐漸聚集。或坐，或直接站著，有的來回走動，並一邊幫弓抹松香、拉弓、試音。

真紀「（跟小雀說）給我一個A」

小雀點頭，用大提琴起了個音。四人開始轉弦栓、音栓，調音。大家分別拉一小音節，琴聲在房子裡回響。

司看了真紀一下，發現她停了下來。

司「（注意到）怎麼了嗎？」

真紀「我可能無法拉得很好」

司「（微笑）這裡有專業演奏者經驗的就只有妳了。大家都另有工作呢」

諭高「妳是生性緊張吧」

司「好像是看了小鴨掉進排水溝的影片後就睡不好」
諭高「應該要看一些能振奮精神的啊」
真紀「我也這樣想，所以又看了英超的十大烏龍球影片」
諭高「為什麼不是看十大精彩好球？」
司「總之，先輕鬆試一下吧」
真紀「好」

司、小雀和諭高把樂譜放好。
小雀興奮地抖了下身子，將襪子脫下放進口袋，光著雙腳。

小雀「啊——來勁了」

諭高把胸前的鈕扣打開。

諭高「來勁？」
小雀「就是來勁」

司擦了擦眼鏡，戴上。
真紀將左手無名指的戒指摘下，戴到右手無名指。
寂靜無聲中，諭高看向小雀，小雀看向司，司看向真紀。
四人，將樂器就定位。

真紀「(呼，深吐一口氣)」

以此呼吸為信號，四人開始彈奏。
勇者鬥惡龍序曲。

9　超市・美食街

演奏著勇者鬥惡龍的《序曲》的真紀、小雀、司、諭高。

購物客毫不在意地用餐。

司忽地發現，只有兩名正在吃拉麵的國中男學生用手指著這裡，愉快地聽著演奏。

司用眼神向另外三人傳達。

四人，開心地朝著國中生彈奏。

國中生們高興地隨著音樂搖擺雙肩。

真紀，另外加彈一段升級版的樂句。

上劇名

10 別墅・一樓（夜晚）

壁爐裡正升生著火。

在廚房做著炸雞等料理的司和諭高。

在客廳，真紀正在將管弦樂曲史梅塔納（smetana moldau）的《莫爾道河》（Vltava）改成弦樂四重奏的樂譜。

真紀「（給小雀看一小節）妳覺得如何？」

小雀，看了一眼，將身旁的大提琴拉近，邊看樂譜邊試彈。

小雀「再簡潔些會好點」

真紀「這樣啊，好」

司和諭高，聽到傳來的旋律聲，一邊跟著哼唱一邊將料理放到餐桌上。

諭高「（對真紀她們）飯做好囉」

×××

面對面坐著的四人。

餐桌上，以大盤裝的炸雞為中心擺著食物。

司「今後請多指教！」

乾杯、喝酒的四人。

司「（指了指炸雞）趁熱吃吧」

諭高「啊，小盤子（準備站起來）」

真紀「啊（制止，先走到廚房）」

諭高「（感謝，往真紀的杯子裡倒啤酒）」

小雀和司，拿起放在旁邊的檸檬，擠在整盤炸雞上。

諭高準備倒自己的啤酒時，注意到。

諭高「……咦？」

小雀「看起來好好吃」

諭高「咦？」

司「對呀！」

諭高「喂喂喂喂，你們在幹什麼？」

小雀「吃炸雞啊」

諭高，手指在擠完的檸檬前面咚咚咚地敲著。

諭高「這個、這個」

小雀「檸檬」

諭高「對，檸檬」

司「嗯」

諭高「你們為什麼要在炸雞上擠檸檬汁？」

在廚房拿小盤子的真紀，回頭看。

小雀「為什麼。炸雞就是要淋檸檬啊」
諭高「人各有不同」
小雀「嗯？」
諭高「人各有不同」
司「嗯？」
諭高「不要嗯，你們擠了檸檬汁對吧？」
小雀「這裡有檸檬」
諭高「那是讓各自，就是讓大家夾到自己盤子之後，按照各自喜好自行添加才放在那裡的，不是嗎？」
小雀「不是嗎？（感到有趣）」
諭高「依個人喜好」
司「嗯？」
諭高「有吃炸雞要淋檸檬的人，（笑）也有怎樣都不想加檸檬的人，不是嗎？」
小雀「（感到有趣）」
諭高「個人喜好」
司「淋上檸檬汁比較好吃啊」
諭高「淋上檸檬的話，炸雞就不那麼脆了」
司「而且有淋檸檬比較健康」
諭高「說要吃炸雞的時候就沒有在管健康了吧」
小雀「淋了比較好吃啊」
諭高「不不不。我想說的是……」
小雀「只是淋個檸檬而已，沒必要生氣吧」
司「以後會注意的，就是個檸檬而已」

真紀「只是個檸檬而已的事」

在身後，真紀說。

小雀．司「啊？」

真紀「沒……」

諭高「妳剛說了什麼？」

真紀「我覺得這不是就只是個檸檬而已的事……」

諭高「妳是不淋檸檬那邊的嗎」

真紀「比起淋或不淋，抱歉，現在重要的好像不是這個吧」

司「那是什麼？」

真紀「為什麼要淋上檸檬之前，不先問一下呢？」

諭高「沒錯，就是這麼回事！當然確實有人會想在炸雞上淋檸檬。我不是說不能這樣」

真紀「家森的意思是為何不先問一句要淋上檸檬嗎？」

諭高「沒錯（大大地點頭）別府，炸雞能洗嗎？」

司「不能」

諭高「淋了檸檬就等於是無法挽回的事了」

司「無法挽回」

諭高「再也無法恢復原樣的意思」

司「抱歉。早知道淋之前先問一下就好了」

真紀．諭高「（擺出嗯——的臉）」

司「不對嗎？」

諭高「詢問要不要淋檸檬的這個文化」

小雀「文化」

諭高「有兩個流派」

司「流派」

諭高「（對著真紀）妳懂的吧」

真紀「我懂」

諭高「你們淋檸檬的時候，要問的話會怎麼問？」

司「要淋上檸檬嗎？」

諭高「嗯，好……肯定會這樣回答吧。要淋上檸檬嗎？嗯，好。搞得好像淋上檸檬是理所當然，我明明不想加卻只能說好。這根本是威脅。而我就只能防守。」

司「那該怎麼說才好呢？」

真紀「這裡有檸檬」

小雀．司「……」

諭高「這裡有檸檬」

小雀．司「……」

諭高「就這麼說」

小雀「有點莫名其妙」

諭高「妳是在嘲笑我嗎？」

小雀「我沒有在嘲笑你（笑了出來）」

諭高「好像在說中提琴手愛斤斤計較一樣……」

真紀「家森」

諭高「是」

真紀「你的心情我了解，不過請看看炸雞」

諭高「嗯（說著，看向炸雞）」
真紀「炸雞要冷掉了」
三人，啊地一聲。
諭高「不好意思。真是抱歉。大家吃吧」
四人，將手合起。
四人「我開動了」
說著好吃好吃，邊吃著的四人。
諭高「真是非常抱歉。小學五年級的時候也有過這種事，我成了班會的議題……」
小雀「你做了什麼」
諭高「不告訴妳」
小雀「是什麼啊」
諭高「妳不用去想像我的心理陰影」
司「東北地區的人吃番茄會加糖，你們知道嗎？」
真紀・小雀・諭高「ㄟ——」
×　×　×
飯後，在廚房邊喝紅酒邊洗碗的司，在中島吧台喝著紅酒的真紀和諭高，以及擦拭著大提琴琴弓的小雀，聊著天。
真紀「希望有朝一日，我們能在國立劇場演奏」
諭高「（苦笑）」
司「這是夢想吧」
諭高「當然，如果能靠音樂過活的話，應該可以」

小雀「（不經意地）真紀是什麼時候結的婚？」
真紀「（有點害羞）三年前」
諭高「老公好像是做廣告代理商的」
小雀「妳喜歡他什麼地方？」
司「這是一定要問的」
真紀「（邊害羞）他的正常體溫是三十七點二度」
小雀「因為他的正常體溫偏高所以變得喜歡他？」
真紀「體溫偏高的話，（秀出自己脖子後方）這裡會有好聞的味道」
跟著起鬨揶揄的司和諭高。
諭高「真羨慕，有家庭的人」
害羞地微笑著的真紀。
邊附和邊觀察著真紀的小雀。

11 東京，大路～別致的高級公寓・前面（另一天）

吃著在肉店買的可樂餅，走回家的真紀。

12 同樣・卷家的房子

打開玄關門，走進來的真紀。
男用皮鞋整齊地擺著。
進到室內後，燈跟電視是開著的。
兩隻男用襪子亂脫在地板上。
真紀，從那旁邊走過，手上拿著裝有枯萎花朵的花瓶到廚房，把水倒掉，把花扔掉。
真紀「上坡道，哼哼哼～　下坡道，哼哼哼～」

13 貓頭鷹甜甜圈・公關室

以貓頭鷹當作主要代言人物，公司是經營販賣甜甜圈的連鎖專賣店，隨處擺放著產品目錄以及促銷品。

司，正對著電腦打著文件，上司寺川敦子（45歲）走了過來。

寺川「別府，你爺爺現在在德國？（擺出指揮的動作）」

司「嗯，應該是」

寺川「（看了看司的文件）你在做什麼。（拿起文件）派遣的，妳怎麼能叫別府做這種事」

司「呃，沒關係」

寺川，將文件交給一位女性派遣員工。

寺川「（向著司）別府光是坐在這裡就很有價值了」

坐在對面的同事九條結衣（34歲）看了看司，擺出「你真不容易啊」的臉微笑著。

司「（曖昧地微笑）」

14 美髮院・店內

年輕的美髮師們正在幫客人剪頭髮。

其中，諭高正在打掃散落在地上的髮絲時，美髮師（大谷）叫著。

大谷「家森，洗頭」

諭高「好」

諭高，準備幫五十多歲的女性洗頭。

女性「店長要親自幫我洗頭？」

諭高「不，我只是個助手。」

女性「不好意思，因為你看起來三十多歲」

諭高「三十五了。我是打工仔的領頭」

15　別墅．小雀的房間

窩在棉被裡的小雀，太冷不願出被窩，伸著手，拿到零食的包裝。

把包裝倒過來，是空的。

把兩邊剪掉，打開來看，最底下夾著兩小塊。

很開心地抓起來，吃。

16　高級公寓．卷家的房子（夜晚）

聽著電台播放的音樂，真紀正慢慢地吃著生蛋拌飯。

電台播起新聞，主播讀著「在杉並區的公園池塘裡發現一具疑似四十多歲男性的屍體」。

真紀，正準備淋上醬油時停下，忘記了要淋醬油，繼續吃。

17　別墅．前方（另一天）

真紀、小雀、司、諭高，正用油漆在廂型車車身上畫上音符和五線譜。

真紀「（打哈欠）昨天沒怎麼睡」

諭高「是不是又看了什麼影片」

真紀「鈴木一郎選手的失誤精選片段集」

諭高「這倒是很少看到」

真紀，注意到地面結凍了。

真紀「別府，小心這裡」

司「（沒聽到）什麼？」

走進一步，滑倒的司。

司「真的假的……」

小雀「（看到滑倒的司，顆顆顆地笑著）」

真紀「小心（小聲）」

諭高「（沒聽到）嗯？」

滑倒的諭高。

司和諭高，互相搭手合力想站起來，又再次滑倒。

小雀「（顆顆顆地笑著）」

跌倒的小雀。

真紀「小心（小聲）」

18 林蔭大道

車身上大大地寫著「Quartet Doughnuts」的廂型車在林間大道上行駛著。

真紀坐在主駕駛座，司坐在副駕駛座，小雀和諭高則坐在後座。

小雀從窗戶伸出頭，迎著風，哇地叫著。

回到車內，小雀的劉海整個往上翻，諭高用手指了指後笑了起來。

之後諭高也將頭伸出窗戶，哇地叫著。

諭高的劉海往上翻，小雀用手指了指後笑了起來。

真紀和司透過後照鏡看到兩人後笑著。

19 湖畔

拿著樂器並排站著的真紀、小雀、諭高。

司，在堆積的樂器盒上放置數位相機，做拍攝的準備。

諭高「快點快點，涼颼颼，涼颼颼」

司，拿著遙控器一起並排站。

司「（對諭高）請忍耐一下」

諭高「別府，你把我的內褲給洗了對吧。我只有那一件耶」

司「啊，那你現在」

諭高「我沒穿啊」

皺了皺眉，和諭高拉開距離的小雀。

諭高「怎麼？小雀（縮短距離）」

小雀「沒什麼（拉開距離）」

諭高「你又看不到」

小雀「別府，我換個位置」

小雀一走遠，諭高就靠近，兩人錯開。

諭高「妳不能因為聽到我現在沒穿內褲，就以此來判斷我平常穿不穿內褲吧？」

司「你常不穿內褲嗎？」

諭高「趕時間的時候。我穿的又不是裙子，你看，（雙腳打開合上）完全看不出來，我有沒有穿內褲完全……」

司「要拍囉」

此時，頭上方傳來猴子的叫聲。

什麼？於是，快門拍下的，是抬頭往上看的四人。

20　藥妝店・前面的停車場

為了買衛生紙等日用品而出門的真紀、小雀、司、諭高。

司，把東西放到車上的時候，真紀正用側後照鏡照著自己的脖子司「怎麼了嗎？」

真紀指了指自己脖子上像吻痕的痕跡。

真紀「（擺出拉小提琴的樣子）太專心的話總是會變成這樣」

司「啊，我懂，我也偶爾會被誤會」

真紀「他明明知道還要故意刁難（微笑）」

司「妳老公嗎？（有點奇怪地微笑）」

正在把買的東西放到後車廂的小雀和諭高。

諭高「咦，（對著在前面的司）沐浴皂買了嗎？」

小雀「（想著嗯，買了）」

諭高「（對著司）沐浴皂用完了對吧」

司「已經買了」

小雀「什麼？」

諭高「嗯？沐浴皂」

小雀「（忍著笑）」

諭高「幹嘛？」

小雀「沒什麼。沐浴皂買了喔（顆顆顆地笑著）」

真紀，留意到有頂紅色報童帽掉在地上。

有位男士正往前走。

真紀「（撿起來）你帽子掉了」

聲音太小所以對方沒聽到。

司「你的帽子掉了！」

回頭的男士，班傑明瀧田（65歲）。

瀧田「啊——謝謝」

瀧田，注意到四人準備乘坐的廂型車上所畫的 Quartet Doughnuts 的標誌。

瀧田「你們是演奏家嗎？四重奏？」

真紀「對」

瀧田「原來如此。我呢，是個鋼琴家。」

瀧田，抽出一張傳單，交給真紀。

瀧田「不嫌棄的話請來聽聽。到時請你們喝一杯」

說著，戴上紅色的報童帽。

啊，想到什麼的司和諭高。

舉起手道別，帥氣地離去的瀧田。

司「（邊目送）真的假的……家森，你發現了嗎？」

諭高「（邊目送）嗯，發現了」

小雀「是有名的人嗎？」

司「那是《小拳王》2的帽子對吧！」

諭高「是《小拳王》的帽子沒錯！」

小雀「（無法理解）啊？」

司「是《小拳王》的帽子對吧！」

諭高「是《小拳王》的帽子沒錯！」

真紀，拿著瀧田給的傳單，頗有深意地直盯著看。

傳單上印有瀧田彈著鋼琴的照片，還有告知現場演出的文字，寫著「生命最後九個月的鋼琴家班傑明瀧田！靈魂的旋律！」

21　別墅・司的房間（夜晚）

司正用筆電編輯在湖邊拍攝的四人照片。

不經意地將照片放大，把焦點放在真紀的臉。

看著……

房門忽然被打開，出現的是諭高。

背上揹著睡著的小雀。

諭高「別府，小雀又睡……」

司「（把筆電螢幕關上）什麼」

諭高「……再問你一次，卷的名字，你叫的是姓？還是名？」

司「什麼？」

諭高「沒事」

走出房間的諭高。

司「家森？」

22　同樣・小雀的房間

揹著小雀進入房間的諭高。

努力地用腳將疊著的棉被展開，把小雀慢慢地放下。

打算幫小雀蓋上棉被，看著小雀的睡臉。

嗯，其實還滿……

房門忽然被打開，出現的是司。

司「家森……（欲言又止）」

諭高「（幫小雀蓋上棉被）幹嗎嘛？」
司「沒事」
走出房間的司。
諭高「別府？」

23 同樣・一樓

諭高，打算解釋於是從二樓下來，真紀穿著浴袍從浴室出來，兩人迎面對峙。
真紀「哇！（把浴袍的前襟打開）」
諭高「（反應冷淡）妳在幹嘛」
真紀，底下穿的是俗氣的運動休閒衣。
真紀「別府在哪？（看向四周）」
諭高「勸妳不要對別府玩這個」
從二樓慌慌張張地拿著筆電下來的司。
真紀，把浴袍的前襟拉起待命。
諭高「（制止）很危險的……」
真紀「哇！（把浴袍的前襟打開）」
司，不太明瞭狀況，嗯？
諭高「幹嘛慌慌張張的，別府」
司「（給他們看筆電）當地的」
諭高「當地的？」
司「朋友跟我說的，國道旁有間音樂餐廳，你知道嗎？」

諭高「是有一間。要是能在那家店演出是很好，不過那邊應該都有固定表演的人了」

司「周六晚上跟周日可能有空缺」

24 音樂餐廳「夜曲」・店前（另一天）

從停好的廂型車上卸下樂器，走進店裡的真紀、小雀、司、諭高。

25 同樣・廚房邊的通道～店內

跟著餐廳主廚・谷村大二郎（41歲）真紀、小雀、司、諭高。

大二郎「負責人現在不在，你們就先參觀一下店裡好了」

進到開店前的餐廳裡，天花板很高，場地很廣，有十桌以上的位子。

再裡面還有表演的舞台場地。

窗戶很大片，能看到外面郁綠美麗的樹木。

興奮地，走近的四人。

司「好棒。好棒啊」

諭高「能在這表演的話就太棒了」

真紀「（點頭）」

小雀「（驚呆地看著，對大二郎）可以站上去嗎……」

大二郎「請」

小雀，把鞋子脫了，赤腳站在表演舞台上。

真紀、司、諭高也站了上去，看向客人坐的地方。

司「（對著大二郎）那個，請你務必聽聽看我們的演奏……」

此時，店門被打開。

女生聲音「我回來了」

有朱「我回來囉（揮著雙手）」

大二郎「（揮雙手回應）妳回來啦，有朱」

多可美「（覺得說那我呢？）我回來了」

大二郎「（畏懼地）妳回來啦，媽咪。（向著司他們）這是負責人」

多可美「（看了眼四人，對著大二郎）嗯？」

大二郎「他們是弦樂四重奏。周末兩天不是有空缺……」

多可美「不不，爹地。周末沒空缺」

四人，啊地一聲。

大二郎「不是要辭退班傑明嗎？」

多可美「失敗了」

司，發現了旁邊放著的班傑明瀧田的傳單。

司「真的假的……」

真紀若有所思地看著傳單……

26　同樣．外面（夜晚）

入口處有塊看板，上面寫著展演的表演者「班傑明瀧田」

27　同樣．店內

在舞台上彈著鋼琴的瀧田。

坐在離舞台有點距離的位子，意志消沉地聽著演奏的小雀、司、諭高，還有若有所思的真紀。

有朱走來，往四人桌上放了啤酒。

有朱「周末兩天很閒——」

看了看四周，客人大概只有一半，空的位子很明顯。

有朱「一開始大家都感動地哭了。我也痛哭流涕，非常痛快」

有朱，指了指瀧田傳單上的「生命最後九個月」。

有朱「說這個到現在，已經過了一年了」

諭高「這樣啊」

有朱「可是，要是辭退他的話，我們店會被罵得很慘吧（笑）」

諭高「會這樣嗎？」

有朱「像我，本來是一個地下偶像，但也是經常被罵（笑）」

真紀「因為妳眼裡沒有笑意吧？」

有朱「是嗎，我笑著的啊——你們慢用」

用眼中無笑意的笑容說著，走掉的有朱。

諭高，看了看傳單。

諭高「既然是個病人，那就沒辦法了」

司「也是」

演奏結束，掌聲啪啪啪地響起。

真紀「（小聲）那個，這件事只能小聲地說」

三人，嗯？臉向真紀靠近。

諭高「照妳平常的音量就可以了」

真紀「（看向在舞台上接受掌聲的瀧田）那個人，我五年前在東京 Live House 看到的時候也是剩九個月生命」

小雀、司、諭高，啊地一聲。

真紀「他應該是靠著這種說法，改名換姓地彈遍全日本吧」

司「也就是說……」

真紀「班傑明是個假裝自己只剩九個月生命的鋼琴家」

司、諭高，內心動搖，小雀，稍微看向遠處。

真紀「我們要怎麼做？」

司「什麼怎麼做……」

真紀「告訴店家的話，我們就能取代他了」

小雀・司・諭高「（遲疑地）……」

此時，下了舞台的瀧田發現他們，走了過來。

瀧田「喔——四重奏！」

四人，在複雜的心思中，回了招呼。

瀧田「謝謝你們，謝謝你們」

瀧田很開心似地輪流拍了拍四人的肩，坐下。

瀧田「真高興，來，喝酒喝酒」

真紀、小雀、司、諭高，感到困惑……

28　同樣・外面

喝醉酒步伐蹣跚的瀧田，還有一起走出來的真紀、小雀、司、諭高。

司「你還是回家吧」

瀧田「那，到我家。如何，到我家喝」

29　公寓・房間

流理台裡有堆積如山的碗盤，房間裡攤著沒摺的棉被。
紙箱裡放著許多唱片，瀧田年輕時候彈鋼琴的海報從牆上微微脫落。
正坐著的真紀、小雀、司、諭高。
瀧田，一手拿著酒杯，一手取出一張唱片。

瀧田「這張是我的黑膠唱片。不過現在播放機壞了聽不了（笑）」
同時微笑的四人。

瀧田「喝酒啊」

司「好」

瀧田「一直想跟像你們這樣年輕的演奏家聊聊。現在的古典音樂界，你們覺得如何？是不是不行了？」
大家沒有異議地聽著。

瀧田「該怎麼說呢，真的，不行了，完全……」
最後睡著了的瀧田。
四人，呃……

×　×　×

在棉被裡睡著的瀧田。
在廚房流理台洗著碗盤的真紀和司。
打掃著房間，收拾垃圾的小雀和諭高。
司，發現了一張貼在冰箱上的舊照片。
照片裡是穿著燕尾服的瀧田還有他的妻子和幼子。

30　別墅・一樓

悶悶不樂，有一聲沒一聲地拉著樂器的真紀、小雀、司、諭高。

真紀「給我一個A」
　不過，誰都沒在聽。
小雀「（回想，落寞地微笑）班傑明，鼻毛都露出來了」
諭高「應該幫他拔掉的」
司「（裝開朗）我再去問問，看能不能在上次那個超市的美食街演奏。好嗎，卷」
　真紀，看著褪色的窗簾。
真紀「將來要是能在AEON mall演奏就好了」
　聽到真紀的話，無力地微笑的小雀、司、諭高。

31　**輕井澤車站前（另一天，白天）**

　穿著西裝要去上班的司，和拿著樂器盒跟行李的真紀一起走到車站。
真紀「我家現在一定很亂。他是會把襪子亂脫的人（微笑）」
　一對看起來感情很好的夫妻走過。
司「（微笑）還真好耶，夫妻」
真紀「是嗎？」
司「嗯……所謂的夫妻，是什麼呢？」
真紀「夫妻。所謂的夫妻……」
　身後有大型巴士經過。
真紀「（邊微笑）我覺得是※※※※※※※」
　司只看到真紀的嘴唇在動，沒聽到內容。
司「（雖然沒聽到，但用笑容帶過）這樣啊。真羨慕」

真紀「(感到困惑)那，下周見(微笑)」

走向車站的真紀。

司「(目送)……」

32　別墅・小雀的房間

在被窩裡的小雀，眼前有吸塵器，手一伸，拉到電源線。

按下按鍵，電源線咻地收了回去。

心想：就是這樣！然後又再拉一次電源線。

33　馬路上

兩手提著便當走著的諭高。

經過一台停在路邊的黑色麵包車時，聽到車內正放著杉山清貴的《兩人的夏日物語》

諭高，好奇地回了頭，副駕駛座的窗戶被降下，車裡的半田溫志(46歲)說。

半田「找到你了(指著諭高，微笑)」

諭高「(表情僵硬地微笑著)」

34　貓頭鷹甜甜圈・走廊

司，看到搬著兩個箱子的結衣，打算幫她。

結衣「讓聞名世界的別府家的孫子幫忙的話，我會挨罵的」

特別邀請年邁指揮家——別府良明演出的柯隆交響樂團的海報貼在旁邊。

司「那叫我打掃浴室的又是誰啊」

結衣，笑著給司一箱，走動。

結衣「別人送了我螃蟹，來我家吃吧」

司「又來了，（指著自己）我負責剝，（指著結衣）妳負責吃？」

結衣「對啊」

35　東京，高級公寓・卷家的房間

正在用吸塵器的真紀。

亂脫的襪子還在地上，避開襪子，吸著地。

家裡電話響了起來，因為吸塵器的聲音沒聽見。

注意到電話聲急忙想去接電話，被熨斗台絆到腳，跌了一跤。

電話聲停了。

真紀，就這樣倒在地上，看見了地板上的襪子……

36　別墅・一樓（另一天）

諭高，拿著瀧田的傳單在冰箱前比著。

諭高「有磁鐵嗎？」

司「等等」

司，拿出圖釘，把傳單釘在牆壁上。

諭高，盯著傳單看了一會，發現從冰箱拿出某樣東西的小雀，在中島吧台上吃了起來。

諭高「小雀，妳在吃什麼」

小雀「橘子多多果凍」

諭高「那是我的」

小雀「嗯？」

諭高「嗯什麼嗯，那是我的橘子多多果凍」

小雀「不是，這是卷的」

諭高「我很期待要吃這個的」

小雀「跟你說是卷的，這是她買的。啊，卷把你的吃掉了吧？」

諭高「不不，就算卷吃掉我的，既然我都還沒吃，妳也沒買，那麼這個就是我的。」

司從裡面抱著洗好的衣服走來。

司「那個，卷有來電話嗎？她說坐上新幹線的時候會打個電話的……」

小雀，邊吃邊逃，諭高，追著小雀。

小雀「這是卷的」

諭高「那我的呢？」

小雀「卷吃掉了」

司「不用去接她嗎（拿出手機）」

諭高「妳怎麼就是搞不清楚呢。果凍有兩個，卷吃掉了一個，可是，等等，別府，借我張紙，我要畫圖跟她說明」

司「（用手機撥了電話）等一下。先找紙，我打電話給卷……（對方接聽）喂，卷，妳還在東京嗎？嗯。在哪裡？啊？」

37　音樂餐廳「夜曲」・店內

正在排椅子的多可美和大二郎。

打開餐廳入口的門，提著樂器盒，拉著行李走進餐廳的真紀，鞠了個躬。

大二郎「啊——妳是上次的」

多可美「真是抱歉，無法答應你們」

大二郎「是有東西落在這兒了嗎？」

真紀「有事想跟你們說」

真紀，對著看板上寫著的班傑明瀧田的名字側目看了一眼，並說。

真紀「是有關這個人的事」

多可美「班傑明的事……？」

真紀「班傑明瀧田說他壽命只剩九個月的事，都是騙人的」

38　同樣・店前

從廂型車下來後的小雀、司、諭高，衝進店裡。

39　同樣・店內

小雀、司、諭高，進到店裡後，看到瀧田坐在多可美和大二郎的對面。手肘撐在桌上，用兩手掌心罩著臉的瀧田。

真紀不在。

多可美「（注意到三人，微微地笑了一下）你們好」

點頭示意的小雀、司、諭高。

司「不好意思，有沒有一位姓卷的……」

多可美「拉小提琴的那位現在在參觀休息室」

小雀、司、諭高，感到困惑。

多可美「你們先稍等一下」

多可美，面向瀧田，拿出信封。

多可美「要是讓你繼續在店裡演奏，那我們也等於是在欺騙客人了」

瀧田，深深地嘆了一口氣，收下了信封。

瀧田站了起來，向多可美和大二郎低了下頭。

感傷地看了看三人，從他們旁邊經過，走了出去。

三人正感到不解時，真紀從裡面的通道走了出來。

小雀、司、諭高，看到真紀。

多可美「怎麼樣？」

真紀「只要裝上換衣用的窗簾，就可以四個人一起使用休息室」

多可美「那今晚要不要先演奏看看呢？」

真紀「好的。我們先回去一趟，晚上再過來」

小雀、司、諭高，就呆呆地站著……

40　國道上

行駛中的廂型車車內，真紀開車，司坐在副駕駛座上，小雀和諭高坐在後面，大家都沒講話。

擋風玻璃上開始有雪。

靜靜地看著前方的真紀。

小雀「（看著窗外，發現）啊……」

司・諭高「（嗯？）」

看到了走在道路旁的瀧田。

小雀、司、諭高，一直盯著瀧田的身影。

真紀就只是向著前方，直直往前開。

瀧田的紅色報童帽被風吹起，飛了起來。

看著的小雀、司、諭高。

瀧田追著被風吹走的報童帽。

司「（想都沒想）麻煩停一下車」

真紀，仍舊無言，表情沒變，停下車子。

下車的司和諭高，跑了過去。

打算抓住在路上不斷被風吹遠的報童帽。

從車上下來的小雀，站在原地，看向司他們那邊，然後回頭看真紀。

真紀依然坐在駕駛座上看著前方。

司抓到了帽子。

司和諭高，走到瀧田的地方，將帽子交給他。

接過帽子，輕點下頭的瀧田。

司和諭高也回點了頭。

重新戴上帽子，調整了一下，在雪花紛飛中，邁出步伐的瀧田。

司、諭高，然後是小雀，目送著……

小雀，回頭看，真紀還是坐在駕駛座上，看著雪花不斷落在擋風玻璃上。

41　別墅・一樓

大家聚在客廳裡，身旁放著樂器，許多樂譜擺在前面，正在選曲的真紀、小雀、司、諭高。

看著樂譜，一邊傳閱著。

諭高「第一首曲子，有點像自我介紹，就選海頓或貝多芬吧」

真紀「史梅塔納呢？」

諭高「莫爾道河嗎？曲子改編好了？」

真紀從文件夾裡取出樂譜，放著。

拿到樂譜的小雀，把大提琴拿近，稍微拉了一下。

諭高也把中提琴拿了起來，和小雀搭配拉了起來。

諭高「這麼難得，既然改編好了，還滿想試試的。」

小雀「要不要合奏看看？」

諭高「別府呢？可以嗎？」

對著有些發呆的司說。

司「啊，可以」

諭高「嗯？」

司「可以……」

諭高「可以？」

司「可以」

真紀「那先試一次看看，沒有時間了」

諭高「也是，連穿內褲的時間都要沒了」

小雀「咦（遠離）」

諭高「（摸了摸腰）不，我穿了」

小雀「有沒有穿內褲你還要確認？」

笑了出來的真紀、小雀、諭高。

司沒笑，倏地從位子上站了起來。

真紀、小雀、諭高，感到疑惑地看著。

司「我去泡玉米茶。」

諭高「啊？」

司「鄰居送的」

諭高「我沒問你這個，我們沒有時間喝茶了」

司「喔」

又坐下的司。

諭高「那我們來對一下弓法吧……」

真紀「（朝司）沒辦法的事不是嗎，是班傑明說了謊啊」
司「（困惑）」
諭高「別府，你是因為那件事在不開心哦？」
司「我沒有不開心」
諭高「沒事吧？」
司「我沒事」
真紀「那就請表現出沒事的態度」
司「……對不起」
諭高「（突然想到）也是，事後感覺確實是不太好」
司「（點頭）」

真紀，手上拿著小提琴，準備彈奏。

司「那個人只是純粹想繼續他喜歡的音樂事業罷了。我覺得有些謊話是可以原諒的。」
真紀「只剩下幾個月的生命，這種謊話是可以原諒的嗎？」
司「（無法反駁）……」

真紀，正打算拉小提琴時，諭高站了起來。
真紀、小雀、司，困惑地看著。

諭高「玉米茶」
小雀「就說不需要了」
諭高「那個人的房間裡，牆上用膠帶貼著海報對吧？不是都脫落了嘛，他沒辦法毫不猶豫地就往牆上釘上圖釘」
司「（啥？）」

司把瀧田的傳單用圖釘釘在牆上。

諭高「我和別府的立場不大一樣，我是瀧田那一類的人所以能理解，無法往牆壁釘圖釘的人為了繼續音樂事業多少會說些謊」

司「還有許多其他的做法不是嗎？」

真紀「其他做法」

司「更體貼的方式……」

真紀「體貼，你是指同情嗎？」

諭高「妳把同情當作貶意的詞，我覺得不是這樣」

小雀，看著司和諭高兩人一句接一句地針對真紀……

諭高「老實說我很驚訝，沒想到卷會做那樣的事」

司「妳有看到班傑明的老婆和孩子的照片吧。雖然不知道原因，他現在是一個人生活……」

小雀，站了起來。

諭高「妳要去哪？」

小雀「玉米茶」

諭高「就說不用……」

小雀「那麼，別府和家森你們就跟班傑明一起生活不就得了」

司・諭高「啊？」

小雀「你們就當班傑明的老婆和孩子就好了啊」

諭高「（和司對上眼）當不了吧」

小雀「那就給他錢啊」

諭高「這麼做的話會傷到他的自尊心吧」

小雀「再不然就借他好笑的漫畫之類的」

諭高「什麼意思？」

小雀「讓他看完之後打起精神來」

諭高「不是，妳要站在班傑明的立場……」

小雀「你也把鼻毛長長不就好了，就可以跟他說我們一樣耶」

諭高「我的鼻毛很難長長」

小雀「那就在這邊刺上看起來像鼻毛的刺青不就得了」

諭高「什麼意思啊？」

小雀「沒勇氣刺青的話，就別同情人家了」

司「不是同情，是要體貼……」

真紀「這不是體貼吧。而是在那個人的身上看到了未來的自己吧」

小雀、司、諭高，不解地看著真紀。

真紀「我們就是〈螞蟻和蟋蟀〉3裡的蟋蟀吧，雖說想靠音樂過活，但我想其實答案已經出來了。我們沒能成為靠愛好過活的人。我認為沒能將愛好變成職業的人需要做出抉擇。是要從此把它當成興趣，還是繼續當成夢想。將愛好當作興趣的螞蟻很幸福，而將愛好當做夢想的蟋蟀卻是滿身泥濘。冬天的時候也必須生存下去，班傑明就是陷入夢想沼澤的蟋蟀，所以他只能說謊。那麼我們也就只能搶過來了不是嗎？」

產生共鳴的司和諭高……

懷著其他心思，緊緊盯著的小雀……

司「對不起。都是因為我在這邊發牢騷。好不容易定下一份好工作，對不起」

諭高「我也是，對不起，又犯了小學時的錯」

真紀「不」
諭高「(微笑)我們來喝玉米茶吧」
司「(微笑)來喝吧」
走到廚房的司。
諭高「來合一下上弓法吧」
真紀「好」
真紀和諭高，準備把樂器拿起來的時候。
小雀「可是卷不是有家可歸嗎」
真紀、司、諭高感到疑惑。
小雀「既有家可歸，老公又是大公司的員工，對妳而言，並沒有只能如此抉擇的事情吧。妳能毫不遲疑地往牆上釘圖釘對吧？也能靠自己的興趣過活吧」
真紀「……」
諭高「小雀」
小雀「妳是跟老公吵架了嗎？」
諭高「上弓，得先合一下」
小雀「啊，抱歉，不過妳老公好像也沒打電話給妳吧，不用和他聯絡一下嗎」
口氣平穩，卻意在挑釁的小雀。
真紀「他很忙」
小雀「下次讓他來坐一下吧？讓他聽聽妳的演奏吧」
真紀「我試著約約看」
小雀「什麼時候？下周嗎？」

　　真紀，把小提琴拿起。

真紀「（小聲）給我一個A」

小雀「婚姻，是什麼樣的感覺？」

　　司，端著茶走過來。

司「小雀」

真紀「（小聲）請給我一個A」

小雀「夫妻，又是什麼感覺？」

諭高「妳問這些要做什麼？」

司「當夫妻的感覺我之前問過了。（不太確定）卷認為很美好」

真紀「（小聲）請給我一個A」

小雀「喔，怎麼個好法」

諭高「所以說下次讓他人來不就好了嘛」

小雀「也是，見到本人後……」

　　真紀，看著小提琴。

真紀「能給我一個A嗎（大聲喊出）」

　　嚇到地看著真紀的小雀、司、諭高。

司「小雀，起音」

小雀「（決定收手）好」

　　小雀，將大提琴拿好，起了個音。

　　真紀，調弦。

　　司、諭高也調著弦。

真紀「（看著樂譜，拉了一小節）這裡的運弓要如何」

　　四人，實際演奏後，都是用上弓。

司「用上弓」

真紀「好」

　　四人，各自反覆彈奏著某一小節，在混雜的琴音中，真紀回想起什麼似地，忽然開口。

真紀「上次的炸雞很好吃」

　　小雀、司、諭高，停止了演奏。

司「什麼？」

真紀「炸雞，很好吃」

司「對啊，很好吃」

真紀「我老公也喜歡炸雞」

諭高「喔」

司「妳老公吃炸雞是淋檸檬還是不淋？」

真紀「淋」

司「家森——」

諭高「抱歉啦」

真紀「雖然我們結婚已經三年了」

小雀「（若有所感，看著真紀）」

司「嗯嗯」

真紀「結婚前我們交往的時間沒有很長，所以對於他吃飯的口味，我是邊做飯邊摸索的」

司「嗯」

真紀「有一次，我覺得偶爾吃些油膩的應該可以，就做了炸雞。他一直說好好吃、好好吃，從來沒有吃得這麼開心。之後炸雞就成為我們家的必備菜單了。」

諭高「真好」

真紀「然後，在一年前」

小雀「嗯」

真紀「在本鄉那邊有間好吃的居酒屋，朋友有煩惱找我商量就去了那，碰巧我老公跟公司的後輩也在那裡」

小雀「嗯」

真紀「他點了炸雞。叫他的話他是不是會害羞呢，我還在猶豫的時候，聽到他的後輩問『要不要淋檸檬？』」

小雀「嗯」

真紀「他回答『不用，我不喜歡檸檬。』可是兩年來，他吃的炸雞我都淋上了檸檬汁」

小雀、司、諭高感到納悶。

真紀「他從來沒跟我說。明明我每次都在他面前擠上檸檬，可是兩年來，他一次都沒跟我說過……我不懂」

感到驚訝的司和諭高，專心聽著的小雀。

諭高「這，應該算是，妳老公的溫柔吧？」

司「對啊，或者說是體貼」

真紀「溫柔？」

諭高「對」

真紀「是體貼嗎？」

司「是」

真紀「（自嘲地苦笑）我不需要」

司、諭高……

真紀「我無法原諒」

小雀……

諭高「不就是炸雞上擠個檸檬汁而已」

司「我也是啊，其實我沒有很喜歡甜食，不過因為工作，每天都在吃甜甜圈」

諭高「工作跟夫妻不同吧」

真紀「我想，原來我們不是夫妻啊。夫妻到底是什麼呢？」

司「之前……」

真紀「之前在車站，別府你問過我對吧，夫妻是什麼」

司「嗯」

真紀「我覺得是……」

×××

回想，輕井澤車站前。

真紀「我覺得是……」

大型巴士經過，邊微笑邊回答的真紀。

跟現在的真紀的聲音重疊。

真紀的聲音「我覺得是可以分開的家人」

×××

小雀、司、諭高，……。

司「不，該怎麼說呢，我覺得那件事，他絕對不是想瞞著妳，一定是因為愛妳才不說的」
真紀「愛？」
司「他一定是很在乎妳，絕對是因為愛妳的關係……」
真紀「絕對這種事」
司「（不解）」
真紀「據說人生會遇到三種道坡，上坡道、下坡道、（苦笑）沒想到」
司「（嘴上無聲地念著：沒想到）」
真紀「一年前，我老公失蹤了」

×××

回想，卷家高級公寓的房間。
提著便利商店的袋子回家的真紀，走進放著男用皮鞋的玄關。
客廳電視開著，卻沒人在家。
桌上還放著剩了一點啤酒的杯子，有兩隻襪子亂脫在地板上。
真紀覺得奇怪，有種不祥的預兆。
真紀的聲音「我只是去了一趟便利商店，老公就不見了，他已經一年沒回來了」

×××

司「真的假的……」
諭高……小雀……
真紀「絕對，是不存在的。人生會發生很多沒想到的事，已發生的事也無法回到原來的樣子。（微笑）就像淋了檸檬汁的炸雞一樣」
司……諭高……

小雀「妳不知道原因嗎？」
真紀「（歪頭想）對了，剛才別府說是因為愛，其實，在居酒屋的時候，我還聽到了另一件事」
小雀「嗯」
真紀「我老公的後輩問他，你愛你的太太嗎？」
小雀「然後呢，妳先生怎麼說？」
真紀「我愛她啊」

真紀，試著回想並微笑。

真紀「他說：『我愛她，但不喜歡她』」

小雀……司……諭高……

真紀「我曾經以為，即使結了婚，也會繼續戀愛……（自嘲地苦笑）總之，就是這麼一回事，我已經無家可歸了」

真紀，打開和自己的包包放在一起的紙袋，拿出一塊素色的布，用兩手攤開。

真紀「我買了窗簾。我，想要在這裡生活，和你們一起，和音樂一起」

42 音樂餐廳「夜曲」・休息室（夜晚）

鏡子前面，換好衣服的真紀、小雀、司、諭高。
諭高，正在幫小雀整理頭髮時，門被打開，拿著看板走進來的有朱。

有朱「（給他們看看看板上寫著的 Quartet Doughnuts）這樣可以嗎？」
司「可以」
有朱「班傑明之前也提過甜甜圈的話題」

四人，疑惑。

有朱「音樂就像是甜甜圈中間的洞一樣。正因為演奏出欠缺的部分，才成為了音樂」

四人，感到敬佩。

有朱「我是完全沒聽明白就是了。那個，還有三分鐘」

帶著毫無笑意地眼神說著，走了出去。

準備中的四人。

真紀，將左手無名指的戒指摘起，戴到右手無名指上。

真紀「（高興地微笑）那一天，在ＫＴＶ的包廂，能和你們偶然相遇真好」

小雀、司、諭高，各有各的想法。

司，擦了擦眼鏡，戴上……

×　×　×

司的回想，東京ＫＴＶ包廂的店內。

拿著樂器盒從單人包廂走出的真紀。

在另外的單人包廂裡，司把臉湊到門上的小窗窺視，伺機等待和真紀偶遇的時機。

×　×　×

諭高，將襯衫胸前的鈕扣打開……

×　×　×

諭高的回想，東京ＫＴＶ包廂的店內。

同樣在另外的單人包廂裡，諭高把臉湊到小窗窺視，伺機等待和真紀偶遇的時機。

×　×　×

小雀，把鞋脫掉，赤著腳……

×　×　×

小雀的回想，東京ＫＴＶ包廂的店內。
同樣在另外的單人包廂裡，小雀把臉湊到小窗窺視，伺機等待和真紀偶遇的時機。

×××

真紀，朝著三人。

真紀「那或許就是命運吧」

小雀、司、諭高，藏著秘密但還是點頭。

43　同樣．店內

用餐後，有八成左右的客人，邊喝酒邊等待演奏開始。
有朱和多可美來來回回地為客人倒紅酒。
拿著樂器登場，在舞台上站成一排的真紀、小雀、司、諭高，上台一鞠躬。
就座，翻開樂譜，調整弦栓。
各自做調整，自然地在同個時間點準備好，擺出預備姿勢。
客人們屏息以待。
諭高看向小雀，小雀看向司，司看向真紀。
真紀，呼——地深吐了一口氣。
下個瞬間，一個拉弓，開始了演奏。
演奏的是史梅塔納的莫爾道河。
既熱情又充滿感情的曲子逐漸強烈激昂。
聽得著迷的客人。
四人，內心各有所思地演奏著。
曲子逐漸激昂高亢。

44　輕井澤車站前

滑完雪的遊客們正朝著車站走去。
鏡子與人們交錯，從擁擠的人群中走出來。
有些不安地看了看四周，走著。

45 **音樂餐廳「夜曲」．店內**

演奏達到最熱烈高潮的部分。
真紀、小雀、司、諭高，全都汗水淋漓。
四人一起拉弓，結束了演奏。
掌聲響起。
四人臉上帶著滿足的表情。
司，看向真紀，看到了她脖子上小提琴的壓痕。
小雀，望著看著真紀的司。
司，開口打招呼。

司「大家好，我們是甜甜圈洞四重奏4。」

46 **別墅．一樓（另一天，白天）**

分工合作，準備早餐的司和諭高。
煮咖啡，從烤箱中拿出麵包，抹上奶油、芥末。
把煎蛋和培根夾在麵包裡，切開。
真紀，一邊倒咖啡一邊伸著另一隻手，抓了片醃黃瓜吃。
諭高，把三明治端出，讓真紀吃。
真紀吃著三明治，覺得真是美味！
不知不覺中，就站在廚房這樣吃了起來的三人。

47 **同樣．樓梯～一樓**

小雀，從二樓走下來的時候，客廳只有真紀一人，正拉著小提琴。
看到真紀眼中流下眼淚。
小雀……
真紀，結束演奏，注意到了小雀。

真紀「早安」
小雀「（點頭回應）我只是來喝杯水再回去睡」
真紀「（微笑）他們兩個已經去上班了」
抽了抽鼻的真紀。
小雀，雖然注意到，還是走到廚房去倒水。
真紀「（抽鼻，微笑）可能感冒了」
小雀「最近感冒的人很多呢」
真紀「（看四周）對了，面紙好像是」
小雀「面紙在……」
小雀，本來要走去洗臉台那裡，突然停下。
小雀「（彷彿想到什麼似地，笑了出來）卷，妳知道家森偷偷藏有紫式部嗎？」
真紀「紫式部？」
小雀，擺出等我一下的樣子，往二樓走去。
真紀，正覺得有些奇怪還是等著，立刻衝了下來的小雀。
小雀，把一個有金色圖案的黑色盒子拿給真紀看。
小雀「一盒一千六百日圓的超高級面紙」
真紀「一千六百日圓」
小雀「家森有花粉症，對面紙可講究了，這個他誰都不給用，快，趁現在用吧」

真紀「還沒開過耶。他會生氣吧？」

小雀「應該會生氣吧（笑了出來）」

　　小雀，啪地撕開面紙盒封口。

真紀「啊」

　　小雀，將指尖伸入紫式部的開口，抽出裡面的面紙。

小雀「只拿一張就好」

　　小雀，抽出後，第二張面紙也咻地連著出來。

真紀「抽了一張會出來兩張呢」

小雀「我們有兩個人」

真紀「抽了兩人份的面紙，就會出來三人份的吧」

小雀「就像被逼到無路可走的連續殺人犯一樣呢」

　　笑著的兩人。

　　兩人，聞著面紙的味道，陶醉著。

真紀「妳不覺得拿來擤鼻涕太浪費嗎？」

小雀「就是張面紙」

真紀「不過，這個孩子」

小雀「這個孩子（笑）」

真紀「（笑）」

　　小雀，又抽了幾張，讓面紙在空中飄揚。

小雀「好像翅膀喔」

兩人一起，將面紙扔至空中。
兩人看著像在展翅飛舞的面紙，露出笑容。
咻地飄了下來，落在地板上。
到此結束，兩人會意一笑。

真紀「要好好收拾，不然家森會發火的」
小雀「會嗎」
真紀「他會把我們的肉刺從指甲旁剝到手肘（微笑）」
小雀「（微笑）」

擦了擦眼角的真紀。
小雀看到真紀的動作，轉頭看向窗戶。

小雀「妳買的窗簾，很好看」

小雀，走到窗邊，摸著窗簾看向窗外。

真紀「今天天氣不好吧」
小雀「嗯。不過為什麼多雲就說天氣不好呢。沒什麼好不好的，多雲就只是多雲啊」
真紀「也是」
小雀「比起晴空，我更喜歡多雲的天空」
真紀「（盯著小雀的側臉）……」
小雀「（稍微苦笑）那，我去睡回籠覺了」
真紀「我待會會去一下東京。也許能接到一份可以在家做的工作」

點頭的小雀，準備走上二樓。

真紀「小雀，謝謝妳」

小雀，頓時止步。

真紀「我和妳一樣，比起晴空，更喜歡陰天」

小雀「……我們一樣呢」

重點了下頭，走上二樓的小雀。

真紀，開心地看著小雀的背影。

48　同樣．外面

停在外面的廂型車，車身上加寫了「Quartet Doughnuts hole」。

帶著微笑看著，離開的真紀。

49　同樣．一樓

從客廳的長桌下小雀的腳露了出來。

但是這次不是在睡覺，她伸著手把用膠帶黏在桌子底下的東西拿下來。

在小雀手上的是一支錄音筆。

50　教堂．裡面

禮拜堂挑高的空間裡，真紀和小雀的聲音回響著。

小雀的聲音「妳老公怎麼回答？」

真紀的聲音「我愛她啊」

在長椅上坐著的小雀和鏡子。

手上拿著錄音筆，聲音是從錄音筆傳出。

真紀的聲音「我愛她，但不喜歡她」

鏡子按下停止鍵，停止播放。

鏡子「（搖頭）我兒子才不是失蹤。是被這個女人殺了」

喝著三角包裝咖啡牛奶的小雀。

鏡子「她一定會露出本性的。在那之前，請繼續假裝當她的朋友」

小雀，點頭，情緒高漲地顫抖了下身子。

小雀「開始來勁了」

第一話　完

註

1　主角卷真紀的姓與名發音相同，都是maki。

2　日本拳擊漫畫，主角矢吹丈經常帶著紅色報童帽。

3　出自伊索寓言。原故事中，螞蟻象徵勤勉、居安思危，蟋蟀象徵及時行樂，作者在劇中做了延伸解讀。

4　Quartet Doughnuts Hole，原本的團名是甜甜圈四重奏（Quartet Doughnuts），這裡呼應了班傑明的說法，別府當下改了團名。

「別府在嗎？　早安。　別府在嗎？　青春期嗎？」（諭高）

第2話

1 別墅・一樓（夜晚）

坐在餐桌前，吃著普羅旺斯魚湯的真紀、小雀、司、諭高。

小雀「舊輕井澤那邊新開了一家餃子專買店喔」
真紀「是嗎（看起來很開心）」
司「卷，妳喜歡吃餃子嗎？」
真紀「午餐吃餃子配啤酒，那是人間至福」
諭高「拜託，我好不容易做的普羅旺斯魚湯，可以不要一邊聊餃子一邊喝魚湯嗎？」
真紀「對不起，普羅旺斯魚湯很好喝」
司「超讚」

小雀，看著發火的諭高，感到有趣。

小雀「（對真紀）妳喜歡什麼調味的？紫蘇之類的」
真紀「啊，紫蘇口味的真的很好吃」
諭高「（邊看著普羅旺斯魚湯）怎麼會有加紫蘇的……」
小雀「還有，棒……」
真紀「棒狀餃子！」
小雀・司「棒狀餃子也超好吃的」
諭高「不好意思，你們說得這麼起勁，我都快覺得我們吃的是餃子了」
真紀・小雀・司「是」

吃著普羅旺斯魚湯的真紀、小雀、司……

諭高「（看著三人）你們還在想著餃子對吧」

被猜中想法的真紀、小雀、司……

諭高「沒關係啦，不用勉強」
司「對不起，我們不會再想餃子的事了」
真紀「普羅旺斯魚湯」
小雀「普羅旺斯魚湯」
諭高「不用說給我聽」
真紀「我討厭餃子」
小雀「我討厭餃子」
諭高「妳們越這麼想，反而就越想吃餃子吧？」

2　咖啡館・店內（另一天）

從錄音筆中傳出四人的笑聲。

店裡昏暗，在深處的座位聽著錄音的小雀和鏡子。

鏡子「還挺開心的嘛……」
小雀「我只是附和他們，跟著笑而已」

咖啡有點苦澀，一點一點慢慢啜飲的小雀。

鏡子「妳知道魔術師是怎麼騙過觀眾的嗎？」

鏡子，邊用右手拿著花瓶左右擺動著。

鏡子「用右手引起觀眾興趣」

鏡子，左手拿著吃草莓蛋糕的叉子往小雀的側腹刺了過去。

鏡子「用左手騙人。好好享受吧。成為她無可取代的朋友，最後的最後再背叛她就好」
小雀「是（嘴裡回答，但咖啡很苦）」

鏡子，手裡拿著數位相機，看著被偷拍到的真紀和司笑著在庭院打掃的樣子。

小雀「這個別府，就是說要組四重奏的人」

鏡子「有可能是殺害我兒子的共犯也不一定」

小雀「他和我一樣，是偶然在KTV包廂中遇到的……」

鏡子「那可不好說」

小雀「（疑惑）」

3　超級市場．前面

在停車位旁的花壇邊坐著的小雀，一邊喝著三角包裝的咖啡牛奶，一邊看著數位相機裡的照片，看著照片中司看著真紀側臉的表情……

此時，提著袋子從超市走出來的真紀。

真紀回頭，看到坐著的小雀。

沒發現真紀，看著照片的小雀。

真紀「（有些猶豫）……小雀？」

聲音太小，小雀沒聽到。

真紀「小雀？」

覺得小雀好像沒聽到，於是走近的真紀。

真紀「在看什麼照片？（把手放在小雀肩上）」

小雀「（嚇到跳了起來）」

真紀「（被小雀的反應嚇得跳了起來）」

小雀「抱歉」

真紀「抱歉」

小雀，看了一下手上的數位相機，電源已經關了，感到安心。

小雀「啊，就是，那個，剛才有隻貓在那邊盤腿坐著」
真紀「真的假的？（也想看看）」
小雀「已經逃走了。妳來買東西嗎？」
真紀「恩。剛才我來的時候也看到妳了，但想著還是不要跟妳打招呼比較好」
小雀「（疑惑）」
真紀「在街上以為遇到熟識就上前搭話，聊了十分鐘之後，才發現其實是不認識的人，妳有過這樣的經驗嗎？」
小雀「沒有」

此時，停在旁邊的車開走了。

兩人，一看，好像有什麼（冰壺運動2的石壺）東西被落在那。

就近探明的真紀。

真紀「這個叫什麼來著」
小雀「還是不要碰比較好吧」
真紀「好像在哪見過」
小雀「不安全喔」

真紀，把石壺舉了起來。

真紀「還滿重的」
小雀「為什麼要隨便撿掉在地上莫名其妙的東西呢？」
真紀「我覺得是別人遺失的物品」
小雀「如果有石頭面具掉在地上，妳也會撿嗎？」
真紀「石頭面具是什麼東西？」

小雀「如果是能無限使用的信用卡掉在地上，妳會撿嗎？」

真紀「會」

小雀「那一定是個陷阱的呀」

真紀「啊，這個不就是那個嗎，握著這裡，像這樣，這樣的」

真紀，稍微彎腰半蹲，把石壺擺好。

4　輕井澤冰上公園・冰上溜石運動場

在競賽場地上，穿著運動服和專用鞋，彎腰半蹲的真紀，表情認真地將石壺壓著似地推了出去。

石壺滑出去的前方，有穿著相同樣式的運動服，手拿冰刷的小雀、司、諭高。

在軌道的冰上，使勁地用冰刷刷著。

諭高「快刷快刷，別府，再用力一點」

司「小雀，歪了」

小雀「（笑了起來）」

司「不要笑，小雀不要笑」

諭高，失去平衡，跌倒。

被諭高拉住，小雀也跌倒了。

司，正一個人很努力地用冰刷刷著。

真紀「別府！（用很大的聲量）」

司，訝異地停止動作。

石壺繼續滑行，正好在中央停了下來。

興奮地聚到一起，彼此舉手擊掌的四人。

5　音樂餐廳「夜曲」・外面（傍晚）

店前放置了看板，上面寫著今晚的表演者是甜甜圈洞四重奏。

6　**同樣・休息室（夜晚）**

換好衣服調著弦的真紀、小雀、司。

諭高和有朱走了進來。

有朱「預約了好幾次美髮院都忘了去，我已經被列入黑名單了」

諭高「我來幫妳剪吧」

有朱「說這樣的話，人家會心動的哦——」

真紀「有朱，今天你的眼睛裡也沒笑意呢」

有朱「有啦——卷真壞心，還有三分鐘」

走出去的有朱。

小雀，調完弦，抖了一下身子。

小雀「來勁了」

真紀「（沒自信地嘆了口氣）」

司「沒問題的，我們都練習過了」

真紀「就是因為練習過了才會害怕失敗」

諭高「就像把廚房打掃乾淨了就不想煮飯一樣（笑）」

司「家森（不作聲）」

諭高「別府一遇到卷的事就很容易生氣呢」

小雀「（偷看著真紀和司）……」

司「一定沒問題的」

真紀「我，拉不了（快要哭了）」

7　**同樣・店內**

表情嚴肅地拉著小提琴的真紀。
在舞台上演奏著企鵝咖啡館樂團（Penguin Cafe Orchestra）的《偶得風琴之歌》（Music For A Found Harmonium）的真紀、小雀、司、諭高。
一邊演奏一邊側目看著真紀的司。
小雀看著注視著真紀的司。
小雀，看著司的左手……

上劇名

8　貓頭鷹甜甜圈・公關室（另一天）

和網頁設計者們一起開會討論網站設計案的司和結衣。

司「那麼，就麻煩你們了」

設計「別府」

設計把手上的傳單遞給別府看。
在鋼琴協奏曲的演奏會上，用「別府家族的華麗盛宴」作為廣告文案。
傳單上有指揮家的父親・別府健吾，鋼琴家的姊姊・別府響子，小提琴家的弟弟・別府圭的照片。

設計「（拿出筆）可以幫我簽名嗎？」

司「我的簽名嗎？」

雖有些困惑，但還是在傳單角落空白處寫下別府司。
結衣感到驚訝又覺得有趣地看著司。

9　KTV包廂・走廊～個人包廂（夜晚）

下了班的司，打開個人包廂的門走進去，結衣已經在裡面，一個人正唱著歌。

結衣「要一直緊緊抓住我～」

司，把結衣隨意扔著的大衣和圍巾用衣架掛好，拿起包廂的內線電話。

司「你好，我要點一杯生啤酒。還有特大份薯條，謝謝（把電話掛上）」

結衣把麥克風一丟，司，接住。

司「無邊無際～」

結衣「就像星星的光芒一樣～」

司．結衣「心中滿溢著愛～」

×××

吃著特大份薯條，喝著生啤酒的司和結衣。

司，拿出一盒ＤＶＤ。

司「這個很有趣喔，『人魚對半漁人』」

結衣「算了，沒時間看」

司「妳很忙嗎？」

結衣「說忙也……別府啊」

司「真的很有意思喔，上下互相顛倒……（看著ＤＶＤ盒）」

結衣「我，大概要結婚了」

司「（驚訝）……（抬起頭）嗯？」

結衣「嗯？我要結婚了」

司「……什麼時候」

拿起遙控器，開始輸入號碼的結衣。

結衣「對方是在上海的日商公司工作，我也打算辭職後過去他那邊。所以還挺趕的」

司「是嗎」

結衣「有事想拜託你。我們決定在去之前先辦結婚典禮，所以別府你組的那個弦樂……」

司「弦樂四重奏」

結衣「能在我的婚禮演奏嗎？我會付你們錢的」

司「這個嘛……（看著電視畫面）妳點了什麼歌」

畫面上出現了 X JAPAN 的〈紅〉。

結衣，把疊盤子用的框架套到司的脖子上。

司「等等，為何要讓我帶護頸[3]啊」

10 別墅・一樓

回到別墅的司。

司「我回來了……真的假的」

房間裡瀰漫著白色煙霧。

哇地一聲，嘴上叫著手裡拿著炒鍋和湯勺的小雀，從旁邊穿了過去。

司「發生什麼事了？」

接著，哇地一聲，嘴上叫著手裡拿著菜刀的真紀，從旁邊穿了過去。

司「怎麼一回事？」

打開窗戶，大大地揮著雙手，想把煙給搧出窗外的真紀和小雀。

司，走到廚房後，看到籠罩在煙霧中，正用炭爐烤著叉燒的諭高。

司「你們在幹嘛？」

諭高「作叉燒肉蓋飯」

司「沒事嗎？」

諭高「完全沒事（眼睛眨個不停）」

司「你眼睛一直在眨耶」

手機響了，拿起手機看了起來的諭高。
煙霧消散了一些，回到廚房的真紀和小雀。
司「沒事嗎？」
真紀「完全沒事（眼睛眨個不停）」
小雀「沒事沒事（眼睛眨個不停）」
司「你們現在才要吃晚飯嗎？」
真紀「是宵夜。你要不要一起吃？」
司「這個時間吃東西的話，明天早上可是會後悔的喔」
小雀「就是在不該吃的時間吃，才好吃啊」
真紀「凌晨吃的宵夜就好像是在搞外遇一樣」
司「我就不用了」

諭高，傻笑地看著手機，打著簡訊。

真紀「他好像跟有朱互加了Line」
小雀「人家明明對他沒興趣」
諭高「拜託，人家對我可有興趣了」

小雀，從諭高手中拿走手機。

小雀「（讀著）下禮拜要不要一起去吃個飯」
真紀「（讀著）下禮拜都要工作」
小雀「（讀著）下個月月初如何」
真紀「（讀著）可能會有點忙」
小雀「（讀著）要不下次一起去滑雪」

真紀「未讀」
諭高「有希望吧？」
小雀「希望，在哪裡啊？（笑）」
真紀「想必她在打這些話的時候，眼睛裡也沒有笑意吧」
×××
真紀和小雀的想像。
沒有表情回著 Line 的有朱。
×××
諭高「別府，幫我顧一下」
司，取過圍裙和長筷，顧著叉燒肉。
諭高「（對著真紀和小雀）言外之意」
真紀．小雀「言外之意」
諭高「言外之意懂吧？對喜歡的人不說我喜歡你，會說想見面對吧？對想見的人不說我想你，反而會說要不要一起去吃個飯，是吧？別府，對喜歡的人不說我喜歡你，卻說我這裡有多一張票，你有這種經驗嗎？」
司「算是有吧」
諭高「我能去的話就去，這句話是什麼意思？」
真紀「啊？」
諭高「（對著小雀）妳來演一下說這句話的人」
小雀「我？」
諭高「來，就是妳，過來（招著手）」
小雀，不太理解狀況地走過去。

小雀「你好」

諭高「（訝異）咦，妳不是說能來的話才來」

小雀「呃，嗯……」

諭高「明明說能來才來的，為什麼來了」

小雀「因為有空了……」

諭高「已經沒有位子了，咦，妳幹嘛來，好嚇人好嚇人好嚇人」

小雀「抱歉……（頭垂了下來）」

諭高「就會變成這樣喔，會引發悲劇的喔。說了就別去，要去就別說。還有，妳怎麼又把廁所的拖鞋穿出來了」

小雀「抱歉……（頭垂得更下去了）」

諭高「嘴上說的跟心裡想的是不一樣的。嘴上說著這才不是約會呢！其實就是約會。嘴上說著你說實話吧，我不會生氣的，結果一說實話就勃然大怒，這就是言外之意」

有訊息傳來了真紀手上的諭高手機裡。

諭高「說著我會再跟你聯絡，其實就是你別再聯絡我了」

真紀，看了一眼手機，有朱傳來的訊息，寫著「我會再跟你聯絡」。

×　×　×

餐桌上，吃著叉燒肉蓋飯的真紀、小雀、諭高，喝著橘子汁沒吃飯的司。

真紀「婚禮？」

小雀「可以在教堂演奏嗎？」

司「說是商量看看……咦，要去嗎？」

諭高「為什麼不去？」

司「（歪頭想）」

真紀「你同事要結婚了吧」

司「（歪頭想）大概」

小雀「大概？」

司「（歪頭想）九條是這麼說的。別府，我大概要結婚了」

真紀「什麼？」

司「什麼？」

小雀「什麼？」

司「什麼？」

諭高「什麼？」

司「什麼？」

真紀「這不就是言外之意嗎」

小雀「有言外之意呢」

諭高「言外之意案件來了」

司「啊，什，什麼」

諭高「（彷彿空中有文字一樣對照著唸）別府，我，大概要結婚了」

真紀「（依樣畫葫蘆地）別府，快阻止我，別讓我結婚」

點頭的真紀、小雀、諭高。

司「我們只是酒友，常常一起去唱KTV，因為很輕鬆」

諭高「都是從輕鬆開始的」

司「就算跟九條睡在同一個房間，也不會發生什麼事的」

真紀「睡在同一個房間」

司「我們有些共同話題，常常聊得太開心就錯過了末班電車」

諭高「末班電車就是為了給男女要越過朋友界線時當作藉口而存在的」

司「我只是借她家的沙發睡了一覺而已」

真紀「請回想看看，她說要結婚時的表情。那個表情才代表她真正的心情」

司「我沒看她。我那時候在看人魚對半漁人」

司，從包包拿出「人魚對半漁人」的DVD盒。

諭高「你就為了這種東西，錯過了你人生的高潮？（把DVD盒交給真紀）」

真紀「這跟登上富士山後玩手機是同樣道理（說完，把DVD盒往沙發方向一扔）」

司「（有點動搖）這很有意思的說……」

真紀「人生中有些事你會在事後才察覺，卻後悔莫及喔」

小雀「（視線越過叉燒蓋飯看著兩人）」

司「……是啊（一臉認真地看著真紀）」

真紀「（因為司一臉認真而感到有些困惑）」

從座位站起的司。

司「我去買明天早餐要吃的麵包」

諭高「我們話還沒講完耶」

小雀「（別有用心）我也要去買個冰淇淋」

諭高「天這麼冷要吃冰？」

小雀和司，拿了大衣迅速地離開。

真紀和諭高，看著兩人離去。

諭高「別府是不是有另外喜歡的人啊？」

真紀「（一邊吃）Girl's Bar 吧？

諭高「Girl's Bar？別府會去 Girl's Bar 嗎」

真紀「他沒有女朋友，而且已經三十二歲了。肯定會慾火難耐的啊」

11 馬路上

在暗處站著的小雀，按下手機的錄音鍵。

走在前面的司，回過頭來。

司「（對著背對他的小雀）怎麼了？」

小雀，把手機放到胸前口袋，追了上去。

司「有電話？」

小雀「不是，有隻貓盤腿坐著」

司「什麼？（打算去看看）」

小雀「你喜歡貓啊？」

司「我最喜歡的是刺蝟，其次是水獺，第三是貓」

小雀「我的話是食蟻獸、北極熊、貓。貓在我們的排名中都是第三位呢」

司「都是第三位」

小雀「還有，別府，你喜歡卷對吧」

司「什麼？」

小雀「對吧？」

司「啊，妳說什麼？」

小雀「用問題來回答問題的時候，一般就是說中了」

司「沒有，沒有」

小雀「是嗎？」

司「為何這麼問？沒有這回事」
小雀「ㄟ——」
司「要這麼說的話，小雀妳」
小雀「什麼？」
司「妳喜歡家森吧？（隨便說說）」
小雀「啊，為什麼這麼說？」
司「用問題來回答問題，就是說中了。（微笑）看吧，突然被問到的話都會嚇一跳吧，我……」
小雀「（認真）千萬別說出去喔」
司「什麼？」
小雀「我喜歡家森」
司「（困惑狀）……」
小雀「是單戀就是了」
司「……啊——喔、喔，是這樣啊」
小雀「嗯」
司「真的假的……」
小雀「我絕對不會說出去的」
司「什麼？」
小雀「這是我和你兩個人之間的秘密」
司「（察覺到小雀說了什麼）……」
小雀「（等待）……」
司「……（點頭）」
小雀「嗯？」

司「嗯，沒錯。對，被妳說中了」

小雀「你喜歡卷？」

司「嗯，對。這是秘密喔」

小雀「嗯，我和你之間的祕密」

12 便利商店・外面

在商店裡買東西的司。

小雀，邊看司買東西，邊用手機傳簡訊給卷鏡子，簡訊的內容寫著「別府司喜歡卷真紀」。正準備要傳送簡訊時，走了出來的司。

小雀，雖然只差一步就可以傳出去，還是先把手機關上。

小雀「麵包呢……（剛開口）」

司，拿出兩個杯裝冰淇淋。

司「冬天的冰淇淋很好吃吧」

小雀「嗯（開心）」

司「妳要熱戀草莓味還是搖滾堅果味的」

小雀，看了看司拿著冰淇淋的手。

小雀「那就……左手上的」

司「左手？搖滾堅果嗎？」

小雀「嗯，對，搖滾堅果（無來由地害羞）」

司「那我吃熱戀的。妳喜歡堅果啊？」

小雀「（一邊將冰淇淋的蓋子拿起）只是覺得你吃熱戀草莓的話會很有趣」

司「（側頭苦笑）」

小雀，正不知該怎麼處理冰淇淋的蓋子時，司取了過來，拿到便利商店前的垃圾桶丟。
走回來的司，因忘了丟自己的蓋子而苦笑，準備再去丟一次。
然後小雀，把蓋子拿走，到垃圾桶那裡去丟。
走了回來的小雀和司，互看對方，兩人帶點苦笑地微笑了下，便邊吃邊走了起來。
吃著冰淇淋，不經意地看著司的側臉的小雀。

13　別墅・一樓

諭高跟回來的小雀和司講話。

諭高「喂喂喂，就你們兩個人吃了冰淇淋？男女兩人，晚上到便利商店去買冰淇淋，就跟以前的人說要一起去吃烤肉是同樣道理的。你們，什麼時候的……」

司「（看了看小雀顧慮她的心情，出聲）家森！」

諭高「什麼？」

司「（想要說明）不是這樣的。我對小雀不是那種想法」

倏地離開，走上二樓的小雀。

諭高「啊，逃走了」

司「家森！（不是這樣的，小雀是）」

諭高「什麼？」

司「……沒事」

司，一回頭，就看到穿著浴袍的真紀。

真紀「哇！（打開前襟）」

真紀裡面是有穿運動服的。

司「（一本正經）……」

無言地走上二樓的司。

真紀「（感到不解，轉而朝向諭高打開前襟）哇！」

諭高「卷，那個把戲永遠不會有變有趣的一天」

14　同樣．小雀的房間

小雀，拿著手機，想傳完剛才「別府司喜歡卷真紀」的簡訊。

但是猶豫了一會放棄，暫置一旁。

15　同樣．司的房間

司，手裡拿著小提琴的弓，一邊回想著。

×××

回想，十年前，大學裡的禮堂旁邊。

校內舉辦著校慶，過往人群能從牆縫中看到熱鬧的樣子。

把寫著「宇宙可麗餅在這裡！」的看板夾在腋下，扮裝成灰色外星人的司正在休息中。

正喝著橘子粒粒果汁時，從禮堂中傳出小提琴演奏的《聖母頌》。

有些在意，打開門進到禮堂。

寬廣的禮堂，觀眾席中空無一人。

在舞台上，有個正在拉著小提琴的女性。

正是十年前的真紀。

坐在觀眾席，聽著真紀所演奏的《聖母頌》的司。

16　貓頭鷹甜甜圈．公關室（另一天）

司，剛從外面回來，看到同事們聚集在一起，將花束交給結衣。

恭喜恭喜的祝賀此起彼落。

司，無言，坐回座位開始工作，坐在對面的結衣也回到位子上。

司「（一邊工作）妳的結婚對象跟妳是在哪認識的？」
結衣「我剛滿三十四歲的時候，開始相親」
司「相親（感到訝異）你們兩個人都聊些什麼話題？」
結衣「話題……聊聊輪胎之類的」
司「輪胎？」
結衣「因為他喜歡車子，所以就聊說哪裡的輪胎怎麼樣好之類的」
司「什麼？」
結衣「什麼什麼？」
司「沒事……」
結衣「（有點怒上心頭似的）你有什麼意見嗎？」
在電腦前開始工作的結衣。
司「沒有……（有點心神不定）」

17　音樂餐廳「夜曲」・店內（傍晚）

帶著樂器進來的真紀、小雀、司、諭高。
有朱、大二郎和多可美正在打開紙箱。
大家互道早安。

諭高，追上搬著紙箱的有朱。
諭高「謝謝妳 line 的訊息」
有朱「我很開心（眼睛沒笑意的笑容）」
諭高「還有，關於滑雪的事」
有朱「我想去。一定要約我喔」

諭高「妳什麼時候方便？」

有朱「我跟谷村太太商量後再跟你聯絡。好期待！」

諭高「好期待！」

大二郎「要吃肚臍柑嗎？（拿出）」

真紀「好的（對小雀和諭高）谷村太太送的肚臍柑」

　把肚臍柑拿給小雀他們的真紀。

　司也正要拿肚臍柑時，看到了多可美蹲下時胸間的乳溝，尷尬地雙眼游移。

多可美「啊，別府，關於今天的曲目表，現在能和你談談嗎？」

司「好」

多可美「（把曲目表秀給司看）希望有敬酒的時間，比如說」

　多可美向前屈身，胸前乳溝清晰可見。

司「（不小心看到了）……」

多可美「在這裡插入一段主持，然後希望能把這首和這首調換順序，這樣會很奇怪嗎？」

司「（著急）不會，我覺得谷間[4]太太妳的想法滿好的」

多可美「（不解）」

司「我主持的時候，谷間太太妳一起加入」

　在旁邊做事的大二郎也注意到了，想著怎麼一回事。

多可美「……這樣啊？」

司「曲子也從谷間太太妳下台後開始」

　真紀、小雀、諭高也發現到司的口誤，全看著他。

　多可美，不再讓乳溝明顯露出地伸直了背。

多可美「嗯，這樣啊……」
司「（沒發現）如果谷間太太妳希望時間稍微延長一點的話，也可以跟我示意一下……」
大二郎「孩子他媽，過來一下」
多可美「好。（對司）不好意思先陪一下……」
往廚房方向走去的大二郎和多可美。
司「（對著真紀他們）剛才谷間太太說的，你們覺得如何？」
真紀「谷村太太」
司「什麼？」
小雀・諭高「谷村太太」
司「……真的假的」
大二郎和多可美走了回來。
多可美穿著大二郎的外套。
司「……」

18　同樣・店前（夜晚）

演奏結束後走了出來的真紀、小雀、司、諭高。
司「眼前有乳溝的話，家森你也會看的吧」
諭高「別府，我知道你慾火難耐……（剛一開口）」
留意到路上停了一台黑色麵包車。
諭高「……抱歉，你們先回去吧」
說完，走回店裡。
真紀「是有朱吧」

司「慾火難耐的是他吧」

19　後巷裡

從店裡的後門出來，逃跑的諭高。
但是跑到轉角一轉彎時，黑色麵包車就停在那。
從窗戶傳出車內正放著杉山清貴的〈兩人的夏日物語〉。
諭高，看了看四周，覺得逃不了就放棄了。
麵包車的後門被打開，可以看到半田，還有坐在駕駛座上的墨田新太郎（21歲）。

諭高「那個，我還有工作要做……」
半田「（用笑臉）我也是在工作。上車」
坐上車後的諭高，自己把門關上。

20　別墅・一樓

真紀喝著玉米茶，小雀喝著三角包裝的咖啡牛奶，司喝著橘子粒粒果汁，三人邊喝邊把薯條層層疊起，作成疊疊樂。
司，抽出一根薯條，吃掉。
小雀也抽出一根薯條，吃掉。
到了真紀，煩惱著該從哪裡下手。

司「可以抽這裡。或者是這裡……」
真紀「九條小姐的結婚典禮怎麼辦呢？」
司「什麼……」
小雀，坐到旁邊去，默默地看著兩人。
真紀「（眼睛盯著疊疊樂）不阻止她結婚嗎？」
司「……不」

真紀，決定就是這裡，準備要抽出薯條時。

司「我有喜歡的人了」

真紀，手停了下來。

司「雖然是單戀（自嘲地苦笑）」

真紀，再次伸手，抽出薯條。

司「九條也知道。我還一直找她談心」

說著，打算要抽薯條時。

真紀「你知道九條小姐喜歡自己，還找她談心。啊，有這樣的人在身邊的話，的確很輕鬆呢。你利用了她（笑著揶揄）」

司「……沒那回事（抽出薯條）」

真紀「（輪到下一個人）小雀」

一看，小雀睡著了。

司「睏的話去房間睡不就好了」

真紀，把蓋在自己腿上的毛毯蓋到小雀身上。

真紀「有時候也會想在大家都在的地方睡覺嘛」

司，肯定真紀說法地微笑，把身旁毛毯遞給真紀。

司「……或許就是那樣」

真紀「什麼？」

司「或許我利用了九條」

真紀「之所以會有這個人離不開我的感覺，其實許多時候是自己離不開這個人」

司「（苦笑）話雖這麼說，但其實單戀很痛苦的」
真紀「（微笑）跟那個人告白了嗎？」
司「我不會告白的。反正絕對不可能會有結果」
真紀「你又不知道」
司「那個人結婚了」
真紀「婚外情啊。那確實是不行」
司「不行嗎？」
真紀「當然不行，隨波逐流的情人，到最後都是要贖罪的」
說著，打算來抽著條疊疊樂的時候。
司，注視著真紀的一舉一動。
司「……卷，妳覺得怎樣叫做命中注定？」
真紀「什麼意思？」
司「比方說在休假的日子碰巧遇到公司的同事，這算是命中注定嗎？」
真紀「這應該是偶然吧」
司「那因為這個契機，最後兩人結了婚的話呢」
真紀「這樣的話也許就是命中注定吧」
司「我第一次見到妳是在……」
真紀「那個 KTV 包廂是……」
司「第一次見到妳是我在大學的時候」
真紀「（好奇）」
司「妳在校慶上演奏了聖母頌。我當時扮成了外星人，所以妳可能不記得我。第二次見到妳是……」
真紀「第二次？」

司「我當時在東京工作。去富士蕎麥麵店吃飯的時候，有個提著小提琴盒的人正在吃肉拌蕎麥麵，仔細一看原來是那個演奏聖母頌的人。第三次是妳坐在山田電機的按摩椅上的時候，我想說居然又遇到了」

真紀「(不明白他在說什麼) 別府」

司「所以我決定，如果，如果下次再遇到妳的話，就把這看作是命中注定，要主動跟妳打招呼」

真紀「(苦笑，揮了揮手想說沒這回事)」

司「後來果然遇到了。三年多前，在婚禮會場」

真紀「婚禮會場？咦，目黑區嗎？」

司「(點頭) 我，當時在那裡上班」

真紀「真的嗎？」

司「我覺得果然是命中注定。但命中註定歸命中注定，我想的卻無法在現實中實現。當時，妳是和另一半一起來商量舉辦結婚典禮的事」

真紀「(回憶) ……」

司「婚禮當天，看到妳穿婚紗的樣子時，我就在想……」

×××

回想，山田電機的店內。

看著真紀坐在按摩椅上，很舒服地放鬆休息著，身著西裝的司。

司的聲音「為什麼看到妳坐在山田電機的按摩椅時，我沒能跟妳打聲招呼」

接著，在富士蕎麥麵店裡。

司的聲音「為什麼看到妳在吃肉拌蕎麥麵時，我沒有跟妳打招呼」

×××

司「我錯過了三次能把偶然變成命中注定的機會。所以只能遠遠看著她和別的男人結婚時的背影……」

真紀「那我們在KTV包廂遇到的事……」

司「那並不是偶然。我是為了見妳才去的」

真紀「你跟蹤我嗎？」

司「是的，第五次以後是我跟蹤妳的。對不起。我喜歡妳」

真紀「……」

睡著的小雀。

司「我一直喜歡著妳。比起那個拋棄妳消失不見的男人……」

真紀，阻止司繼續說下去般地站了起來。

司「我對妳更……」

真紀，沒聽下去，走到了廚房。

開始把洗好倒放過來的餐具一一放回櫃子裡。

司，跟著走過來。

司「我來」

真紀，把放在那裡的紅酒瓶拿在手上。

真紀「扔可回收垃圾的時間是」

司「星期四」

真紀「沖一下，拿到後面去就可以了吧」

司「我來」

司，把手伸長，但真紀避開了。

真紀，一邊在流理台沖著酒瓶。

真紀「別府，你有去看過煙火嗎？」

司「煙火，有啊」

真紀「我到結婚之前都沒看過煙火」

司「咦」

真紀「不是就是火嗎？火花從天而降散到各處，我覺得肯定會發生火災，很害怕。我老公知道後帶著我去看煙火，他對我說，真紀，握住我的手。如果火花飛過來的話，我會帶著妳逃走的。握著他的手看的那場煙火真的很美。同時我也明白了不會引發火災的原因。因為煙火稍縱即逝，在我感嘆煙火之美的時候，它已經消失了……你知道比悲傷更令人悲傷的事是什麼嗎？比悲傷更令人悲傷的事就是空歡喜一場。我也覺得奇怪，大家怎麼就剛好湊在一起組成了四重奏，但是又覺得，這四個人組團真的很棒。也許是上天看我意志消沉，送給我的禮物吧（苦笑）原來是假的」

司「不是假的……」

真紀「（邊微笑）別府，雖然我說我老公不在，不在了不是指說他消失了。不在了是指他不在的狀態會一直持續下去。比他離開之前，我更能感受他的存在。你覺得如果是現在的話，就能攻佔我的心？比起消失的人，選擇你更好（變得認真）不要瞧不起被拋棄的女人」

敲了下流理台。

司，什麼話也回不了，一直站著。

真紀，沒想到剛敲流理台，手會那麼痛，壓著痛處，看著還立在那的薯條疊疊樂。

真紀「（苦笑）疊疊樂也沒倒」

此時，扶著腰回來的諭高。

諭高「我回來了……（覺得氣氛有些奇怪）發生什麼事了嗎？」

真紀、司，做出沒發生什麼事的表情。

在睡覺的小雀。

21 貓頭鷹甜甜圈的店前面（另一天）

正在拍攝宣傳的照片，同行的司。

攝影師請司看一下剛拍好的照片。

司「哇——很不錯耶」

22 KTV包廂・走廊～個人包廂（夜晚）

工作結束後來的結衣，打開個人包廂的門時，看到手拿生啤酒杯唱著歌的司。

二人舉起手左右搖擺。

司「天使賜與我的邂逅～」

結衣，把司的大衣用衣架掛起來。

結衣「（拿起內線電話）我要一杯烏龍茶，還有薯條，特大份的」

××××

司喝著啤酒，結衣喝著烏龍茶。

司「九條，妳有在喝嗎？」

結衣「有啊。你要不要吃點東西？」

司「今天是我爸生日，剛回了老家一趟，吃了很多」

結衣「老家？原來，難怪心情不好」

司「妳有在喝嗎？我今天奉陪到最後」

結衣「謝啦」

××××

醉倒躺在沙發上的司。

結衣「別府？再不走趕不上末班電車了哦，聽到沒，末班電車」
司「今晚住妳家」
結衣「還是回家比較好啦」
司「那個只會聊輪胎的男人在妳家嗎」
結衣「（苦笑）不在啦」
司「我不會在妳婚禮上演奏的」
結衣「好好。我放棄了（落寞地說）」
司「為什麼要跟那麼無聊的男人結婚呢」
結衣「又來了（用麥克風敲司的頭）」
司「為什麼啊，九條」
結衣「因為我已經三十四歲了，當然該結婚了。喂，末班電車啦」
司「我要住妳家」

結衣，苦笑，拿起內線電話。

結衣「你好，兩杯烏龍茶調酒。然後，我們要延長時間」

23　公寓・結衣的房間

打開公寓的門，雙雙跌坐在地的司和結衣。

結衣「別府，別府，把鞋脫掉，啊，等一下，我的靴子脫不掉，脫不掉脫不掉，幫我拉一下」

兩人，終於脫了鞋，走進房間。
結衣，打算讓司睡在沙發上。

結衣「好了，晚安」

但是，司往結衣身上靠了過去。

結衣「不是這邊，是那邊」

司，把結衣的手拉近。

倒在地上的兩人。

結衣「等等，剛剛好像有什麼東西斷了」

司覆上了結衣。

結衣，一臉嚴肅，手擋在司的胸前，想把司推回去。

但是，司不為所動。

四目相對的兩人。

下個瞬間，結衣，用雙手抱住司的頭，兩人接起吻來。

撞到沙發，踢到桌子，跌跌撞撞地索求對方的兩人。

×××

在床上睡著的司，睜開了眼。

廁所發出沖水聲，在黑暗中，身上裹著毛毯的結衣走了出來。

不是走向床的方向，而是到廚房的凳子那裡，背對著司坐下。

呼地吐了口氣，看著手機。

司「……九條」

結衣「（邊看著手機）吵醒你了？」

司「我們結婚吧」

無動於衷的結衣。

司「跟我結婚吧」

無動於衷的結衣。

結衣「……你餓不餓？」

司「……？」

站了起來的結衣，就這樣裹著毛毯走到廚房。
在鍋子裡加水，放到瓦斯爐上，點火。
從櫃子拿出札幌一番醬油口味的拉麵，打開袋子。
呆呆地看著的司。

×　×　×

日出的陽光照到陽台上。
穿好衣服的司跟結衣，各自拿著泡好的拉麵，走到陽台。
結衣，把曬在外面垂在那的枕頭套拿起，往房間扔。
凳子只有一張，兩人對半分著坐。

司「我開動了……」

兩人，吃著熱氣騰騰的拉麵。

結衣「（用詢問的眼光看著司）」
司「好吃」

冬天的天空漸漸開始露白，只有差不多五層樓高的房間，意外地能看到遠方景色。
邊看著遠方，一邊默默地吃著拉麵的結衣。

司「（注視著結衣）……關於結婚」
結衣「（邊吃著，苦笑）」
司「……我，是認真的」

結衣，把圍在自己脖子上的長圍巾，分一半圍到司的脖子上。

結衣「（視線轉向景色那邊）那邊有一家很可愛的咖啡店，就是有點遠，每次到最後我還是去這邊附近的連鎖咖啡店。不過，連鎖咖啡店也是挺不錯的啦」

司「（思考著結衣所說的話的意思）……」

結衣「我能理解，在這個時機男生想那麼做的心情，被你認為是那種關係的朋友，雖然，是有點生氣，但還是很開心的。反正我一直都是喜歡你的，所以才會跟你上床。這麼看來其實我也很狡猾，所以沒關係。但是結婚什麼的，不可能。有時候你就是知道，已經不是談那個的時候了。這些，也是僅限於今天」

彷彿一個人被留下，司的表情孤零零的。

結衣，看著那樣的司，微笑。

結衣「嗯，我很狡猾，你也很狡猾。不過，寒冷的早晨在陽台吃札幌一番還真是好吃啊。就把這當作我跟你之間的高潮不也很好嗎？（催促似地）怎麼樣」

司「……好」

兩人，看著遠方景色，吃著拉麵。

結衣「♪帶著我一起～」

司「不要輕易放開你的手～」

結衣·**司**「天使～」

結衣「（苦笑，轉頭）天使贈予～」

司「天使贈予～（側著頭）」

24　商店街

在還空無一人的街道上，圍著跟結衣借來的圍巾，一個人走著的司。

從大衣口袋拿出眼鏡後，發現鏡片裂了。

就這樣帶著眼鏡，走著。

25 別墅・真紀的房間

睡著的真紀，忽地睜開了眼睛。
從房間外面傳來小提琴聲。

26 同樣・二樓的走道～司的房間

真紀，從房間出來的時候，諭高也走了出來。
小雀站在司的房間前面。
從司的房間傳出小提琴聲。

真紀「別府？」
小雀「好像是剛才回來的」
諭高，敲了敲門。
諭高「別府在嗎？ 早安。 別府在嗎？ 青春期嗎？」
諭高，打開了司的房門。
司本來在拉小提琴。
注意到三人，手停了下來的司，轉身面對他們。
司「……有件事想拜託你們。對我而言很重要的人要結婚了。我想為她演奏。你們願意和我一起嗎」
真紀、小雀、諭高，看著說這些話的司。
小雀「（身子抖了一下）來勁了」
諭高「沒問題」
真紀「（搖頭）不行。我拉不好的。」
諭高「（微笑）她說可以」
走回自己房間的真紀。

真紀「來練習吧！」

27 教堂・外面景色（另一天）

賓客們已就位。

有神父，還有長相不錯但有點自戀氣質的新郎站在那裡。

已就位的真紀、小雀、司、諭高。

真紀，和司交換眼神，吸了口氣。

四人，開始演奏起《聖母頌》。

門打開，和父親一同入場，穿著漂亮婚紗的結衣。

司就只是演奏著。

入場後，站在新郎旁邊的結衣。

演奏結束，放下樂器，等待中的司。

×　×　×

交換戒指，進行誓約之吻。

司，抬起頭看。

越過新郎的肩膀，看到了結衣的臉龐。

注視著新郎，眼裡沒有司的結衣。

新郎將手放在結衣肩上，親下誓約之吻。

司……

×　×　×

28 同樣・禮拜堂

儀式結束，退場的新郎新娘。

司，準備翻開樂譜時，真紀將自己的樂譜放到司的樂譜上。

小雀和諭高也放下了樂器。

司，覺得困惑，一邊獨奏著《聖母頌》。
新郎新娘馬上要退場了，正要走出門外。
一直看著的司，離愁油然而生。
司，拉起〈White Love〉的副歌部分。
僅僅一瞬間，結衣的背影像是定住了一般。
就這樣走出去了。
演奏結束，放下樂器的司，
溫柔地關注著的真紀、小雀、諭高。

29 KTV包廂・個人包廂（夜晚）

來到KTV，正在吃著特大份薯條的真紀、小雀、司、諭高。

諭高「最後，總是女人先結束單身，男人被拋棄。難怪女人都可以容易地說出『我以前的男友』這樣的話」

司，沒在聽，按著遙控器。

諭高「你有在聽嗎？（看電視畫面）你點了什麼歌」

畫面上，顯示著×JAPAN的〈紅〉。

司「來來來，給你給你給你」

司，把疊盤子用的框架套在真紀、小雀和諭高的脖子上。

真紀・小雀・諭高「幹嘛？」

司「（抓起麥克風）〈紅〉來了！」

×　×　×

忘情地唱著歌的司。

司「♪我被染成血色～」

真紀、小雀、諭高，做出×jump 5。

司「那個不是用在這首歌的。♪能安慰這樣的我的人已不在～」

真紀、小雀、諭高，做出×jump。

30　別墅・一樓

司，正在洗碗盤的時候，小雀走了過來。

小雀，無意識地摸著打蛋器。

小雀「別府，去便利商店嗎……」

司「什麼？」

小雀「要去便利商店嗎？買明天早餐的麵包之類的」

司「家裡有麵包喔」

小雀「啊……那冰淇淋」

司「冰淇淋我也買了，四人份」

小雀「這樣啊，好吧」

小雀，打算回去房間。

司「妳不吃冰淇淋嗎？」

小雀，發現自己還拿著打蛋器。

小雀「不小心拿走了」

小雀，把打蛋器放回原位，走上二樓。

和走下來的真紀擦肩而過。

真紀，看著小雀的背影走下樓梯，然後對著司。

真紀「小雀，說了什麼嗎？」
司「（側頭）好像沒有說得很清楚」
真紀「是哦」
司「卷，那天的事很抱歉。可以的話，希望我們能就像以前一樣相處……」
真紀「別府，我想起來了」
司「什麼？」
真紀「我確實看到外星人了」

×××

回想，大學的禮堂。
在舞台上拉著小提琴的真紀，看了眼觀眾席，發現後面有個外星人正看著這裡。
表情皺了一下的真紀。

×××

真紀「原來那是你啊（微笑）」
司「是我（看著真紀的笑容）」

31　同樣．小雀的房間

小雀，手機拿在手裡，把要給鏡子「別府司喜歡卷真紀」的簡訊傳送出去。
看到螢幕上顯示「訊息已傳送」之後，睡覺。

32　咖啡館．店內（另一天）

喝著好像很難喝的咖啡的小雀。
聽著錄音筆的播放內容的鏡子。

真紀的聲音「不要瞧不起被拋棄的女人」

鏡子，停止了音檔的播放。

小雀「聽起來像是真話，我覺得如果她真的殺了自己的丈夫，是不會這麼說的」

鏡子，從放線香的束口小物袋中拿出一張照片，放著。

小雀，把照片拿起來看，感到疑惑。

小雀「這個是什麼」

鏡子「我兒子失蹤的隔天照的」

小雀「（什麼）」

鏡子「那個人，可是才第二天就去參加派對了。丈夫失蹤後受到打擊的妻子會擺出這樣的表情嗎？」

小雀「（確實有道理）……」

33 別墅・一樓

打開玄關的鎖，回到別墅的小雀。

沒有回應，別墅空無一人。

小雀「我回來了」

小雀「（朝著二樓）卷？」

正想著是不是都沒人在，走向廚房，發現到。

餐桌上放著，真紀的手機。

小雀……

小雀「（看看四周）卷？家森？別府？」

回應她的是一片寂靜。

小雀，打算坐下時注意到，走去窗邊把窗簾拉上。

走回原位，坐下，按下了真紀的手機按鍵。

有畫面出現，但要求輸入密碼。

想著不會那麼簡單，拿出自己的手機，

有封 Email 的主旨是「卷真紀的個人資料」。

內容寫著地址、出生地、真紀的生日、卷幹生的生日、電話號碼等資料。

小雀，再次環視了整個房間，在手機上輸入真紀的生日。

出現輸入錯誤的訊息。

輸入卷幹生的生日，也不對。

思考著，再看了一次卷的個人資料，看到結婚紀念日（2月21日）。

輸入 0221 之後，手機解鎖。

小雀，有點緊張，正要打開郵件，聽到有人打開玄關鎖的聲音。

×××

在玄關，提著購物的袋子回來的真紀。

發現小雀的鞋子亂脫，將它擺好。

進入房間後，看到躺在沙發上的小雀正在打哈欠。

真紀「我回來了」

小雀「（發現）喔，妳回來啦」

真紀「（看看餐桌）啊，果然忘在家裡了」

餐桌上擺著真紀的手機。

真紀，就讓手機留在餐桌上，提著袋子要走到廚房時，突然留意到。

真紀「奇怪」

真紀，轉過身。

小雀，緊張了一下。

原本以為真紀要過來拿手機，但她卻走向窗戶。

真紀「我把窗簾打開才出去的」
小雀「啊，是我拉上的」
真紀「（微笑）想要睡個回籠覺是嗎」

說著，打開窗簾。

小雀，內心……

真紀「啊，對了」

真紀，從袋子裡拿出三角包裝的咖啡牛奶。

真紀「禮物」
小雀「謝謝……」

愣愣地拿過咖啡牛奶的小雀。

真紀「看妳總是喝這個」

說著又走回廚房的真紀。

小雀「這個很好喝喔」

小雀，坐在小吧台，一邊喝著咖啡牛奶，一邊和拿出食材的真紀聊天。

小雀「妳喜歡喝酒嗎？妳是不是都喝不醉」
真紀「沒這回事，偶爾也會喝醉」
小雀「怎樣的時候會喝醉？」
真紀「嗯，我也已經好幾年沒喝酒了」
小雀「比方說跟朋友」
真紀「沒有沒有」
小雀「或者是有人約妳去派對之類的」

真紀「派對？不確定是不是派對」
小雀「因為我沒有這種經驗，想說去一次看看……有嗎？」
真紀「有倒是有」

真紀，開始把食材放到冰箱裡。

小雀「是什麼樣的派對？」
真紀「一群熟人的那種……啊。原來家裡有蘆筍了啊」
小雀「……」
真紀「我又買了」
小雀「真好」

小雀，走到真紀旁邊幫忙。

小雀「好羨慕喔，有那種派對……」
真紀「小雀妳有點神秘呢」
小雀「啊？」
真紀「妳身上偶爾會有線香的味道」
小雀「……」
真紀「抱歉，通常都是只有香皂的香味，但偶爾，真的只有偶爾」
小雀「因為我常常在公車上靠在別人身上睡著」
真紀「原來（微笑）」
小雀「（指著衣服）之前我穿的也是這件」
真紀「說的也是。我還在想妳會不會是去掃墓了」
小雀「（微笑）那的確是有點神秘呢」

真紀「不好意思，說了些奇怪的話」

小雀「不會啦，沒事」

食材放進冰箱的作業結束。

打算回房間的小雀，發現地上放的紅酒瓶，拿起。

小雀「我拿到後面去」

真紀「（看著小雀的舉動）」

小雀「嗯？」

真紀「上次，妳是醒著的吧？」

小雀「什麼？」

真紀「我和別府有些小爭執的時候」

小雀「……」

真紀「我想說妳可能是醒著的」

小雀「（內心放棄，微笑）嗯」

真紀「真丟人」

小雀「不會啦」

真紀「小雀，妳是不是喜歡別府？」

小雀「（試著保持冷靜）為什麼這麼說？」

真紀「我還挺擅長看穿誰喜歡誰這種事的」

小雀「ㄟ——」

真紀「不願意明確說出來的人，一定是有明確的理由的，但是喜歡一個人的心情，就算什麼都沒做，什麼都沒說，還是會自己流露出來」

小雀「（微笑）」

真紀「我很高興我看到妳流露出的心情。別府，他沒發現妳的心意嗎？」

小雀「（微笑）妳誤會了」

小雀，就這樣把酒瓶放著，走到二樓。

真紀，看著小雀走上二樓，又把蘆筍拿了出來。

真紀「（買了多餘的東西，聳了聳肩）」

34 同樣・小雀的房間

進到房間的小雀，從口袋取出剛從鏡子那拿到的照片，看著。

照片上的背景是在派對會場的一處，盛裝打扮，單手拿著香檳，看起來很開心的五名男女。

臉上笑得十分燦爛、比著ＹＡ的真紀。

第二話　完

註

1 像春捲的形狀，皮的兩端不捲到內側，而是保持開口狀態。

2 又稱冰上溜石，起源於蘇格蘭，是在冰上進行一種類似滾地球的遊戲。

3 這裡在模仿 X JAPAN 的團長 Yoshiki。Yoshiki 因為嚴重的頸椎椎間盤突出症，被醫師要求要戴上護頸打鼓。

4 谷間（tanima）是乳溝。司在這裡多次把谷村（tanimura）太太錯叫成谷間（乳溝）太太。

5 X Jump，指雙手打叉後跳起的動作，通常在 X JAPAN 演唱〈X〉一曲時粉絲會做出此動作。

「告白是小孩做的事喔，大人的話要用誘惑的」（有朱）

第3話

1 千葉、醫院・單人房

身著制服的岩瀨純（15歲）看著躺在病床上的綿來歐太郎（60歲）洗撲克牌。岩瀨寬子（37歲）將花插進花瓶。

歐太郎將撲克牌分成四疊。

純一翻開，出現了黑桃Ａ、方塊Ａ、梅花Ａ、和紅心Ａ。

純發出哇—的驚嘆。

歐太郎「（對寬子說）她什麼時候會來……」

寬子「這個嘛—（含糊其詞）」

純「大叔，你想見你女兒嗎？」

歐太郎「想是想啊（無力地微笑）」

×××

歐太郎被護理師們推出病房。

純與寬子目送他後，坐下。

寬子「（一邊剝著蜜柑皮）他最後應該很想見女兒一面，可是已經斷了消息二十多年了啊」

純「（操作手機）她有沒有在玩臉書啊，叫什麼名字？」

寬子「應該叫小雀吧」

純在手機上輸入綿來雀，開始搜尋。

寬子「她小時候被寄放在很多親戚家。也寄放在我這裡過，但是她不肯上學，又經常離家出走」

純「是喔」

寬子「有一次，她在櫃子裡發現了爺爺的大提琴，從那之後，就整天窩在房間裡面拉琴」

純「小雀為什麼沒跟她的爸媽住在一起？」

寬子「她媽媽早逝，爸爸（指了指空床），也就是大叔他，當時犯下了轟動全日本的詐欺案件，被逮捕了」

純「逮捕……什麼詐欺？」

寬子「（苦笑）假超能力」

純搜尋起來。

寬子「他教自己的女兒小雀表演假超能力，經常上電視，引起了一陣魔法少女旋風，還曾經滿受歡迎的呢」

純「被揭穿是假的了嗎？」

寬子「被周刊雜誌揭穿，引起了很大的抨擊。電視台的人自殺，你大叔也被逮捕了，小雀也被說成是滿口謊話的魔法少女。其實，她只是照著爸爸說的話做的啊」**純**「是這個嗎（指著手機的搜尋結果）」

寬子「（看一眼）是啊，就是這個。這種舊聞馬上就能找到啊？（苦笑）對對，超能力少女小雀」

手機畫面裡，顯示著標題為『1990年代影片集 超能力少女』的影片。

影像是用舊式錄影帶上傳的，雜訊相當明顯，是綜藝節目的一個片段。

戴著眼罩，八歲的小雀坐著。

看起來似乎有些發抖。

年輕時的歐太郎站在旁邊，手放在小雀的肩上。

小雀前方的桌上放著一疊一疊的撲克牌。

主持人翻開其中一張，是黑桃9。

八歲的小雀「黑桃9」

主持人一張接著一張翻下去，小雀一一地猜中每一張牌。

八歲的小雀「方塊2、方塊老K、梅花6、紅心皇后……」

觀眾發出驚異的聲音，歐太郎顯得十分得意。

八歲的小雀「黑桃5、梅花4、紅心9、梅花老A、方塊7……」

2　別墅．小雀房間（隔天）

小雀睡醒一邊伸懶腰。
從被窩裡伸出手，拿起鬧鐘看時間。
已經過了十一點了，她心想：嗯——起床吧。
不對，還很睏啊。再次鑽回被窩裡。

上劇名

3　別墅・一樓

客廳桌上放著用過的盤子。
嘴邊沾著番茄醬的小雀，倒在沙發上睡覺。
一個翻身她跌下了沙發，睜開眼睛，看了看時鐘，時間是兩點。
哈哈哈，糟了。
桌上放著一張便條紙，寫著：『小雀 好像要下雪了，中午前請把洗好的衣服收進來 別府』。

×××

陽台上，小雀將曬在外面的衣服拿了起來，它們溼答答的流著水。
哈哈哈，糟了。

×××

小雀點燃柴火爐的火。
將曬衣架搬過來，放在前面。
在曬衣服時，出現了男性內褲。
當她要把內褲晾在衣架上時，被勾住了。
用力一拉，內褲飛了出去，掉進火爐裡。
她一開始很驚慌，馬上又想：啊—這也沒辦法，用木棒將內褲壓進深處，又添了一些柴火。
當她嘿嘿嘿地竊笑時，門鈴響起。

×××

小雀及有朱將米袋搬進廚房裡。

有朱「因為我們店裡用不到米」

小雀「謝謝」

有朱走到客廳。

小雀拿著裝飾著可愛小兔子的蛋糕和寶特瓶茶過來。

有朱「難得放假，妳不去約會嗎？」

小雀「我剛剛起床，而且也沒有約會對象」

小雀拿起兔子，覺得很可愛不忍心吃。

此時有朱面無表情地吃掉兔子的頭。

有朱「為什麼不交男朋友呢？」

小雀「為什麼。為什麼呀……我不太會告白」

有朱「告白是小孩做的事喔，大人的話要用誘惑的」

小雀「誘惑。誘惑是？」

有朱「誘惑首先，要從放棄當人開始」

小雀「放棄做人，這好嗎？」

有朱「誘惑大概有三種模式，變貓、變老虎，或是變成被雨淋濕的小狗，就這三種。」

小雀「貓、老虎」

有朱「還有被雨淋濕的小狗。妳想當哪一種呢？」

小雀「那就貓吧」

有朱「首先，鑽進棉被裡」

有朱在地板上躺下。

有朱「（仰望著小雀）哎，好累啊」

躺在地上的有朱的確很性感。

小雀「哦（原來如此）」

有朱拉著小雀的手臂讓她躺下，臉靠近。

小雀「欸……」

有朱「不能親下去喔。維持一個隨時接吻也不奇怪的距離，到那裡為止是女人的工作」

小雀「噢」

有朱「請保持一個寶特瓶的距離。女生主動接吻的話，男人是無法產生戀愛感覺的」

小雀「（點頭）是」

×××

小雀和司提著樂器盒，做好了出發的準備。

司「（朝二樓）我們走了！（對著小雀）妳為什麼要拿著寶特瓶？」

小雀「沒事（放在附近）」

諭高從洗手台走出來，左顧右盼。

諭高「奇怪了」

司「怎麼了？」

諭高「我洗好的褲子不見了」

小雀「（裝做不知道）」

司「褲子（摸著自己的褲子）」

諭高「不是，是小褲褲」

司「欸（看著諭高的下半身）」
諭高「我沒穿喔」

小雀和司往後退。

司「不是吧（對著小雀）收衣服的時候有嗎？」
小雀「別府你借他小褲褲不就好了嗎」
司「請不要說小褲褲」
諭高「借我小褲褲」
司「在途中的便利商店買吧」
諭高「借我小褲褲嘛」
小雀「借他小褲褲」

真紀拿著樂器盒從二樓跑下來。

真紀「不好意思，讓你們久等了」
司「走吧」
諭高「別府，等等我」
司「小褲、褲子去便利商店……」
諭高「（指著真紀和司）你們兩個穿橫條紋撞衫了」

真紀和司都穿著橫條紋。

司「啊，抱歉」
真紀「不行嗎？」
諭高「看起來你們像關係很特別，這樣好嗎？」
司「我去換衣服，請等我一下」

司衝上二樓。

諭高「為什麼要穿橫條紋啊」

真紀「不能穿橫條紋嗎」

諭高「一定會撞衫的嘛。選衣服的時候，一般會想其他人是不是可能也會穿啊？」

真紀「那，橫條紋要什麼時候穿呢？」

諭高「跟昨天穿過橫條紋的人見面的時候吧？」

真紀「條件太嚴苛了吧？」

司走了下來。

司「讓你們久等了」

諭高「怎麼搞的」

這次變成司和諭高走同一路線，上下都撞衫了。

小雀「你們看起來關係很特別喔」

司「我去換衣服（確認大家的衣服）」

司回到二樓。

諭高「還有，別穿有強烈訊息性的T恤喔！」

4　音樂餐廳「夜曲」・外面（傍晚）

從廂型車上拿著樂器走下來的真紀、小雀、司、諭高，正要進店裡時。

純的聲音「不好意思」

四人，一看，純站在那裡。

司「什麼事？」

純穿著橫條紋。

小雀「（對真紀說）是橫條紋耶」

諭高「（對真紀說）看吧」

真紀「在街上偶然遇到的話也沒辦法吧」

純「（看著小雀）那個，不好意思」

小雀「（我嗎？）」

純「（點頭）是關於綿來先生的事」

小雀「……」

小雀隱藏著內心的動搖。

小雀「（對真紀們說）是我認識的人。你們先走吧」

諭高「（對小雀說）幸好，妳沒穿橫條紋」

真紀、司、諭高先走進店內。

純拿出手機，一邊秀給小雀看顯示了甜甜圈洞四重奏消息的網頁。

純「妳是綿來雀吧」

小雀「（苦笑）不……」

純「妳爸爸，快要去世了」

小雀「（笑容凝固）……」

純「大叔現在在千葉的醫院住院，已經是隨時都可能離開的狀態了」

小雀「（看著旁邊）哦」

純「大叔說，他想見女兒最後一面，他在等妳」

小雀「（仍看著旁邊）哦」

純「請現在跟我一起去」

小雀「(歪著頭)今天我有工作，不太方便」

純「欸？但他的狀態可能今天可能是明天隨時都會離開……」

小雀「嗯，啊，嗯，謝謝」

小雀低下頭行禮，想要離開。

純「妳爸爸很想見妳啊」

小雀「是」

小雀低下頭，逃走似地走進店裡。

純「(不滿地)……」

5　同・走道～休息室

在掌聲中結束演奏，回到後台的真紀、小雀、司、諭高。

有朱走進來。

有朱「家森先生，家森先生」

諭高「什？什麼？」

諭高被有朱拉著手，走到對面去。

真紀、小雀、司進入休息室。

司「小雀，妳今天的節奏有點」

小雀「(心不在焉地)什麼？啊，太慢了嗎」

司「太快了，快很多」

小雀「欸(看向真紀)」

真紀「(同意)」

小雀「啊，是這樣。抱歉（微笑）」
諭高帶著不懷好意的笑走了回來。
諭高「不得了了，有朱邀請我了。（突然想起）對了，內褲該怎麼辦」
司「你剛才不是買了嗎」
諭高拉下一半褲子，露出內褲。
上面用仿毛筆的字型寫著「Ultra Soul（鬪魂）1」
諭高「只有賣這種的啊」
司「訊息感很強呢」
小雀怔怔地看著大提琴，靜止不動。
抬起頭來時，發現真紀正觀察般地看著她。
小雀掩飾地一笑，真紀也微笑了。

6 別墅・一樓

從浴室出來的小雀，和拿著浴巾往浴室走去的真紀擦肩而過。
真紀「還有洗髮精嗎？」
小雀「有」
真紀走向浴室，小雀走向廚房。
司將餐具放進櫃子裡時，頭撞到了櫃子門。
身體往後縮，後腦勺又撞上相反的櫃子門。
司「好痛……」
小雀微笑地看著司的樣子。
司「（揉著頭，靦腆）冰淇淋嗎」

小雀「（點頭示意）」

司從冰箱裡拿出冰淇淋，遞給小雀，讓她稍等一下，然後連湯匙也一起拿出來給她。

小雀開心地接過，向司道謝，當場就吃起冰淇淋。

小雀「……別府，你明天要做什麼？」

司「明天嗎」

小雀「如果你有空的話……」

司「對了，在舊輕銀座好像有搗年糕大會喔。小雀妳要不要去看看？」

小雀「搗年糕大會啊（很高興的樣子）別府呢？」

司「我明天得回老家一趟。爸爸得了某個獎，要一起慶祝」

小雀「哦——真厲害」

司「除了我以外，大家都很厲害（自嘲地微笑）」

小雀「……去搗年糕還比較開心吧」

司「（想了一下）」

小雀「搗年糕會很開心喔」

司「不了，因為是家人的慶祝，我還是回去好了」

小雀「（點頭）」

司「小雀的家人呢？沒聽妳說過」

小雀「他們在岡山縣做糯米糰子」

×　×　×

真紀正在吹頭髮。

小雀躺在旁邊，看起來很睏。

司「小雀，差不多該到樓上睡了？」

小雀「我還不想睡（喝著咖啡牛奶）」

真紀聞了聞小雀的髮香，又聞了聞自己的。

真紀「是很香沒錯」

小雀「有沒有覺得有點像廁所芳香劑的味道？」

這時，傳來玄關門打開有誰回來的聲音。

三個人回頭一看，是諭高垂頭喪氣地走了進來。

司「（咦？）你不是去有朱家了嗎？」

真紀「不是 Ultra Soul（鬪魂）嗎？」

諭高「別府，可以給我一杯烈酒嗎？」

7　諭高的回想

有朱和諭高走進公寓其中一間房子。

諭高「真的可以進去嗎？」

有朱「你是為了什麼來的呢？（臉貼近，誘惑）」

室內一片昏暗，但有朱不開燈。

諭高的手伸向有朱的背後。

有朱「那裡要跨過去，爺爺在睡覺」

諭高看向腳邊，被窩裡睡著一個老爺爺。

諭高「什麼……」

諭高跨了過去，繼續前進時。

有朱「啊，那是我爸爸，啊，那是我媽媽」

諭高接二連三地跨過前進。

諭高「呃，這裡是……」

有朱「我老家」

諭高「啊……哦哦哦」

打開紙門，走進最裡面的房間裡，電燈亮著，有個國中女生坐在書桌前念書。

有朱「我妹妹，要考高中。請幫她看功課」

諭高「哦——啊，好」

有朱「那就這樣，我明天要很早起，晚安啦——」

有朱揮了揮手，走了出去。

諭高「（揮手）晚安……」

妹妹「（一邊念書）那個人你還是放棄比較好喔」

諭高「什麼？」

妹妹「我姐姐的綽號是淀君2」

諭高「……」

8　別墅・一樓

真紀和司笑著。

諭高「據她妹妹說，小學時代，有有朱在的班級，每年的同學關係都會崩壞」

真紀「會是發生什麼事呢」

諭高「還有她的前男友，在跟她交往前是在蘋果電腦工作，現在每天早上都在排隊進柏青哥店」

司「會是發生什麼事呢」

小雀看著大家笑成一團，靜靜地閉上眼睛。

9 同・小雀房間

小雀睡著。

突然張開眼睛，環顧四周，發現是睡在自己房間。

10 同・二樓走廊～一樓

從自己房間走出來的小雀，走下樓梯，偷看著一樓。

看見真紀和司喝著葡萄酒在聊天。

真紀「我看了火箭升空失敗的影片」

司「為什麼不看成功的影片呢」

真紀「人類，就是失敗的連續啊」

司「也有好事情啊」

小雀看著司開懷笑著……

11 同・小雀房間

小雀躺在被窩裡，看著手機。

是超能力少女的影片。

她用手指撫摸著戴著眼罩，八歲時的自己的臉，突然歐太郎的臉出現。

小雀迅速地將手機蓋住……

12 同・一樓（隔天）

真紀在餐桌上打開自己的筆電，在鍵盤上記錄下錄音機裡播放的聲音。

小雀從二樓走下來。

小雀「早安」

真紀將錄音機按下暫停。

真紀「早安」

小雀「昨天我睡著了」

真紀「被別府跟家森抬上去了（微笑）」

小雀「（靦腆地微笑）」

小雀正要將放在廚房裡的早餐拿到客廳時，注意到真紀的錄音機。

它和小雀用來竊聽的是同一型。

她心裡一驚，望向餐廳桌子的方向。

真紀「（注意到小雀的視線）我開始了在家的工作，把雜誌的訪談紀錄整理成文字」

真紀播了一下錄音機。

裡面傳出來的是男性的訪談聲音。

小雀「哦—」

小雀拿著早餐走到客廳。

她一邊偷看著真紀，一邊將貼在桌子底下的錄音機拔下來，放進口袋裡。

真紀的聲音「小雀」

小雀「（內心緊張，背對著真紀）什麼……」

真紀「等一下要不要一起去搗年糕？」

小雀「不好意思，我有點事」

真紀「這樣啊，好（微笑）」

小雀「抱歉（回頭，報以微笑）」

13　咖啡專賣店．店內

小雀與鏡子面對面地坐著。

鏡子將信封放到小雀面前。

鏡子「這是這個月的費用」
　小雀沒有接下。
小雀「（歪著頭）我想放棄做這種事了」
鏡子「妳還拿著置物櫃的鑰匙對吧？」
小雀「（驚訝）……」
鏡子「妳需要錢對吧？妳想幫她移到看得到海的地方吧？」
小雀「那個，我可以靠四重奏的演奏……」
鏡子「我就是看上妳的經歷才委託這項工作的，要現在去嗎？去跟大家說妳的經歷？」
小雀「（動搖）……」
　這時突然有人叫她。
有朱的聲音「小雀」
　小雀嚇了一跳，一看之下，買了蛋糕的有朱正笑著揮手，朝這邊走近。
有朱「妳好」
小雀「（心底困惑著）妳好」
有朱「（也對鏡子說）您好」
鏡子「（用笑容）妳好」
有朱「（對兩人說）再見」
　有朱離去。
鏡子「真讓人搞不懂的女生呢（笑）」
小雀「（介意被有朱看到）……」
　鏡子將信封放進小雀的手裡。

鏡子「這是最適合妳的工作了」

小雀「……」

14 音樂餐廳「夜曲」・店內（隔天）

真紀、小雀、司、諭高一走進來，突然正面就傳來喀喳一聲。走在最後面的小雀嚇了一跳，轉開視線。

是大二郎和多可美用手機拍了照。

多可美「你們看，這個軟體照出來的照片這麼漂亮」

真紀、司、諭高看著多可美的手機畫面。

哇—真不錯—大夥熱烈討論著。

諭高「♪只有照片才照得出的美～[3]」

司用手肘抵了諭高。

小雀仍然有點緊張……

大二郎「對了，孩子媽，要跟大家確認那件事」

多可美「對了。（對著真紀們說）你們裡面有罪犯嗎？」

真紀、司、諭高，一臉困惑，小雀沉默不語。

多可美「我認識的旅館裡出現了一個捲款潛逃的女服務生」

司「我們沒有……」

大二郎「家森，你沒問題吧？該不會正在逃亡吧？」

諭高「為什麼只點我？」

大二郎「如果發生了什麼事，就會叫你們走路喔」

諭高「為什麼要看著我說？」

小雀保持著距離，臉上掛著笑……

15 別墅・一樓（晚上）

真紀、小雀、司、諭高在餐桌上吃著湯豆腐。

司「天氣預報（一面對著真紀說）」

司用湯匙舀起豆腐，經過諭高手臂上方，湯汁滴下來。

諭高「好燙好燙好燙。喂」

司「啊，抱歉」

小雀「（笑著）」

諭高「小雀，妳笑得太過分了」

司「卷，妳可以說五次『天氣預報』，上下唇不要碰到嗎」

真紀「（嘴巴半張）天氣預報天氣預報天氣預報天氣預報天氣預報」

小雀、司、諭高笑起來。

真紀「怎麼了」

諭高「說天氣預報的時候啊，本來就不用碰到上下唇了」

司「天氣預報。妳看」

真紀「……一點都不好笑（生著悶氣微笑）」

小雀、司、諭高笑著。

司要舀湯的時候，又滴到了諭高的手臂。

諭高「好燙好燙好燙。（對著小雀說）妳笑得太誇張了」

小雀「（笑著）」

×××

真紀在客廳寫著樂譜，小雀和諭高手拿大提琴跟中提琴在旁邊看。

司在餐桌上打開筆電，確認甜甜圈洞四重奏的網頁。

司「啊，我們網站有來信」

諭高「我們該不會有樂迷了吧？」

司「咦，這是什麼。只貼了一個連結……（點進去，看著畫面）這是什麼」

真紀與諭高過去餐桌那邊看。

傳來的影片，出現戴著眼罩的八歲時的小雀。

小雀在轉著弦栓……

八歲的小雀彷彿在顫抖。

三人邊看影片，感到疑惑。

諭高「應該是那種可疑的垃圾郵件吧？」

司「糟糕糟糕」

司慌慌張張地關掉瀏覽器。

小雀繼續轉著弦栓。

真紀「都已經看了，就會有請款單過來吧。別府，如果你付不出來的話，會被丟進東京灣……」

這時，傳來琴弦斷裂的聲音。

真紀、司、諭高回頭一看，大提琴的琴弦斷了，小雀怔怔地在發呆。

司「沒事吧？」

小雀「拉斷了（微笑）」

真紀「（小雀怎麼了？）」

小雀「（保持著不自然的微笑，換下斷掉的琴弦）」

16 同・司的房間

穿著睡衣的司正在調鬧鐘。
他留下一小盞燈光，鑽進被窩裡。
閉上眼睛後，迅速地入睡。
門靜悄悄地打開，有個赤腳的人走了進來。
正在睡覺的司，感覺到一股癢意。
唔？地睜開雙眼看向旁邊，發現小雀鑽進被窩裡來，臉在距離自己一個寶特瓶處。

小雀「（示意）」
司「（回應）……怎麼了嗎？」
小雀「（傾著頭）」
兩人之間是什麼時候接吻都不奇怪的距離。
司「啊，Wi-Fi 連不上嗎？」
小雀「（微微地搖頭）」
司「啊，房間裡有蟲子嗎？」
小雀「（微微地搖頭）」
司「妳餓了吧。等一下喔，我們公司的甜甜圈……」
司正要出被窩時，小雀抓住他的手臂將他拉回被窩。
小雀把頭埋在司的胸前，抱緊他。
感覺像是死命地抓住他。
司感到小雀的異常。
司「小雀？」
小雀「……抱歉，是 Wi-Fi 連不上」

司「（鬆了口氣，微笑）啊，Wi-Fi，好」

小雀放開他。

小雀「不好意思，這麼突然，你嚇到了吧。我沒打算這樣的」

司「沒有，我才是，沒有完全避開」

小雀「啊，是我太突然，讓你沒辦法避開」

司「Wi-Fi」

司從床上下來，想走出房間。

司「對了，如果妳肚子餓的話」

他從包包裡拿出袋裝的甜甜圈。

司「（伸出）妳要吃嗎？」

小雀「謝謝（接下）」

司正要走出去時。

小雀「別府……」

司「（有種小雀想要吐露什麼的預感，但沒有回頭）是」

小雀「（想要說：救我）……（堆起笑容）那我吃囉」

司「（依然沒有回頭）請享用」

司走出房門。

小雀「（看著甜甜圈，微笑）」

17　同・二樓走廊～司的房間

司走回來，打開門，沒看見小雀的身影。

他疑惑地走到走廊上，看著小雀的房間，房門緊閉著。

18　同・真紀房間

耳機插在錄音機上，邊聽內容邊打成文字的真紀。
停下手，拉下耳機，深呼吸。
走廊上傳來門關起的聲音。
真紀顯得有些在意，回過頭……

19　同・一樓（隔天）

真紀和諭高正吃著早餐的粥，這時做好上班準備的司從二樓走下來。

司「（搖著頭）還是不在……」
真紀「我今天一整天都在家，她回來的話我會連絡你」
司「沒事吧……」
諭高「有什麼奇怪的地方嗎？」
司「Wi-Fi……」
真紀・諭高「（什麼？）」

20　千葉・行駛的公車車內

行駛中的公車停下，門打開。
然而沒有人下車。
司機「青葉醫院前，沒有人要下車嗎？」
沒有人要下車，公車再次出發。
小雀身旁放著大提琴盒，低頭坐著。
奔馳的公車逐漸開離了醫院。

21　其他公車站

小雀揹著大提琴盒站著。
她看著錢包，裡面只有五百塊左右，她發出嗯——地聲音思考著。
錢包裡還放著類似置物櫃鑰匙的東西。
她看了看四周，跑起來。

22

馬路上

小雀從樂器盒裡拿出大提琴。
坐在摺疊椅上，正要開始演奏時，有兩個警察走過來，說了些什麼。
小雀低下頭道歉，開始收拾。

23

公園

小雀走路過來，心想這裡的話應該沒問題吧，一看旁邊，告示牌上除了禁止玩球、禁止飲食外，還有禁止演奏的標示。
小雀，嗯——

24

別墅．一樓

真紀正在將小雀的早餐裝起來，家用電話響起。
她走了過去，接起電話。

真紀「喂，喂……是。這裡是，是，甜甜圈洞四重奏。是，綿來。綿來嗎？這裡沒有叫綿來的人。綿來雀？啊，是的。她的爸爸，啊。啊，是的，有世吹雀。是，她住在這。是、是……（表情變得嚴峻）」

25

同．外面

手機貼著耳邊走了出來的真紀，坐上廂型車。
她切斷打給小雀的電話。
真紀發動引擎，將廂型車開出去。

26 東京、花店前

小雀對著店門口的花店老闆說。

小雀「不好意思，可以買五百塊的花嗎？」

27 墓園・置物櫃式的納骨堂

小雀捧著小小的花束走進來。

房子兩側排列著置物櫃式的納骨壇。

看著這副景象，她嘆了口氣，往裡頭走。

在五層高左右，最邊緣、最下面的納骨壇的門前蹲下。

從錢包裡拿出鑰匙，插進去，打開。

裡面放著一個白色的骨灰罈。

小雀供上花束，揮著手對它微笑。

28 醫院・停車場

真紀從廂型車上走下來，抬頭看了一下醫院，走進去。

29 同・走廊～單人房

寬子帶著真紀進入病房。

有護理師在，歐太郎裝著人工呼吸器，躺在床上。

寬子「剛才一度呼吸停止了，他能回來，恐怕是因為想見女兒一面吧……我去叫我兒子過來」

寬子走了出去。

真紀凝視著歐太郎。

歐太郎突然睜開眼。

真紀和他視線相對，發出啊的聲音。

歐太郎看著真紀，眼神似乎想說些什麼。

真紀將臉靠近，想聽他要說什麼。

護理師「（診脈）啊，好像停了」

真紀，咦？

護理師「（對真紀說）我去叫醫生過來」

護理師走出去。

被留下的真紀凝視著雙眼睜開，失去呼吸的歐太郎。

30 公車站

小雀坐在公車站旁的長椅上。

從背包裡拿出三角形包裝的牛奶，和在底下稍微被壓扁的，司給她的甜甜圈袋子。

公車開過來，停下。

小雀察覺到公車來了，但仍然打開包裝袋。

公車離去。

小雀默默地吃起甜甜圈。

31 醫院・走廊

真紀坐在長椅上等待著，這時寬子、醫生、護理師們從病房走了出來。

醫生「請節哀」

護理師「請到護理站辦理手續」

寬子與護理師們離去。

含著淚的純從病房走出來，站在真紀面前。

純「……她呢？」

真紀「（搖了搖頭，表示不知道）」

純拿出手機操作，遞給真紀。
真紀一看，是戴著眼罩的八歲的小雀。

32 **公車站**

小雀吃完了甜甜圈。
摺好袋子收起來，公車再次靠近。

33 **醫院・走廊**

看完影片的真紀，對著坐在隔壁的純說。

真紀「這是……」

純接過手機操作後，再次遞給真紀。
真紀看手機，上面是「不當OL正住在倫敦」的部落客文章，標題為「關於小燕子（假名）」的文章。

純「我搜尋以後發現的，應該是小雀的事」

真紀「……（開始看）」

女性的聲音「關於小燕子。那是四年前左右，我還在日本的公司上班時發生的事。同事中有個人叫小燕子（假名），一個和我同年紀的女孩」

34 **回想影像**

在鎮上稍具規模的房仲公司裡，有二十個員工左右，在櫃台並坐著女性員工，後面的桌子，是正在用夾子固定文件、穿著灰色制服的二十七歲的小雀。

女性的聲音「小燕子是個愛笑的女生，總是一臉開心地聽著大家聊天，可是，她從來沒有提起過自己的事，也沒有人注意到這一點」

女性員工們三三兩兩地一起去吃午餐。
小雀坐在公園公共廁所旁的長椅上，吃著小小的便當。

她微笑地聽著計程車司機跟打掃歐巴桑的閒談。

女性的聲音「她不跟我們一起去吃午餐，也不參加聚會。應該是個喜歡獨處，有點獨特的人吧。我們對她也沒有更多的興趣了，現在回想起來，這樣的關係對小燕子來說，或許是最舒服的吧。而讓她失去這些關係的起因，是有人在無意間搜索了她的名字」

小雀拿著郵遞物回來時，員工們圍在電腦前看著影片。上面的影像是戴著眼罩的八歲的小雀。

女性的聲音「從前，發生過一件超能力詐欺事件。大受孩子歡迎的魔法少女被揭穿了真面目，成為說謊的魔女。那就是小燕子」

小雀維持著笑容，坐回位子上，一如往常地重新開始工作。

女性的聲音「她的真面目被發現後，還是一樣愛笑。我想，以前應該也發生過同樣的事吧。無論她走到哪裡都會發生同樣的事，因此她習慣了，她總是會被過去的自己追上」

臉上掛著笑容進到辦公室的小雀，發現桌上放著一樣東西，她將它收進抽屜裡。一如往常地跟大家打招呼。

女性的聲音「從那以後，小燕子的桌上每天都會被放一張寫著「滾出去!」的紙條。她每天都將收到的紙條放進抽屜，在收到大約一百張時，她以個人因素為由，提出了辭呈。我們最後看見的她，臉上仍然戴著笑容」

小雀笑著打完招呼，走出去。

35　醫院．走廊

用手機讀著部落客文章的真紀。

女性的聲音「我也是跟著大家放了紙條叫她滾出去的人之一。雖然想向她道歉，但是已經不知道她現在在哪裡了，被找出身在哪裡，我想大概也是小燕子最不希望的事吧」

真紀讀完，將手機還給純。

純「我是不是也像那個人一樣，遞了滾出去的紙條給她了呢」

真紀……。

36　同‧停車場

真紀站在廂型車旁，打手機。

對方沒有接。

她放下電話，正要坐上車時，眼神停在醫院外面的馬路上。

37　馬路

真紀跑過來。

車道對面的，是小雀的身影。

她想逃離醫院，快步地走遠。

真紀「小雀……」

真紀在平行的人行道上，追在小雀後面。

真紀「小雀」

真紀追上她，並排著走，對著車潮對面的小雀喊著。

真紀「小雀！」

想要就此走掉的小雀，停下腳步。

回頭看著這邊。

她難以置信地看著真紀，接著輕輕地揮了揮手打招呼，微笑。

真紀看著車過去後，急忙地穿越了馬路。

小雀想再次離去。

真紀抓住小雀的手臂。
小雀看著真紀的手。

38 蕎麥麵店・店內

真紀和小雀走了進來。
街上樸素的蕎麥麵店店內，沒有一個客人，老闆在座位上聽著收音機。

真紀「（細聲地）不好意思，兩位」
老闆「什麼？」
真紀「兩位」
小雀「（大聲地）兩位」
老闆「請進」

小雀放下大提琴，看著牆上的菜單。

小雀「我要豬排丼」
真紀「（驚訝）」
老闆「（一邊倒著茶）豬排丼」
真紀「啊，我也要豬排丼」
老闆「兩個豬排丼」

老闆將茶端過來放下，回到廚房。
真紀和小雀坐著，將外套脫下。

真紀「（小雀脫下的外套）要放這邊嗎？」
小雀「沒關係（指著掛在椅背上的外套）在東京這樣很粗魯對吧」
真紀「是啊」

兩人喝著茶。

聽著收音機傳出來的聲音。

小雀「這是稻川淳二對吧？」

真紀「咦？（一聽）嗯，是啊」

小雀「他冬天也在說鬼故事呢（微笑）」

真紀「是啊（附和著微笑）」

小雀一邊喝著茶，聽著收音機內容。

真紀「（偷看小雀）吃完的話要回去嗎？」

小雀「（聽著）什麼？」

真紀「醫院」

小雀「哦——（心不在焉）」

真紀「……（心想，怎麼一回事？）」

小雀「早上我也經過了剛才的地方一次」

真紀「這樣啊……」

小雀「真沒想到妳會在那裡（微笑）」

真紀「（咦？）」

小雀「有人打電話來嗎？」

真紀「妳沒聽手機留言嗎？」

小雀「啊，抱歉，我沒聽到」

真紀「妳什麼都沒聽到？」

小雀「我在買一些東西」

真紀「……」

小雀「（回憶）剛才下公車的時候，我不小心說成謝謝招待了呢（微笑）」

真紀「我們回醫院吧」

小雀「……餐都點了」

真紀「（必須說出來）」

小雀「（小聲地）那個歐吉桑，感覺不好惹喔」

真紀「（必須說出來）」

小雀「會拿著蕎麥麵棍出來打我們喔，吃吧」

真紀「（點頭）」

小雀「（看著真紀的模樣，有某種預感，但轉開視線，再次聽起收音機）」

真紀「小雀，我跟妳說……」

稻川淳二的聲音「木頭地板唧唧地響起」

小雀「哇，好像很可怕」

真紀「小雀」

稻川淳二的聲音「一回頭，就看到已經過世的夫人。哇」

真紀「（說不出口）……」

小雀「（對著收音機）哇，好可怕（對真紀微笑）」

真紀「關掉一下好了」

小雀「不是很有趣嗎」

真紀從座位上站起來，走到收音機的地方，按下開關。

音量變得更大了。

真紀「（嚇了一跳，對老闆輕聲地說）不好意思，這個」

真紀按來按去。

真紀「（小聲地）可以關掉嗎？啊，關掉了」

真紀低下頭打招呼，回到位子上。

小雀「卷，妳不敢聽恐怖故事嗎？鬼屋什麼的也不敢進？」

真紀「（小聲地）小雀」

小雀「不過，我也差不多啦」

真紀「（小聲地）小雀的爸爸」

小雀「（雖然聽到了）對了，下次我們一起去鬼屋……」

真紀「妳爸爸剛才去世了」

小雀「……（雖然聽到了）輕井澤那邊，好像沒有鬼屋吧，會有嗎」

真紀「小雀，我們還是馬上到醫院去……（拿起外套）」

小雀「吃完再去（打斷真紀的話，語氣強硬）」

真紀「……嗯（手放開外套）」

小雀「不好意思」

真紀「（搖頭）」

小雀看著貼在牆上的海報，上面穿著橫條紋的女性拿著啤酒杯。

小雀「啊，是橫條紋，是橫條紋耶」

真紀「真的」

小雀「（微笑，繼續看著海報）……妳聽說了什麼嗎？以前的事之類的」

真紀「……（表示聽說了）」

小雀「（看了一眼真紀，又回到海報上）哦」

真紀「我聽說了」

小雀「（輕笑，看著海報）以前，有個很照顧我爸爸的人」

真紀「（內心疑惑著）嗯」

小雀「他借了我們很多錢，還常常請我們吃飯。有一次，那個人受了重傷住院了。可是，我爸不去探病，在家裡看著電視。我問他為什麼不去探病？他說，不想去醫院被傳染感冒（笑著）」

真紀「（附和著微笑）」

小雀「是不是很過分？還有，他在工地工作，要蓋三十層樓高的大樓，在蓋到第二十五層的時候，發現他在地基還是什麼重要的地方偷工減料，結果要重從頭蓋起。有公司因此而倒閉了，可是我爸當天卻在拉麵店裡，抱怨湯不夠燙要人重作。是不是很過分？（笑著）」

真紀「（附和著微笑）」

小雀「還有，我媽媽她……（說到一半，哽咽）」

真紀「……」

小雀「（苦笑，歪著頭）比起稻川淳二的故事，我爸的故事更恐怖吧」

儘管是笑著說的，卻是她的真心話。

真紀「（看著這樣的小雀）……」

小雀「（笑著）」

這時，老闆將豬排丼端了上來，放下。

老闆「來了，兩個豬排丼」

真紀和小雀點頭示意。

老闆離開。

小雀「（打開蓋子，看著豬排丼）看起來好好吃」

真紀「（打開蓋子）是啊」

真紀拿出筷子，遞給小雀。
然而小雀沒有看到。
小雀「（看著豬排丼）吃完了，我就去醫院」
真紀「（推測著小雀的心情）……」
小雀「醫院……（胸口一陣激動）」
真紀「（注視著她）……」
小雀「……會被罵吧」
真紀「……」
小雀「這樣不行吧」
真紀「……」
小雀「我們是家人，不去不行吧」
真紀「……」
小雀「我必須去……」
小雀壓抑著即將滿溢出的情感。
小雀「（注意到真紀要遞給她的筷子）啊」
真紀「小雀，我們回輕井澤吧」
小雀「（驚訝地看著真紀的手）……」
真紀「不去醫院也沒關係。吃完豬排丼就回輕井澤吧」
小雀「（偷覷著真紀，像問著：這樣可以嗎？）」
真紀「可以可以，回到大家都在的地方吧」
小雀「（歪著頭）自己的爸爸死了，卻不去……」

真紀「沒關係的」

小雀「……（點頭）」

真紀「（微笑）」

小雀看著真紀的臉。

壓抑著湧上來的情感。

小雀「我想過，如果被發現的話，是不是要辭掉四重奏」

真紀「（搖頭）」

小雀「我想，大家發現我是這樣的人的話，會不會討厭我」

真紀「（搖頭）」

小雀「我好害怕，好害怕。我不想跟大家分開」

真紀搖頭，微笑。

真紀「我們，不是共用洗髮精嗎？雖然不是家人，但那裡就是小雀的家。我們的頭髮散發一樣的味道，用同樣的碗盤，同樣的杯子。不管是褲子還是襯衫，都丟在一起放進洗衣機裡洗不是嗎？這樣不是也很好嗎」

小雀「……」

真紀站了起來，重新打開收音機。

怪談以微小的音量持續播放著。

返回來後，小雀正在吃著豬排丼。

真紀也吃了起來。

大口吃著飯的小雀的眼裡，落下一滴眼淚。

真紀看了一眼，繼續吃著。

真紀「經歷過邊哭邊吃一頓飯的人，會活下去的」

小雀「（看了真紀一下，繼續吃）」

兩個人狼吞虎嚥地吃著。

39　高速公路（傍晚）

長野方面的招牌出現在前方，廂型車奔馳著。

真紀在開車，小雀和大提琴盒一起坐在後座。

小雀撫摸著大提琴琴盒。

小雀「我的大提琴，是爺爺教我的，爺爺長著白色的鬍子。」

真紀一邊開車，點著頭傾聽。

小雀「我第一次在櫃子裡發現大提琴，摸著它的時候，爺爺過來了，告訴我，這種樂器，是十八世紀的時候在威尼斯誕生的喔。樂器的壽命啊，比人還要長。它的年紀比妳大，也比我大。我嚇了一大跳，它的年紀居然比這麼老的爺爺還要大，從遙遠的國度來到這裡，現在在我手上。爺爺把他的手放在我的手上，教我大提琴的拿法。大提琴比我的手臂還粗，讓我覺得很懷念，好像有種被保護的感覺。我對它說，這樣啊，你會比我活得更久，那這樣吧，我們要一輩子在一起喔，我和它約好了。」

繼續開著車的真紀。

40　馬路～別墅．外（晚上）

廂型車開過來，真紀與小雀坐在車上。

小雀隔著後照鏡看著真紀的臉。

小雀「卷……」

真紀「什麼？」

小雀「我，還有其他事瞞著妳……」

真紀「（看著前方）啊」

小雀「什麼？」

別墅裝飾著燈飾。
閃閃發亮。

司和諭高在露台上放著梯子，正要將燈飾裝到牆壁上。
諭高聽到車聲。

諭高「啊，回來了吧」

真紀與小雀從停好的廂型車上走下來，驚喜地仰望著燈飾。
諭高將手放開梯子，走向前來。

諭高「妳們回來了！」

梯子變得不穩，開始搖晃。

司「家森!?」

梯子倒下，司也跟著被甩到地面上。

司「真的假的……」

諭高「回來啦」

真紀「我們回來了」

小雀「我回來了」

小雀看著露台方向，衝過去。
從正面的真紀和諭高看過去是死角，司正好掉在螺旋階梯的內側。
小雀走向司，對他伸出手。

司「啊，歡迎回來……」

司扶著小雀的手，站起來時。
小雀親吻了司。
司吃了一驚。
仰望著燈飾的真紀和諭高看著螺旋樓梯的方向，心想：他們兩個人在做什麼？
螺旋樓梯背後，在親吻的小雀和司。
小雀離開司，羞怯地游移著眼神。

小雀「WiFi 接上了（對司微笑）」

41 音樂餐廳「夜曲」．店內（隔天．夜晚）

滿場客人的掌聲中，真紀、小雀、司、諭高站在舞台上。
真紀、司、諭高看向小雀。
小雀在緊張中，彈奏起巴哈的《無伴奏大提琴組曲》。
演奏了一會，停下。
客人們顯得十分驚訝，有朱和多可美在上餐。
真紀、司、諭高很擔心。

小雀「……不好意思，我重新來一次」

小雀將手放在大提琴上，閉上雙眼。
頭髮遮住了她的臉。
被頭髮蓋住，看不見臉的狀態下，這次她開始演奏起卡薩多的《大提琴無伴奏組曲》。
看不見她的臉，專心地演奏著。
小雀收起琴弓，以堅毅的表情抬起頭。

42 同．休息室

表演結束後，真紀、小雀、司、諭高在收拾東西。
小雀拿出放在服裝口袋裡的兩把靈骨堂的鑰匙，注視著。

司「（在旁邊看到）那是什麼」

小雀「沒～什麼（微笑）」

將兩把鑰匙收進錢包裡。

司「小雀，妳該不會有金庫吧？」

小雀「是啊，不過金庫裡放的是糯米糰子（笑）」

諭高在一旁對他們兩個人笑著的樣子很在意，這時手機響起，他看了畫面。

諭高「（表情陰暗）……你們先回去好嗎？」

真紀「怎麼了？」

諭高「是 Ultra Soul（鬪魂）」

43　長長的階梯上

在長而陡峭的水泥階梯最上頭，停著一台廂型車。

車內坐著墨田，音響傳出杉山清貴的〈兩人夏日物語〉。

階梯前方站著半田，在他的腳下躺著被綁成一團的諭高。

諭高全身被膠帶一層一層地纏起來，變成球狀，滾在地上。

半田「你想說了嗎？」

諭高「我真的什麼都不知道啊」

半田蹲下來，看著諭高的臉。

半田「我告訴過你，不要再讓我們為難了吧？」

半田將腳踏在諭高的身體上，讓他滾動。

諭高看向前方，是陡峭的階梯，他大聲地喊叫。

墨田將音響的音量調大。

正播到〈兩人夏日物語〉副歌最高潮的地方。
半田在諭高要滾落的前一刻按住他，拿出照片。
上面是和諭高挽著手的女子。

半田「她在哪裡？」

諭高「如果我知道的話，早就說了。我早就不愛她了，也不知……」

半田作勢要將諭高踢落。

諭高「不要、不要、不要啊！」

第三話　完

註

1 日本樂團B'z的名曲。

2 淀君為豐臣秀吉側室，被認為是日本三大惡女之一。

3 諭高改編了日本樂團「The Blue Hearts」的「Linda Linda」歌詞。原歌詞「是照片照不出的美」。

「說到這，感覺我們全部都會孤老終身」（真紀）

「不要說這種嚇人的話」（司）

第4話

1 別墅・一樓

表情嚴肅的司，對著站在陽台的真紀，小雀，諭高說話。

司「請大家看過來，這裡」

垃圾袋堆得像山一樣高。

真紀「什麼時候堆的」

小雀「我不知道這件事」

諭高「怎麼會變成這樣呢？」

司「因為早上沒有人去丟垃圾」

真紀「我以為別府會拿去丟」

諭高「我也以為別府會丟說」

小雀「我也以為有人會丟」

司「組團至今，每次都是我拿去丟。因為都沒有人要丟（說完後略笑）前幾天我突然想到，啊，是不是我太主動所以大家就都懶得丟呢？我不丟的話也許大家就會接手吧。我試著放手結果就是這樣」

真紀「（對著小雀說）妳不覺得有點冷嗎？」

小雀「是有一點冷」

三個人準備進入室內。

司，把路擋住，並把門關上。

司「小雀」

小雀「是的」

司「早上起床之後請把垃圾拿去丟」

小雀「早上我起不來。晚上的話。」

司「街道委員會有規定晚上不能丟垃圾」
小雀「不要被發現就好啦」
司「會有人巡視」
小雀「把垃圾袋弄成保護色不就好了嗎？」
司「什麼意思？」
小雀「把垃圾袋弄成可以融入柏油路或草木背景的樣子之類的」
諭高「沒錯」
小雀「讓巡視的人，經過的時候也不會發現」
司「我看連垃圾回收車經過也不會發現吧！垃圾會嘗到玩躲貓貓時不被任何人發現的寂寞滋味」
諭高「要小雀早起是不可能的啦」
司「家森」
諭高「你願意給我零用錢嗎？」
司「為什麼我必須要給你零用錢呢？」
諭高「我打工被開除了現在手頭很緊哪」
司「卷」
真紀「早上很冷呢」
司「是很冷」
真紀「很冷很冷呢」
司「我也覺得冷。那我們就四個人輪流吧」
真紀「要不要用季節來分配呢？我春天！」
小雀「我夏天！」
諭高「我秋天！」

真紀・小雀・諭高「（暗示司，就選了吧）」

司，一手抓起垃圾袋抵向三人。

司「不好好丟垃圾的人，在垃圾的眼中也是垃圾。明天開始請務必記得丟垃圾！」

真紀・小雀・諭高「是！」

×××

過了一天，垃圾山堆得更高了。

司，對著列隊的真紀與小雀與諭高說道。

司「現在要怎麼辦？這樣下去的話這個家，遲早會變成垃圾屋喔，媒體也會跑來喔」

真紀「那不就可以上電視了？」

諭高「搞不好佐佐木希小姐會來呢」

司「（對著真紀）我們只會被當作笑話看。（對著諭高）會來的不是佐佐木希小姐，是作弊二人組的竹山[1]。」

小雀「啊！（然後朝另一方指去）」

司「什麼？（跟著看過去）」

小雀，趁此空檔打開門進入室內。

真紀與諭高也跟著進去。

真紀，小雀，諭高坐在餐桌旁，開始吃起大盤子上堆得像山似的飯糰。

真紀，倒茶給小雀。小雀，幫真紀拿醬菜並一邊說道。

小雀「沒想到別府也會生氣呢」

真紀「那我們要不要乾脆試探一下他的底線呢？」

司，雙手提著垃圾袋走進來，強力地丟在餐桌旁。

走回去，然後再提了幾包垃圾過來。

小雀「……別府？」

司「既然你們不想丟的話就和這些孩子一起生活吧」

諭高「這些孩子」

真紀「你還好吧？」

司「我還好嗎？我還好嗎？或許我現在真的是不太好呢」

司憤怒到開始顫抖。

諭高「總、總之，飯，先吃飯再說吧？」

小雀「要不要吃個飯糰？」

讓司坐到餐桌旁。

司「虧你們還真有辦法在這麼臭的地方吃東西」

真紀，小雀，諭高試著聞味道。擺出「還好吧？」的表情

司「無法請人來作客喔。客人一定會說：哇，好臭！之後不會有任何朋友來了」

小雀「就跟喜歡垃圾味的人做朋友不就好了？」

司「沒有這種人」

真紀「我同學裡有這種人。腳不臭美女跟腳臭美女中，他說他會選腳臭的美女」

呃―真紀、小雀、司三人開始傻笑。

司「你現在說的是變態吧……（側眼看過去）」

諭高並沒有跟著一起笑。

司「呃―」

小雀「（哇！）」

真紀「（面露嫌惡）」

諭高默默地吃著飯糰。

司「不是吧」

諭高「嗯？」

真紀「家森？」

諭高「啊，不好意思，我沒有聽到你們在聊什麼」

小雀「腳不臭美女跟腳臭美女，你喜歡哪一種？」

諭高「別府，她在問你問題耶」

司「他是在問你啦」

小雀「好恐怖好恐怖好恐怖」

真紀「不過，不覺得有一點臭味會讓這個家更有魅力嗎？」

司「沒有這回事！　現在這個家已經變成垃圾屋，之後左右鄰居就會來抗議，我們只能踏上流浪之路……」

門鈴頓時響起。

司「來了！來了來了來了」

司，往玄關走去。

小雀「（看著垃圾）這個該怎麼辦？」

真紀「先搬到別府的房間吧」

三個人笑得正開心，面露困惑表情的司也走回來。

司「家森，你的訪客」

諭高「我？」
小雀「會不會剛好就是臭腳美女呢」
司「（回頭轉向玄關，並朝著在那裡的人們）啊，請你們稍等一……」
半田跟墨田就這麼走進來。
諭高，啊的一聲。
半田「（一邊重咳一邊說）啊～大家好，請不要太拘束」
半田，帶著滿臉笑容跟真紀等人點頭示意。
半田「輕井澤真冷，冷到我都感冒了」
這個人是誰？ 真紀與小雀兩人緊靠在一起。
諭高「半田先生，我現在就過去，請在外面稍等……」
隨著半田所使的眼色，墨田往二樓方向走去。
諭高「你要去哪裡？（朝向半田，並示意真紀等人）跟這些人沒有關係的。其實跟我也沒有關係。」
半田，一邊重咳一邊走到餐桌旁，一臉疑惑地看著垃圾袋，並將眼光轉向飯糰。
半田「（問真紀）這裡面包什麼？」
真紀「（小聲地）鮭魚跟鰹魚香鬆」
半田「（沒聽清楚）嗯？（說完後拿起一個飯糰）」
諭高「半田先生，那是我的鰹魚飯糰……」
半田，一邊吃著飯糰，一邊從口袋中拿出一張照片，並遞給諭高。
那是張諭高與女生牽著手的照片。
半田「這個女人，現在在哪裡？」

諭高「就說了，我不知道啊。像我這種沒骨氣的男人，哪有理由包庇這個無所謂的女人呢……」

半田「你，並不是沒有骨氣。我也不認為這個女人無所謂」

諭高「不不不……」

並且把中提琴像棍棒般地揮舞者。

墨田從二樓走回來。

墨田「找到了！」

諭高「（啊一聲）」

半田，從墨田手上把中提琴接過手來。

小雀「竟然用抓過飯糰的手……」

半田，拿著中提琴，準備離開房子。

諭高「半田先生，沒有那個我無法工作……」

半田「（看著垃圾袋，並對著司）這裡，怎麼堆了這麼多垃圾？我幫你拿去丟吧。」

半田與墨田，兩手拎著中提琴與垃圾袋，一邊重咳著一邊走出屋子。

司「真是好心人啊……」

諭高「他們才不是好人呢。而且還感冒了」

諭高，轉身回頭看，發現真紀手拿著手機，並正準備撥打電話。

諭高「卷……你在幹嘛？」

真紀「報警……」

諭高，慌慌張張地把手機從真紀的手上搶過來，並掛斷電話。

諭高「其實他們不是壞人。壞的是這個女人……（看向手邊，但手中並未拿著相片）」

小雀，撿起諭高弄掉的照片，並看著照片。

小雀「這個女人，是誰啊？」

諭高「（面露些許羞澀的微笑）我的前妻」

真紀、小雀、司，異口同聲「啥？」

2　別墅．二樓走廊～諭高的房間

諭高走上二樓，真紀，小雀，司也跟上。

諭高「我有話想跟大家說，會講很久喔」

大家走進諭高的房間。

諭高「請進請進。小雀，進我房間前請妳脫掉廁所的拖鞋好嗎？」

小雀「啊，不好意思」

四個人都坐下。

諭高「簡單說呢，（把照片給大家看）這個人叫做茶馬子，寫做茶色小馬的孩子的茶馬子，是我的前妻」

司「原來你結過婚」

諭高「是啊，也有小孩」

真紀「哇」

小雀「誒！（邊講邊笑）」

司「嗯」

諭高「這個嘛，如果照順序來說明的話，我以前中過六千萬圓的彩券」

真紀「哇」

小雀「（驚訝貌）」

司「誒！」

諭高「然後，當時我也當過小電影的演員」
真紀・小雀・司「誒!?」
諭高「話說回來，小學的時候我曾經騎腳踏車環日本一趟」
司「等一下等一下，請你先等一下」
小雀「家森，你的調味太重口味了」
真紀「重到都吃不出原本的味道了」
諭高「其實是在當演員那段時間中了彩券，六千萬圓。結果呢，買過之後就忘了，當我發現中獎的時候已經過了兌獎期限。」
真紀「哇」
小雀「嗚哇」
司「哇！」
諭高「是啊，一定會哇吧！如果是別人的事情，哇一哇就過了，但當發生在自己身上，讓我變得自暴自棄每晚到處買醉，然後在酒店認識了一個女生，她說她養的倉鼠死了讓她很傷心，我就陪她去看電影，誰知道電影裡出現的倉鼠也死翹翹」
真紀「（笑到噴出來）」
司「誒？　然後看著真紀」
小雀「（看著真紀也跟著笑出來）」
諭高「安慰著安慰著就結婚了。畢竟那時我也很低潮，有活力的話人是不會步入婚姻的。那個結婚對象就是茶馬子。」
司「那你們為什麼離婚？」
諭高「那年夏天太熱了」
真紀「再怎麼熱也不用離婚吧」

諭高「嗯、還有，我也沒有好好找到一個穩定的工作」

真紀，小雀，司，一副原來如此的表情。

諭高「結婚根本就是世界上的活地獄。老婆是食人魚，結婚登記證根本就是實現詛咒的死亡筆記本。我們天天吵架，她拿出離婚協議書，但我不想和小孩分開所以反對，有一天，我從車站的樓梯摔了下來，住院之後（話講到一半，瞥看了真紀一眼，改變話題）總而言之，我這一生中沒有這麼憎恨過一個人」

苦笑之後面面相覷的真紀、小雀、司。

司「那麼，剛剛那兩個人是？」

諭高「茶馬子跟我離婚之後，馬上就交了男友。那個男人叫做西園寺誠人，是個明明是有錢公子哥卻不願意繼承家業一心想當小說家的人，然後就帶著茶馬子連夜落跑。剛剛的兩個人是那傢伙父親的手下，目的是要讓西園寺誠人跟茶馬子分手，然後把他帶回家。這樣你們懂了吧？」

真紀，小雀，司三人露出似懂非懂的表情。

司「也就是說，只要知道茶馬子跟西園寺兩個人在哪裡……」

諭高「嗯，我是知道他們在哪啦」

諭高，打開放在側邊的瓦楞紙箱。裡面有個樂器盒，打開之後，是兒童用的小把的小提琴。

諭高「離婚的時候，我偷偷把提琴交給小孩。茶馬子那傢伙，竟然把提琴寄回來給我」

諭高，把提琴放下，然後把瓦楞紙箱的封口給大家看。

上面貼著郵寄資訊，上面寫著寄件者的姓名大橋茶馬子，而且還有東京的地址。

司「這個地址就是…」

諭高「（搖頭）茶馬子不會笨到把住址寫上來的」

小雀，指著郵寄資訊上的便利商店收件郵戳。
收件郵戳上寫著橫須賀站前分店。

諭高「嗯，她那個人不會那麼勤勞為了偽裝而拿到更遠的便利商店寄」

司「是喔。啊，那麼，在橫須賀就可以找到她囉？」

真紀「可以去小學找」

諭高「嗯，畢竟有小孩在」

司「對喔」

真紀「原來你不是因為前妻，而是為了小孩著想才隱瞞到現在」

諭高「（承認後苦笑）明天我就會去跟茶馬子見面。見到面後，會好好地跟她溝通的……然後，小雀，我有事情想麻煩妳幫忙」

小雀「啥？」

3 馬路上（另一天，白天）

在路上行駛的廂型車中，諭高負責開車，小雀坐在一旁。

小雀「為什麼我要扮成你的女朋友呢？」

諭高「茶馬子認為我會孤老終身，我要讓她看看事情不會照她想的那樣走」

小雀「卷看起來更有女朋友的感覺吧」

諭高「茶馬子很了解我啊」

小雀「（沒有在聽，伸懶腰）到了之後叫我起來」

小雀蜷曲著身子打盹。
諭高，把空調的溫度調高。
在廂型車後方數台車後，有一台黑色的休旅車跟了上來。

車內播放著〈兩人的夏季物語〉，額頭貼著退燒貼布的半田正把感冒藥跟明治阿波羅巧克力往嘴巴裡送。

4　別墅前的道路上

準備上班的司，走上馬路後，有個女性鬼鬼祟祟地在腳邊找東西。

雖然她用口罩把臉藏起來，但看得出來是沒有戴眼鏡的鏡子。

司「怎麼了嗎？」

鏡子「我在找眼鏡」

司「妳把眼鏡弄丟了嗎？」

司，環看腳邊準備找眼鏡。

鏡子「（瞇眼看著司，發現是司後，嚇了一跳）啊，那個，不用麻煩了」

司「別這麼說，我現在就幫妳找」

這個時候，從別墅那一端傳來…

真紀的聲音「別府！」

真紀高舉著貓頭鷹甜甜圈的信封跑過來。

司，啊的一聲，往真紀的方向走去。

鏡子，慌張地躲到停在一旁的小卡車後面。

司從真紀手上把信封接過來。

司「不好意思，謝謝妳。」

從小卡車後面，窺視著真紀與司的鏡子……

真紀「之前，就是在這裡接吻的呢。」

司「啊……啊，是啊」

躲在小卡車後面偷聽的鏡子……

真紀「別府，你是不是想當作沒有這一回事呢？」

真紀往前逼近，司則往後退。

鏡子一邊偷聽，一邊躲到更裡面。

司「不是的，那是……」

真紀「雖然表面上沒事，但她還在等回覆喔」

真紀往前逼近，司則往後退。

由於真紀愈逼愈近，鏡子爬上小卡車的車斗，趴著隱藏身影。

司「可是之前她說她喜歡家森啊」

真紀「小雀她那個人哪……」

司「卷，暫停！」

真紀「什麼？」

真紀跟司都抬起單腳，然後往腳邊看去。

眼鏡就掉在地上。

真紀「這是別府的眼鏡嗎？」

司「不是，是阿姨的？（說完後，轉過頭去）」

那裡已看不到鏡子的身影，小卡車載著趴在車斗的鏡子，就這麼開走了。

真紀與司仍抬著單腳，嗯？ 奇怪？ 不斷環視四周。

5 橫須賀．看得到海的道路上

停車中的廂型車內，諭高和小雀吃著黑船便當2。

小雀看了一下諭高，停下筷子，望向窗外，哼起〈兩隻老虎〉。

小雀「要跟前妻見面讓你很緊張嗎？」

諭高「如果老婆、貓、獨角仙擺在一起要說當中何者最能溝通的話，順序應該是貓、獨角仙、老婆。」

小雀「(面露微笑）獨角仙」

諭高「茶馬子這個人，莫名冬天一樣會穿涼鞋，莫名手機怎麼換畫面總有裂痕。就算拿盒蛋糕給她，她也會拿成直立的，這樣說妳懂嗎？」

小雀「(一邊笑著說）家森，你會不會太被自己的想法左右了呢？」

諭高「(撇開視線，看著窗外）在我住院那段時間，茶馬子沒有來看過我，反而是小孩一個人來看我。那時候，我兒子跟我說他想趕快變成大人。而我卻每天都在想著要回到童年。啊，不能讓他有這麼沒出息的老爸。想著想著，我就蓋章了。」

轉過頭來，發現小雀捧著便當就那樣睡著了。

諭高，露出苦笑，從小雀手上拿過便當，拿起毛毯蓋在小雀身上。

6　小學校門前

諭高，在下課的小朋友中尋找某個身影。

導護老師瞄到諭高。

諭高，以家長式的笑容示意。

7　小學．校門前

在廂型車內睡著的小雀，醒來。

伸個懶腰之後，聽到〈兩隻老虎〉的曲調。

感到困惑的小雀下了車，看到小學生，大橋光大（7歲）邊走邊吹著直笛。

8　道路～公園

諭高跑了過來。

小雀站在公園前，並示意指向前方「那邊那邊！」

諭高，望去，看到光大坐在遊戲器材上，用直笛吹著〈兩隻老虎〉。

諭高，不由自主地轉過身。

吐了一口氣後，往回走，走到光大身邊。

小雀站在一旁關注。

道路上停著一台黑色的休旅車，半田正吃著黑船便當。

半田「♪我是一杯熱騰騰的奶茶喲～」

走到諭高，光大的面前。

光大，發現諭高後，停下吹奏。

諭高「……光大」

光大「（點頭）」

諭高「認得我嗎？」

光大「爸爸」

諭高「嗯。啊，你還認得我，嗯」

光大「爸爸，幫我拿一下（說完後，把直笛遞出）」

諭高「嗯（接過直笛）」

光大，揹好書包後站起來。

光大「我家，在那邊。清水商店的二樓」

諭高「……嗯（點頭）」

光大「等我一下喔」

光大，走到飲水台旁，伸出手，轉開水龍頭。

諭高，伸出雙手，正準備把光大抱起來的時候，光大直接彎腰喝起水來。

諭高，發出啊的一聲。
喝完水的光大，用袖口擦拭濡濕的嘴巴。
諭高「（慢慢地把手放下）你，長高了」
光大「我們回家吧」
諭高「……光大」
諭高，把光大抱起來。
諭高「要不要到爸爸家？」
小雀，在一旁看著他們，發現後方傳來腳步聲，轉身望去。
光腳穿著涼鞋的大橋茶馬子（30歲）跟西園寺誠人（29歲）牽著手，走了過來。
小雀，啊的一聲　驚覺後向諭高示意並指向他們。　你看那裡！
諭高「嗯？」
茶馬子，來到公園。
茶馬子「光大？（用關西腔呼喚，發現抱著光大的諭高）啥？」
諭高不由自主地，就這樣抱著光大跑開。
茶馬子「你想幹什麼!?」
諭高，嗨！　看著茶馬子打完招呼後就直接跑走。
小雀撿起諭高弄掉的直笛後，也跟著跑。
茶馬子「（向還沒有會意過來的西園寺）還不趕快追！」
茶馬子，脫下涼鞋正準備要追上去的時候，半田跟墨田從休旅車上下來。
墨田「副部長（指向半田額頭上的退燒貼布）」
半田「喔！（把退燒貼布撕下來）」

兩個人站在茶馬子前方擋住去路。
茶馬子、西園寺，啊的一聲。
抱著光大的諭高與小雀兩人愈跑愈遠。

9 別墅・一樓（夜晚）

菜煮到一半，拿著調理長筷與麵包粉等材料的真紀與司，傻傻地望著。
回到家的小雀與諭高，以及光大。

光大「這裡就是爸爸的家嗎？」
諭高「嗯，爸爸的家」
諭高與光大往客廳走去。
真紀、司、小雀注視著他們的舉動。
真紀「（對小雀說）發生什麼事了？」
小雀「綁架」

×××

餐桌上有炸竹筴魚，說完開動，真紀、小雀、司、諭高、光大開始用餐。
真紀把醬油淋上炸竹筴魚，順遞給小雀。
小雀把醬油淋上炸竹筴魚，順遞給司。
諭高不可思議地看著大家。　嗯？　嗯？
司把醬油淋上炸竹筴魚後，順遞給光大。
等到光大也準備把醬油淋上炸竹筴魚時。
諭高「光大，等一下」
光大疑惑地停下手來。

諭高「等一下等一下，你們是淋了什麼？」
真紀「醬油啊」
諭高「炸竹筴魚不是應該淋醬汁吧？」
司「啊，不好意思」
　司慌慌張張地正準備要站起離席前往廚房。
　然而，光大把醬油淋了下去。
諭高「光大，你在幹嘛你在幹嘛。別府大哥不是正……」
光大「醬油就可以了」
諭高「我們家從以前都是淋醬汁的啊……」
光大「媽媽說了，醬汁、醬油兩種都敢吃的人才會受歡迎啊」
諭高「……」
　喔—真紀，小雀，司開始鼓掌。
真紀「（朝向小雀）好懂事喔！」
小雀「（朝向真紀）你一定很受歡迎」
光大，把醬油放在諭高的前面。
諭高，不發一語地把手伸向醬油。
司，看著這一幕準備回到座位上。
諭高，「不行，還是沒辦法」又把手縮了回去。
司，看到此景又準備往廚房折回去。
諭高，「不行，還是試試看」又把手伸了出去。
司，準備坐下。
諭高，「我還是沒辦法」再把手縮回去。

諭高「別府，可以幫我拿醬汁嗎？」

司「好」

司，往廚房走去。

司「（打開冰箱後轉過身去）家森，你是要伍斯特醬還是要豬排醬」

諭高「伍斯特醬！」

10 別墅・諭高的房間

光大穿著諭高的鬆垮跨運動服。

諭高幫光大把褲管捲起來。

諭高「（抬頭往上看）燈就這樣開著……」

光大「可以關掉沒關係喔」

諭高「（心想著，誒？）啊，是喔（默默地關燈）」

光大，進入被窩。諭高，幫忙蓋上棉被後依偎在身旁托著臉。

諭高「嗯，我想你應該都跟媽媽一起睡覺吧……」

光大「跟媽媽還有誠人」

諭高「嗯。光大，最近小提琴怎麼樣了？」

光大「我現在吹直笛」

諭高「那是學校的課業吧。難得學了，應該要繼續練啊。你的第四指現在搆得到了嗎？」

光大「那個，爸爸」

諭高「嗯？」

光大「你們什麼時候才會離完婚？」

諭高「……」

光大「大概會是幾月的時候？」

諭高「……」

光大「（不知該從何答起）」

11 別墅・一樓

真紀、小雀、司在刷牙的時候，諭高從二樓走下來。

三個人邊刷牙，邊問道「昨晚有睡好嗎？」

諭高從冰箱中拿出一罐啤酒，開始喝。

諭高「我打算離開四重奏」

真紀、小雀、司，傻傻地含著牙刷……

諭高「我是不是該試試找個穩定的工作，然後重新跟家人在一起生活。看到我努力工作的樣子，茶馬子或許會重新考慮……」

門鈴在此時響起。

真紀三人，把牙刷抽出來，並小心地把頭往上抬避免牙膏從嘴巴流出來。

真紀「會不會又是那兩個人啊」

司「不會吧」

小雀，讓司拿著紅酒開瓶器。

真紀，拿叉子給司。

司「為什麼是我？（回問兩人）」

門鈴反覆響起。

諭高聽著這個鈴聲，有所察覺。

司準備往玄關走。

諭高「等一下，這個門鈴的按法……（聽著門鈴的聲音）是茶馬子」

諭高慌慌張張躲到廚房的深處。

小雀「就應門就好啦」

諭高「我還沒有做好心理準備（手指著胸口）拜託你們，幫我試探一下她是否願意接受我」

12 別墅・玄關

茶馬子看起來相當不悅地按著門鈴，大門打開了。

真紀、小雀、司，手拿著牙刷，並露出笑容。

13 別墅・玄關

諭高躲在廚房牆壁後面，窺視著外面。

真紀、小雀、司，請茶馬子坐在沙發上。

真紀「請坐」

小雀「請坐」

司「請坐請坐」

感到困惑邊坐下的茶馬子。

司，往廚房走去。

諭高仍躲著，司用唇語說「要不要見面啊？」諭高回覆「無法無法無法。」

茶馬子「（環看四周）那個」

真紀・小雀「是！」

司「（從廚房應聲）是！」

茶馬子「我是從一個叫半田的男人聽到的。他說，我的孩子在這裡。」

真紀「（向二樓示意）是的，他人在這裡。」

茶馬子，站了起來，準備往二樓走。
真紀跟小雀急忙阻止她。

真紀「現在，那個……」

小雀「他現在睡得很熟」

茶馬子「（環看四周）家森呢？」

真紀「現在，那個……」

小雀「他也睡得很熟」

茶馬子「請把他叫起來」

司，泡好茶後走回客廳。

司「（聲音有些不自然）請喝茶」

茶馬子，覺得怪怪的還是喝下。
諭高，趁著茶馬子移開目光的瞬間，橫向穿越房間移動位子，藏身到樓梯階梯上偷看。

司「（一邊留意著諭高的舉動）以前曾經聽家森說過夫人的事情……」

茶馬子「我現在不是他太太」

司「前任（不對）過去（不對）以往（也不對）」

真紀「我們常聽過有關茶馬子小姐的事情」

小雀「養過的倉鼠也死掉了嘛」

真紀、司，覺得不妥。

茶馬子「那已經是八年前的事了」

小雀「是病死的嗎？」

茶馬子「是啊」

小雀「倉鼠的壽命是……」

司「小雀，不要再聊倉鼠的事了」

小雀「其他還有養死過什麼嗎？」

司「聊還活著的話題吧！」

真紀「聊聊家森吧」

茶馬子「在我心中那個男人已經死了（苦笑）」

真紀、小雀、司，無言以對。

諭高……

茶馬子「（笑著笑著又露出寂寞神色）這樣想我會輕鬆一點」

真紀，對於她的說法，若有所思。

茶馬子「我想他也是這麼想的吧」

真紀「我認為家森他應該不是這麼想的」

茶馬子「這樣想我也無所謂。這世界上最麻煩的，就是想要重修舊好的男人」

諭高……

真紀「他常常聊到茶馬子小姐的事情」

茶馬子「都是在說我壞話吧」

真紀「他說他這一生沒有這麼愛過一個女人」

茶馬子「（誒？）」

真紀「他說結婚是天堂，老婆就像紅喉魚，結婚登記證是能夠實現夢想的七龍珠」

小雀跟司，一臉不可思議。

茶馬子「（是這樣嗎？）……」

真紀「（點頭）他還說過如果能夠重來……」
茶馬子「騙人，那個男人不可能說這種話……」
就在此時，諭高從樓上走下來。
諭高「是真的」
大家感到驚訝，一同轉頭。
諭高「（看著茶馬子）妳就是我的七龍珠」
茶馬子「……」
諭高「妳是我的紅喉、石狗公、石斑」
茶馬子「……還有嗎？」
諭高「還有，伊勢龍蝦」
茶馬子「魚類」
諭高「（那個）……」
真紀「（小聲地傳話）鯖魚」
諭高「鯖魚！」
茶馬子「（面有難色但仍露出微笑）」
諭高與茶馬子兩人笑容以對。
看著兩人的表情，真紀、小雀、司也不禁露出有所期待的表情。

14　別墅・司的房間
司，手上拿著一瓶葡萄酒。
司「（秀著酒標）84年份。是我出生的那一年」
小雀「要怎麼處理？」

司「我打算送給他們當禮物，慶祝兩人的復合」

小雀，從口袋中拿出紅酒開瓶器。

司，接過手來，並抵在軟木塞上準備開瓶。

15　別墅・一樓

諭高「茶馬子」

茶馬子「不要叫得這麼隨便」

諭高「妳穿的是廁所的拖鞋」

茶馬子「……（脫下拖鞋）這樣隨便帶走光大」

諭高「現在怎樣了？西園寺誠人先生」

茶馬子「回老家了」

諭高「我，什麼都沒有說喔。西園寺，是被綁走的嗎？」

茶馬子「不是啦。半田先生來了之後，才兩分鐘，他就說要回家去了」

諭高「啥？」

茶馬子「反正他家有的是錢，應該是覺得跟我在一起膩了吧。看到半田先生的人之後，他就放心地哭了起來。」

諭高，走到茶馬子身邊。

諭高「妳還好吧？」

茶馬子「我又不是第一次被男人背叛」

諭高「……我沒有背叛妳」

茶馬子「（苦笑）」

諭高「我記得以前也發生過類似的事情」

茶馬子「光大發燒的時候，要你帶他去醫院，可是你卻說給他吃藥就好了」
諭高「那個是……」
茶馬子「他差點就變成肺炎」
諭高「我還是有帶他去醫院啊」
茶馬子「還不是因為隔壁的阿嬤說的話。為什麼你們男人都只相信別人的話卻不相信自己老婆說的話呢」
諭高「我不是那個意思……」
茶馬子「當我在擔心托兒所的月費有沒有辦法繳時，你卻在說想要繼續玩音樂」
諭高「妳不就是因為我玩音樂才喜歡上我的嗎？」
茶馬子「二十幾歲時談夢想會讓一個男人發光，三十幾歲的夢想，只會讓他更慘澹」
諭高「（無力苦笑）還真是……」
茶馬子「你就是這個樣子……嗯，算了」
諭高「（有一點不高興的樣子）什麼」
茶馬子「我差點講出會讓你受傷的話」
諭高「妳已經講得夠多了，我被批評得還不夠嗎」
茶馬子「被批評受委屈、被批評受委屈，就是因為你只會這樣抱怨，我們才離婚的不是嗎？」
諭高「（被刺中）所以囉，結果就是妳的男人又跑掉了」
茶馬子「（被刺中）像你這種白癡，如果在以前，我一定會被說是被狐狸附身了」

諭高，話湧到嘴邊但又吞了回去，靠近茶馬子。

諭高「光大說想要三個人再一起生活」
茶馬子「只是稍微跟小孩相處一下，就以為自己是個好爸爸，你這是錯覺」

諭高「（把手伸向茶馬子的肩上）我們再試試看吧。我會好好工作，為了光大我們再努力一次看看？」
茶馬子「（開始放聲大笑，以認真的表情）白癡，要靠孩子維繫的時候就是夫妻走到盡頭的時候了」
諭高「……（了然於胸）」

16 別墅・樓梯～一樓

真紀、小雀，拿著開好的紅酒瓶的司，想要給兩人驚喜，笑著走下來，偷看裡面。
茶馬子的聲音「已經太晚了」
說話中的諭高與茶馬子。

茶馬子「你這個人，說了絕對不能說的話」
諭高「……什麼？」
茶馬子「你說，啊——當初我要是記得兌換彩券的話，現在就……」
諭高「……」
茶馬子「現在就怎樣？你身邊就沒有我，也沒有光大」
諭高「……」
茶馬子「妻子呢，被自己丈夫呢，想像著如果那時沒有結婚的話，沒有比這更悲傷的事了」
諭高「……（沮喪）」
茶馬子「（對著諭高，露出微笑）真可惜呢，六千萬」
諭高「……」

在樓梯間動彈不得的真紀、小雀、司。

17 別墅・外面（另一天，白天）

一台黑色休旅車開了過來，停在別墅前。

18 別墅・諭高的房間～二樓的走廊

光大，醒過來，發現茶馬子在眼前。

光大「（環看四周，疑惑）」

茶馬子「（面露微笑）早安，我們回家吧」

諭高從房間外看著這一幕，轉身離開。

19　別墅・一樓

諭高從二樓走下來，發現真紀、小雀、司站在一旁，半田則是坐在沙發上。

半田，看著諭高，舉起手上的中提琴。

半田「（露出微笑）我拿提琴來還你了」

諭高「（點頭示意）」

半田「託你的福，工作總算告一段落了」

半田，致謝後，遞出中提琴。

諭高，把提琴接過來，露出些許失落的表情看著提琴。

半田「（朝另一邊看去）啊，妳好！」

這次換茶馬子走了下來。

半田「我也有東西要交給夫人」

真紀「（小聲地說）她不是夫人喔」

半田，拿出一個厚厚的信封，遞向茶馬子。

半田「這是社長的一點心意」

諭高「分手費嗎」

下個瞬間，茶馬子賞了半田一個耳光。

半田，接著賞了諭高一個耳光。

半田「（對著諭高與茶馬子微笑）」

茶馬子，嘆了一口氣，把信封收下。

諭高「結果還是要拿？」

茶馬子「那還用說嘛！（說完，看了一下信封裡面，收起來）」

半田「那麼，我就告辭了（正準備離開，轉過身來，朝向諭高）不好意思給你帶來這些痛苦回憶」

像是說給茶馬子聽。

茶馬子「（盯著諭高）……」

諭高「（了解半田的意圖後）別囉嗦了，快走吧」

半田，露出苦笑的表情，向真紀等人致意後離開。

諭高，盯著那把中提琴。

頓時百感交集，高舉起提琴，準備往地板用力砸下去。

茶馬子伸過手，抓住諭高手腕。

諭高「（默默地看著茶馬子）」

茶馬子「（搖頭示意說不行）你就保持這樣就好了」

諭高「……」

茶馬子「（朝向司）可以幫我叫計程車嗎？」

茶馬子，向二樓走去。

諭高「等一下有演奏會，妳就聽了再走吧」

茶馬子，不回答繼續往二樓走去。

茶馬子的聲音「光大~，爸爸要你去聽他拉琴喔」

諭高，回過頭去，看著真紀、小雀、司。
諭高「（面帶羞澀地示意詢問，可以嗎？）」
真紀、小雀、司，舉手示意沒問題。

20　音樂餐廳「夜曲」．外面

茶馬子一個人站在外面，看著前方等待著。

21　音樂餐廳「夜曲」．準備室

光大手拿著小提琴。
諭高試著從後面靠著他，教他左手的按弦動作。

諭高「2的指法，3，4，嗯4的指法有辦法再伸遠一點嗎？　對、對。再一次，2，3，4。手指要確實壓住。不要拉完一個音就放開。嗯，沒錯沒錯……（隱忍不斷湧上的情緒）接下來換A弦，這裡的Si是降號所以要放穩。嗯，拉得不錯拉得不錯。嗯嗯，嗯……」
諭高，注視著光大。
光大，發現諭高的視線，感到疑惑。

諭高「（欲言又止）……（微笑搖頭表示沒事）擦一點松香吧」

22　音樂餐廳「夜曲」．店內

開店前，真紀、小雀、司、有朱等人在觀眾席內。
諭高與光大兩個人牽手上台。
真紀、小雀、司，拍手歡迎。
就座後，翻開樂譜，諭高拿起中提琴，光大拿起小提琴做好準備。
眼神交會，調整呼吸節奏，兩人開始拉起〈兩隻老虎〉。
仔細聆聽著的真紀、小雀、司。

諭高與光大演奏中不時視線交會。

×××

營業時間，觀眾席滿座。
真紀、小雀、司、諭高四人在台上。
諭高拉著揚．提爾森的《燈塔》（Le Phare）
觀眾席的後方，光大一個人坐著，聽著諭高的演奏。
突然有人把手放在光大的肩上，回頭一看，是茶馬子。
茶馬子與光大，兩人一起聽著曲子。

23 音樂餐廳「夜曲」．店外

在諭高演奏的同時，茶馬子與光大兩人坐進了計程車。
諭高，把行李放入後車廂，關上。
真紀、小雀、司，從店那頭看著他們。
諭高，回到後座處，用微笑送光大離開，司機把門關上。
光大隔著車窗看著諭高。
諭高保持微笑，舉起手跟光大道別。
計程車向前開。
諭高揮手，送兩人離開。
當計程車的身影消失，諭高用右手遮著臉。
真紀、小雀、司，默默看著這一幕。
真紀，走入店裡，小雀與司跟著走進店裡。
諭高還是站著，雙肩顫動。

24 音樂餐廳「夜曲」．準備室

邊幫對方畫妝邊聊天的真紀、小雀、司。

小雀「虧我還一直擔心他會不會孤老終身呢」

真紀「說到這，感覺我們全部都會孤老終身」

司「不要說這種嚇人的話」

25　音樂餐廳「夜曲」・走廊～準備室

回來的諭高，打開門，進入準備室。

被畫成「水汪汪少女漫畫眼」的真紀、小雀、司，吃著零食若無其事地聊著天。

諭高「（看著室內，瞠目結舌）……」

真紀「到了那時候，大家應該都有腰痛啊、肩膀舉不起來的問題吧」

小雀「畢竟現在有少子化的問題啊」

司「就是說啊。（突然轉過身）家森，對於少子化問題你有什麼看法？」

諭高「（突然湧起笑意，笑出來）」

小雀和司，走向諭高去，架住他的脖子往下壓制。

真紀，固定住諭高的臉開始畫妝。

諭高「誒、誒、等等等一下，你們想幹嘛！」

26　道路上（傍晚）

行駛於道路上的廂型車裡，變成「水汪汪少女漫畫眼」的真紀，小雀，司。

三個人正嘲笑著同樣變成「水汪汪少女漫畫眼」的諭高。

諭高「一點都不好笑！這真的一點都不好笑！」

等紅燈。

司「（笑著笑著，看向窗外）啊……你們看那個人」

人行道上有兩個站著聊天的男人。
所有人，眼光集中在其中一個人身上，然後驚覺。

真紀「誒」
小雀「誒」
諭高「誒」
司「我就說吧」
真紀「作弊二人組的竹山？」
那是個長得非常像作弊二人組竹山的男性。
諭高「應該不是吧」
司「真的很像耶」
小雀「應該是長得很像作弊二人組竹山但不是弊二人組竹山的人」
四個人笑開。

27　別墅一樓（另一天・白天）

在陽台，司對著列隊的真紀、小雀、諭高。
司「現在要怎麼辦？你們打算怎麼做？」
眼前的垃圾山堆得更高了。
諭高「嗯，畢竟發生了不少事。（對真紀與小雀行禮）給大家添麻煩了。」
真紀・小雀「不用這麼客氣啦（說完後回禮）」
司「發生不少事，也請記得倒垃圾！」
室內方向傳來手機的震動聲。

真紀「啊，有電話」

三個人一起走進室內。

司「響的只有一支手機吧」

真紀，小雀，諭高拿起各自的手機，看向畫面。

小雀，不是我，諭高，也不是我。

真紀「是我的電話。（好奇是誰，接起電話）喂你好？是，我是卷。啊，一直承蒙您的照顧。是，嗯，真是非常抱歉」

小雀，發現鏡子的眼鏡放在一旁。

忖度著。

真紀「是的，是。我會馬上處理，那就先這樣（點頭致歉，掛掉電話）」

司，諭高好奇發生什麼事。

真紀「我東京的房子，我把垃圾放在陽台後就忘記丟了，聽說現在發出惡臭造成不小騷動……」

小雀繼續看著那副眼鏡……

28　馬路上

行駛於路上的廂型車，後座與後車廂載了滿滿的垃圾。

戴著口罩遮住鼻子開車的真紀，與坐在副駕駛座的司。

司「把垃圾拿到別的地方丟不會被罵嗎？」

真紀「都已經被罵了。啊，回家之前可以先繞去出版社一趟嗎？」

29　超級市場・店內

在商品陳列架間，小雀與有朱推著推車在挑選食材。

小雀「妳要大採購嗎？」
有朱「是啊，沒錯。小雀，妳下次要不要跟我去吃個午餐呢？」
小雀「好啊、好啊」
有朱「就這麼說好囉」

一臉笑容揮手示意後，有朱先離開。

小雀，以笑容目送，繼續挑選著食材，突然有人把手搭在她的肩膀。回頭看，是換了一副眼鏡的鏡子。

小雀無言，在意有朱，轉頭，看到她已經在排隊結帳，沒有往這邊看。

鏡子「我傳了好幾封訊息給妳」
小雀「眼鏡，是新買的嗎？」
鏡子「備用的。那個人，現在在哪？」
小雀「在東京。那個，我已經無法……」
鏡子「我希望妳可以把那個人的手機拿給我」
小雀「妳的兒子，應該就單純只是失蹤吧」
鏡子「（苦笑）」
小雀「如果真的只是單純的失蹤，現在應該在某個地方……」
鏡子「如果真的是這樣，為什麼不回我那裡呢？完全沒有和我聯絡，不是很奇怪嗎？」
小雀「這個……」
鏡子「那個人，那個戴眼鏡的男人……」
小雀「我相信卷」
鏡子「……」
小雀「卷不會殺人」

鏡子「（瞠眼）」

鏡子，轉過身，默默地離開。

小雀，頓時鬆了一口氣，推著推車繼續走，走到商品陳列架的後方。

有朱就站在那裡，手裡拿著商品。

剛好就在說話時鏡子的正後方。

小雀……

有朱，看著小雀，面帶微笑地走到她身邊。

有朱「小雀」

小雀「（試著掩飾內心的動搖）嗯」

有朱「那個，可不可以借我一千塊？」

小雀「（不解，但仍然）啊，好……」

小雀，從錢包裡面拿出一千紙鈔。

有朱「不好意思，還是借二千好了，啊，有五千啊」

小雀「（不解？停下手上的動作）」

有朱「（眼裡沒有笑意的笑臉）」

小雀「（是不是被聽到了）……」

30 東京・公寓・垃圾回收場（傍晚）

真紀把垃圾丟進垃圾場。

真紀「♪上坡道，哼哼哼～　♪下坡道，哼哼哼～」

司，發出唔的一聲。

兩手提著垃圾袋，搬過來的司。

司「（看著門把）這裡，靜電很強呢」
真紀「是啊」
司，放下垃圾袋準備走回去，把手伸向門把。
司「（然後又被靜電電到）唔！」

31 **同地，卷的家**

玄關中有雙男人的皮鞋。
打開玄關門，走入室內的真紀與司。
真紀，往廚房走，司，往陽台走。
司「（往外面看）啊～真的積了一堆垃圾呢」
真紀「小心一點喔，以前我先生曾經為了移開盆栽不小心摔下去過」
司「誒，這裡是三樓耶」
真紀「腰受傷結果住院三天」
司「哇」
真紀端了杯水過來，放在桌上。
司「謝謝」
司，正要喝水時，發現地板上有雙像是被亂丟的襪子。
司「（覺得有點納悶）……」
真紀「（察覺到司的眼光）」
司「（慌張地撇開目光）那我不客氣了」
司，喝著水。

真紀「那是我老公的襪子（靦腆說道）」

32　別墅·走廊～諭高的房間

體溫計放在一旁，頭上貼著退燒貼布，重咳並躺在被窩中休息的諭高。
眼盯著天花板，若有所思的表情。
傳來敲門聲，小雀戴著口罩走了進來。
手裡拿著稀飯，然後放下。

諭高「（看過去，一副吃驚）小雀，原來妳會煮飯啊？」
小雀「（拿回手上）那我自己吃」
諭高「我吃我吃」

諭高起身半坐，開始吃稀飯。
小雀往外走。

諭高「啊、那個，（用後腦勺朝向小雀）妳看這裡」
小雀「（看了一眼）啊，有道傷痕呢，差不多百元硬幣大小」
諭高「是啊，就是在車站樓梯跌倒時的傷痕。住院住了一個月呢，妳要看照片嗎？
（邊說，邊拿起手機）」
小雀「沒有特別想看」

諭高，搜尋手機中的照片，秀給小雀看。
照片中，諭高躺在醫院病床上，整顆頭跟半邊臉都包著繃帶。
拍照的角度像是從隔壁病床拍的。

小雀「可以這樣直接去參加萬聖節派對呢」

小雀，把手機還給諭高。
諭高，接回手機，自己再看一遍。

諭高「這張照片，是入院後隔壁床的人幫我拍的。那個人（說著開始咳嗽）」

諭高「那個人，其實就是卷的丈夫」

小雀「（停下腳步）……」

諭高頭上的退燒貼布鬆垮垂下半邊。

諭高「其實我，曾經見過卷的丈夫」

小雀「……（手指著）你的退燒貼布」

33　公寓・卷的房間

真紀，拿了張披薩店的外送傳單。

真紀「要吃披薩嗎？」

司「嗯！啊，（從背包中拿出一袋天津甘栗）還有剛剛買的這個」

真紀「那個不能當飯吃啦。（看著廣告傳單）這張是舊的，新的在……」

真紀，起身離開，經過散落在地上的鞋子，往廚房方向走。

司，看著這個景象……

真紀，翻找跟信件混在一起的廣告傳單。

真紀「我記得裡面有廣告傳單啊……」

司「妳不打算把襪子收起來嗎？」

真紀「（露出苦笑）啊……」

司「妳先生不在之後就那樣一直擺在那邊嗎？」

真紀「是啊—（看著廣告傳單）怎麼都是壽司廣告」

司，走到襪子前。

司「要不要我幫妳拿去丟呢」

真紀「(面露微笑)」
司「就算一直擺在這裡……」
真紀「那個不是垃圾」
司「……抱歉」
傳來偌大雨聲。
真紀「啊，下雨了」
司「(望過去，注視著窗外的雨景)……」

34 別墅・諭高的房間

諭高一邊重貼著小雀拿來的退燒貼布到額頭，一邊說話。
諭高「隔壁床睡的是剛入院的卷的先生，我們當了幾天鄰居，我還曾經看過卷」
小雀「喔……」
諭高「那一天，是為了見卷，我才會出現在卡拉ＯＫ包廂」
小雀「喔……為什麼？」
諭高「(再度重咳)為了把光大接回來我需要一筆錢。我想向卷借錢……呃，也像是敲詐啦，因為我聽到一點風聲……」
小雀「(手伸到一半停下)為什麼你要跟我說這個？」
諭高「因為我喜歡上大家，我不想再說謊了……我也不想對妳說謊」
小雀「(苦笑)」
諭高「還有，有關卷的事情，我也不想懷疑她」
小雀「(啥？)」
諭高「在醫院的第三天，她老公跟我坦白。他說他其實不是因為移盆栽才從樓上摔下來，是被自己太太推下去的」

小雀「……」

35　公寓・卷的房間

窗外雨勢更大了。

司在桌子旁剝著栗子

襪子仍舊散落在一旁。

真紀，看著披薩外送傳單邊講電話。

真紀「2350圓。好，那就麻煩了」

真紀，掛掉電話。

真紀「對方說現在正忙，大概要等一個小時。」

真紀，坐在司的對面。

真紀「那我們就吃著栗子等吧」

真紀，把手伸向袋子想拿栗子剝皮，但是司把剝好皮的栗子遞給真紀。

真紀「不用，我自己……（仍接下手來）那我不客氣囉。」

真紀，吃著司給她的栗子。

司，看著那景象，繼續剝下一顆。

真紀「賣這栗子的阿伯，是個很有趣的人呢」

司，剝好一顆栗子又遞給真紀。

真紀「啊，夠了夠了。」

司，把栗子放在真紀面前，剝下一顆。

小雀「……（一邊吃著）別府你自己也吃一顆吧」

司，把剝好的栗子又遞給真紀。

真紀「（覺得夠了）別府」

司「（打斷真紀的話）你打算等妳老公回來等到什麼時候呢？」

真紀「……（傾頭）我這樣，算是在等他嗎」

司「妳不覺得這樣很笨嗎？竟然跟一雙襪子在談戀愛」

真紀「（面露微笑）我才不是跟襪子在談戀愛呢」

司「居然和襪子在搞三角關係」

真紀「（面露微笑）你是怎麼了？別府」

司「妳老公，現在搞不好跟別的女人在一起」

真紀「……」

司「卷，妳老公是說了什麼追到妳的呢？他現在，一定說著同樣的話在追別的女人」

真紀「……」

司「妳老公在床上會從哪裡開始親妳呢？他現在，一定跟別的……」

真紀，要站起來。

司，抓住真紀的手阻止她。

司「現在和他在一起的，不是那個『愛卻不喜歡』的老婆，而是又愛又喜歡的戀人呢」

真紀「說這些話，你不覺得很空虛嗎？」

司「是啊，真的是，抱歉了」

真紀「那麼（這些話就）」

司，失去剛剛強裝的氣勢，面露悲傷。

司「和妳在一起的時候，我心中總是會有兩種心情同時混雜。感覺快樂又悲傷，愉快又寂寞，覺得妳溫柔但是冷漠，惹人憐愛，卻讓我感到空虛。我越來越愛你，同時也越來越空虛。」

真紀「（回應司的注視）……」

司，握起真紀的手。

司「就算我這樣對妳表達愛意、觸摸妳，卻感受不到妳……那我究竟要從哪裡才能把妳搶過來呢？」

司，環扣著真紀的手指。

理解司的想法的真紀，無法拒絕司的舉動。

司「（注視著真紀）……」

真紀「（也注視著司）……」

就在此時，玄關發出聲音。

兩個人都被嚇到而鬆了手，真紀跟司回頭看了過去。

門鎖傳來喀嚓聲。

真紀跟司都站了起來。

司「披薩……」

真紀「我才剛掛電話耶……」

開鎖，傳來開門聲。

真紀，司……

第四話　完

註

1 日本搞笑藝人，搞笑特色是容易生氣。

2 橫須賀市的名物。

「就帶著三流人士的自覺，帶著社會人失格的自覺，
我們使出全力，去裝作在演奏吧。」（真紀）

第5話

1　**教會・禮拜堂內**

坐在長椅上，小雀與鏡子兩人在說話。

鏡子「在那之後，我去了東京的房子一趟。那個人啊，竟然讓別的男人進夫妻的房間裡面」

小雀「那個，跟她在一起的是別府啦。那一天他們只是一起去丟垃圾而已……」

鏡子「沒有任何關係的男人跟女人會擺出那種表情嗎」

小雀「（什麼？）」

2　**鏡子的回想**

在東京都內的公寓走廊，鏡子正站在掛著有卷家門牌的房前。

拿出一串鑰匙，從中選出一把插入，打開門鎖。

旋開門把後，開門，走進室內。

脫下鞋子，往客廳方向走進去的時候，發現身影微微重疊比肩而站的真紀與司。

兩個人往這邊看過來，表情略帶著畏懼。

鏡子「（看著真紀臉上的表情）……」

真紀「（認出是鏡子，恐懼感消失）」

司「（問是誰）」

鏡子，把笑容擠出來。

鏡子「好久不見，真紀」

鏡子揮舞著雙手。

真紀「（露出笑容）媽」

鏡子「原來妳在」

兩個人走向彼此，牽起對方的手。

真紀「是啊」
鏡子「這個呢？（順勢做出錯誤的拉小提琴姿勢）」
真紀「四重奏嗎？今天是……」
鏡子「稍微等我一下，可以先跟妳借個廁所嗎？」
鏡子往房間內側走去。

真紀「媽，廁所是在（手比方向）……」
鏡子，走進寢室內，馬上往床鋪方向看去。
井然有序，看起來沒有被使用過的痕跡。
真紀「啊，抱歉，我很久沒有回到這裡來……」
鏡子，瞥眼看著司與桌上的栗子殼後走回來。
鏡子「是這裡吧？（向真紀示意確認廁所的位置）」
真紀「（微笑後點頭致意）」
鏡子，走進廁所的瞬間，臉上的笑容消失。

×　×　×

鏡子，喝茶的同時一邊往玄關方向看過去。
真紀正目送司離開。
司「那我就在車上等妳囉」
司，走出門外，真紀，回室內。
鏡子「我其實也差不多了」
真紀「媽，腰的狀況如何？」

鏡子「沒有太大變化」
真紀「妳躺下來吧，我幫妳按摩按摩」
鏡子「不用啦」
真紀「好啦，躺下。躺在這裡」
真紀，把靠墊擺好，讓鏡子躺了下來。
真紀，跨坐到鏡子的身上，開始按摩腰部。
鏡子「（呻吟）唉啊，我發出了奇怪的聲音」
真紀「（面露微笑）媽，妳身體硬邦邦的。妳經常出外走動嗎？」
鏡子「算是」
真紀「交了男友嗎？」
鏡子「（露出意味深長的微笑）」
真紀「真的？」
真紀，把鏡子放在一旁、很搶眼的金屬亮片包拿到手上後端倪。
真紀「這個包該不會就是，妳男朋友買給妳的？下次約他來聽我們的演奏啊」
鏡子「我才不要，輕井澤那個地方不是很冷嗎？」
真紀「那等到天氣變暖後再來也行」
鏡子「等幹生回來之後我再找他一起去吧」
真紀「（表情沉了一下）……嗯」
鏡子「開玩笑的」
真紀「（針對鏡子說的方式）玩笑……」
鏡子「我總覺得幹生不會回來了」

真紀「（停下手邊動作）……」
鏡子「他會不會已經死了？」
真紀「……對不起」
鏡子「（對預料外的回答，有點驚訝）」
真紀「我應該更常關心您的。媽，您一直那樣想嗎？不會是那樣的」
鏡子「（感受到真紀的真心）嗯……」
真紀「（把手放在鏡子背上）不可能是那樣的。真是的！」
鏡子「（感到困惑）……」

3 **教會・禮拜堂**

鏡子「幹生他應該有保保險。或是那間房子，賣掉應該也可以賣不少錢……」
小雀「卷，卷這個人，妳覺得會為了錢做出那種事情嗎？」
鏡子「……（不是很確定，但另一方向）」

鏡子，拿出照片給小雀看。
那是在宴會場上真紀露出笑容比出耶的照片。
鏡子，靠到小雀身邊（放在兩人中間的金屬亮片包被擠到小雀那一邊）

鏡子「她是在老公消失隔日，還能跑去參加這種宴會的人耶，應該有另一面吧」
小雀「（搖頭）我不覺得……」
鏡子「像妳不是也是，在欺騙那個人嗎？那個人，有發現到妳的另一面嗎？她看得出來嗎？」
小雀「……」
鏡子「（苦笑）從認識就是因為謊言才牽在一起的人，現在裝什麼朋友」
小雀「（無法反駁）……」

4　同·外面

小雀從教會走出來，向前走。

在樹影下靠著東西站在一旁的有朱，瞧著小雀離開，走進教會。

5　音樂餐廳「夜曲」·店內（傍晚）

開店前的店內，穿著日常便服的諭高，正拉著幾個特別在意的小節。

小雀「然後，還有哪裡呢？」

諭高翻著樂譜，小聲說道。

諭高「之前的事情，妳有跟卷說嗎？就是從陽台上把老公推下去（比出推人的動作）的事情。」

小雀「家森，她是被老公遺棄的人耶」

諭高「我知道，只是想說，如果是妳的話也許可以直接問」

小雀「怎麼可能問出口」

真紀與司兩人走了進來。

小雀與諭高，兩人噤嘴然後翻著樂譜。

真紀「修改過的地方沒有問題嗎？」

諭高「嗯（朝向小雀）沒問題」

小雀「沒問題」

多可美推著大二郎的胸口，從裡頭走了過來。

多可美「這太誇張了吧！」

大二郎「很誇張嗎？不誇張啊，一點都不誇張吧」

司「發生什麼事了嗎？」

多可美「（指著大二郎）這個人竟然偷看我的手機」
大二郎「我們是夫妻耶。有什麼不能被看的秘密嗎？」
多可美「就算沒有，（朝著四人）不管是情侶或夫妻，手機被偷看了都不會高興吧？」
真紀「我是還好囉」
小雀「我會生氣」
諭高「我會看對方手機，但我不喜歡被人看」
司「我大致上不會太在乎」
大二郎「嗯？」
多可美「啥？」
真紀「我是覺得看的人也不太對」
小雀「反正沒有見不得人的事情」
司「我是不會想偷看」
諭高「我會看對方手機，但我不喜歡被人看」
大二郎「嗯？」
多可美「啥？」
真紀「就算是夫妻」小雀「對於個人隱私」司「還是會在意」諭高「所以會看」
大二郎．多可美「（同時指向大家）一個一個輪流說！」

6　同．準備室

有朱拿起與上衣、小提琴擺放在一起的真紀的手機。
確認門關上後，開始操作手機。

7　同．店內（夜晚）

演奏完後向聽眾敬禮的真紀、小雀、司、諭高。

司，看到觀眾席後方，別府圭（30歲）在那裡並微微舉手示意，司有些驚訝。

真紀「（發現兩人的肢體對話，問司）是你的朋友嗎？」

司「是我弟弟（笑容像是羞澀，又有點卑微）」

×××

餐廳仍有幾個客人在喝酒，邊桌的座位上，司與圭喝著紅酒在說話。

司「（害羞）你不用跟我說感想啦」

圭「（微笑喝著酒）」

司「（還真的不說喔，邊忖度邊喝著酒）」

圭「（裝出突然想起的樣子）啊，對了，別墅的事情」

司「（啊，那件事啊）……聽說要賣掉？」

圭「是啊，也要看哥哥的意見囉」

司「現在啊……」

圭「其他三個人沒有工作吧？聽說哥哥現在一個人要照料團員的生活」

司「啊，但是大家都很努力……」

圭「你是說那些沒有辦法徹底放棄的人嗎？」

司「……（曖昧微笑，傾著頭）」

圭「然後呢，我和媽媽他們談過，她們的意見是如果要趕大家出去也太不近人情，或許介紹他們工作，之類的」

司「（啊）可以的話，工作我們會自己想辦法……」

圭「感情好是一回事。但首先要把這個當成事業來經營，如果他們各自無法獨立，很多事情也很困難，不是嗎？」

司「……（點頭）」

8 大賀音樂廳・音樂廳內

真紀、小雀、司、諭高，拿著琴盒從側梯走下舞台。

面對著聽眾席站著，情緒亢奮的真紀、小雀、諭高。

穿著西裝的男士（朝木國光，66歲）走到站在稍微後面、面露困惑表情的司身邊。

朝木，遞出了一張寫有「朝木音樂事務所　製作人　朝木國光」的名片給司。

朝木「感謝您弟弟平時的關照呢」

司「（點頭示意後接過名片，但有所猶豫）……」

朝木，站在四人面前。

朝木「已經確定七月這裡會舉辦古典音樂祭。交響樂團、歌劇、鋼琴演奏等頂尖樂手會齊聚一堂的祭典」

真紀、小雀、諭高，發出讚嘆。

朝木「希望各位務必能來參加」

真紀「（表情開始慢慢變僵硬）絕對沒辦法」

真紀的聲音迴繞著音樂廳。

真紀「像我拉得這麼差勁的人來這裡表演，肯定會把整個演出搞砸的……！」

小雀與諭高急忙制止真紀。

小雀「卷，一起加油吧！」

真紀「這是最頂尖的祭典耶！我們又不是最頂尖的樂手，從下面數起來還比較快（開始折起手指算數）」

諭高「我們就試試看吧」

真紀「觀眾一定會生氣離席的啦！大家一定會聽到睡著！」
小雀「可以的」**諭高**「沒問題的」
真紀「我已經聽到觀眾的打呼聲」
真紀的聲音迴繞著音樂廳。
朝木「那，就先我讓聽聽你們的演奏吧」
司「好（應聲回答，但仍有些疑慮）」
真紀「我們會被砸雞蛋！」

9　音樂餐廳「夜曲」・店內（夜晚）
結束演奏的真紀、小雀、司、諭高。
真紀，翻下一張樂譜並朝後方看，只見朝木雙手抱胸面露著為難表情，心想「這下完蛋了!!」

10　同・準備室（夜晚）
真紀、小雀、司、諭高剛好回到準備室。
真紀「我想他應該嚇得跑走了吧。沒有被追殺我們就應該要偷笑了……」
此時，朝木拍著手走進來。
朝木「啊～太棒了！真的太棒了！」
四人誒地一聲。
朝木「我真是無法理解，你們怎麼會沒有成為職業演奏者呢？（朝向真紀）第一小提琴手，妳以前都去幹什麼了？」
真紀「（面露困惑表情）當家庭主婦……」
朝木「（朝向小雀）大提琴手，妳拉的大提琴真有意思」

小雀「（點頭致謝）」

朝木「（緊握者諭高的手）太美妙了（法語）」

諭高「謝謝（法語）」

朝木「（朝向四人）可以讓我說句話嗎？所謂的職業演奏者，不是技巧好就好了。你們幾個有獨特的魅力，散發出一種光芒。」

四人，看著彼此的背後。

朝木「在音樂業界打滾了四十多年的我敢這麼說。你們一定會大賣」

真紀、小雀、司、諭高，面露吃驚貌。

朝木「當然還是有些問題。問題在哪我現在就告訴你們。大提琴」

小雀「是」

朝木「玩過頭了。妳不好好掌握高音的音準怎麼行呢」

小雀「是」

朝木「中提琴。你要多讀樂譜，有樂譜的基礎才能衍生出獨創性。第二提琴手，運弓不能太害羞，大膽一點」

司「好」**諭高**「是」

朝木「第一提琴手，妳要更享受每個音符。沉醉在音符裡吧」

真紀「是的」

欣喜若狂的四人，注視著朝木先生。

11　別墅・一樓

在客廳，拿著樂器聚集、抹著松香等的真紀、小雀、司、諭高。

想壓下心中高昂激動的情緒，但壓制不住。

真紀「我認為他在逗我們」

諭高「是啊是啊。可是大家，為什麼都笑咪咪的呢」

真紀「家森你才是吧」

小雀「大家還說了『是』呢」

真紀「像個小學生一樣」

小雀「一定只是在講客套話」

諭高「我也知道，那種人啊」

真紀「舌燦蓮花」

小雀「飄飄然之後沒站好可是會摔跤的」

小雀自嘲般笑著，大家頓時靜下來。

真紀「……不過，真的還滿開心的呢」

四人開始回想。

的確，大家都很開心。

司「（一直若有所思）……是啊」

諭高「嗯，不過真沒想到」

司「是啊」

小雀「被稱讚成那樣，人生中還是第一次呢」

司「是啊」

真紀「還真是傷腦筋，這麼受期待」

司「是啊。那個」

三人同聲說，「嗯？」

司「我有一個夢想。只有一次也好，拉得任性放縱，被大家認為是無法用常理理解的人」

司「小雀，妳呢？」

小雀「我的夢想嗎？住在棉被裡面。然後，在房間裡蓋一條迴轉壽司」

司「家森呢」

諭高「當選 Junon 美少年」

司「（直接打斷）卷呢」

真紀「闔家平安無病無災」

司「（點點頭，朝向大家）各位，我們暫時拋下這些夢吧！」

三人一臉困惑。

司「我們四人，現在在這裡，搞不好正在往上坡路上。每個人都先拋下自己的夢想，暫時地，只是暫時就可以，以甜甜圈洞四重奏的成員來圓夢吧」

三人，想了一下那些話的涵義，點頭。

司「（對著真紀）妳做好心理準備了嗎？」

真紀「（點頭）來勁了」

小雀、司、諭高看著真紀露出微笑。

四人，架起樂器。

12 同・小雀的房間

小雀，確認樂譜，正準備拿起別份樂譜時，一張照片掉下來。

就是那張，真紀在宴會中露出笑臉的照片。

小雀……

13 同・一樓

小雀，拿著洗澡換洗衣物從二樓走下來，真紀坐在餐桌旁，戴著耳機正準備打字。

小雀，沒有往浴室走，從廚房的方向望過去，真紀沒有發現到小雀的存在，繼續打字。

小雀，看著這樣的真紀的側臉……

真紀「（口裡突然迸出）混帳王八蛋！」

小雀，吃了一驚。

真紀回頭看，發現小雀的存在。

真紀「（看著小雀）怎麼了？（很大聲）」

小雀「啊」

真紀「怎麼了嗎？（再次大聲說，察覺後拿下耳機）啊，我剛剛，說了什麼嗎？」

小雀「（微笑之後）妳說，混帳王八蛋！」

真紀「（苦笑）」

小雀，坐到真紀前面。

小雀「是什麼這麼混帳？」

真紀，拿出附照片的男性攝影師資料給小雀看。

真紀「我剛剛在整理這個人的採訪內容，這個人真是個混帳王八蛋」

小雀「混帳王八蛋（邊講邊笑出來）」

真紀「這個人結婚了，卻說自己無法把太太視為女人，沒有辦法持有愛情的感覺」

小雀「啊（露出笑臉，向真紀示意）」

真紀「（苦笑貌）哈，我有點投影到自己身上了」

小雀「（微笑）妳也說妳的老公是個混帳王八蛋」

真紀「誒？嗯……（回憶了一下後笑）我曾經在朋友的結婚派對上，大聲喊過混帳王八蛋呢」
小雀「（啊一聲）結婚派對」
真紀「就是我老公不見後隔天」
小雀「是喔，妳老公下落不明的隔天，你還去參加派對？」
真紀「是啊」

小雀，一邊捲弄著資料文件的邊角。

小雀「誒，會不會是遇到交通事故呢，會擔心……」
真紀「（搖著頭）馬上，我就明白了他只是想逃避我而已」
小雀「為什麼？」
真紀「那一天，媽媽還特地跑來我家。我是說他媽媽。」
小雀「（點頭）是喔」
真紀「我的婆婆，知道他不見，整個人慌了。看著那光景，讓我想到一件事。」
小雀「什麼」
真紀「其實這是他第二次逃跑。他之前也做過一次，逃離我婆婆身邊」

14　東京都內、鏡子的家・餐桌旁

鏡子，翻開報紙吃著生蛋拌飯，一邊瀏覽社會版的新聞。

真紀的聲音「我曾經聽他說過。兩人一起生活時媽媽讓他覺得很煩，所以雖然感到抱歉，有一天就突然決定離家了」

15　別墅・一樓

真紀「（一邊微笑）啊，我心裡想，那個人同樣的毛病又犯了，就像從媽媽身邊逃開，這次是從我身邊跑掉。我和婆婆一樣都被拋棄了，被那個王八蛋」

小雀「（原來是這麼一回事，感到踏實）……」

真紀「所以囉，我心一橫就去參加派對，痛快地享受一下。完全擺出笑臉，混帳王八蛋！這種事情才擊不倒我！大喊後還拍了一張照片。那張照片，不知道還有沒有留著呢……」

想讓小雀看照片，在手機搜尋。

小雀「妳說的這件事，有沒有讓妳先生的媽媽」

真紀「怎麼可能說，太可憐了……找不到（放棄尋找照片，把手機放桌上）」

一直以來存在小雀心中的疑問被化解了。

小雀「（安心的微笑）所以拍照時，妳是擺出什麼表情？」

真紀「混帳王八蛋！（喊完，擺出 YA 的手勢和笑容）」

小雀「（露出笑容）打擾了，那我去洗澡囉」

小雀，從位子站起來，正準備離開。

真紀「（覺得哪裡怪怪的）小雀」

真紀，把手伸像小雀腰邊。

小雀，嗯？

真紀，把黏在小雀衣服上的某個東西摘了下來，端倪。

是很特殊的金屬亮片。

真紀「（露出微笑）黏到了」

小雀「（露出微笑）謝謝」

說完，若無其事離開。

真紀，把金屬亮片放在一旁，繼續工作。

突然又想到什麼，再次拿起金屬亮片，仔細瞧。

正準備要離開的小雀，也想到了什麼。
真紀，覺得應該是偶然吧？又放了回去。
小雀，放下心來，往浴室走。
真紀，還是覺得怪怪的，又轉頭，看著小雀的背影，隱隱約約有些疑惑……

16 **東京都內·路上（另一天）**
看得到東京鐵塔的景色中，一台休旅車開了過來。

17 **彩排錄音室·走廊**
在朝木的帶路下，拿著樂器走進來的真紀、小雀、司、諭高。
朝木「這給你們，（發著傳單）你的，你的，你的，你的」
仔細一看，是鋼琴演奏家若田弘樹的音樂會廣告傳單，四人緊張了起來。

18 **同·錄音室內**
室內放著聲量不小的ＪＰＯＰ音樂。
長桌上有舞台的模型，真紀、小雀、司、諭高四人正聽著導演岡中兼（35歲）的說明。
岡中「要請各位參加的，是本次音樂會中鋼琴五重奏的部分」
誇張的造型舞台上，放了台水晶鋼琴，還有背後長出巨大天使翅膀般的某種誇張生物。
諭高「這個物體是……」
岡中「這是鋼琴師若田先生」
工作人員藤川美緒（30歲）按下按鈕，鋼琴師的衣服與羽毛華麗地閃爍著。
四人「（哇啊啊）」
×　×　×

穿上王子公主風的華麗衣著，戴上假髮，扮成某種角色造型的真紀、小雀、司、諭高，併排坐著，一臉茫然……

藤川「讓人心跳加速呢」

岡中「真的耶。（對四人說）接下來，我會和各位說明角色的設定，有問題請舉手……」

四人，舉手。

岡中「請說」

諭高「所謂的設定」

岡中「我來說明。大家是地球外的生命體，戰鬥型的四重奏樂團」

四人，舉手。

小雀「所謂戰鬥型四重奏樂團是」

藤川把寫著「四重奏美劍王子愛死天ＲＯＯ」的紙牌拿了出來。

四人，想舉手但有所退縮，只舉了一半。

岡中「那個，角色設定上，卷是三十世代熟女、家森是虐人型王子、別府是處男、世吹是小妹」

四人，手舉到一半，開始抓頭搔癢。

岡中「首先卷的口頭禪是，感謝你巧克力。妳可以講一遍給我聽嗎？」

真紀「感謝你巧克力。」

岡中「嗯，更三十熟女感一點」

真紀「……感謝你巧克力」

岡中「很好！非常好！」

藤川和工作人員在一旁拍著手。

岡中「（對著司）已經太遲了壽司」
司「已經太遲了壽司」
岡中「（對著諭高）多多指教淡菜」
諭高「多多指教淡菜」
岡中「（對著小雀）魔鬼茶碗蒸」
小雀「魔鬼茶碗蒸」
岡中「（對著真紀）感謝你巧克力」
真紀「感謝你巧克力」
岡中「多多指教淡……」
司「已經太遲了壽司」
岡中「還沒到你」

朝木掛掉手機，回來。
四人驚呼，一臉想要求救。
朝木，看著四人的造型，開始拍手。

朝木「啊，太棒了，真是太棒了」

朝木跟岡中握手。
四人，無言以對……

19　同・樓梯

坐在樓梯上一邊吃便當，一邊反覆念著感謝你巧克力等各自的口頭禪的真紀、小雀、司、諭高。

諭高「那算什麼啊，跟原本想的……」
司「嗯……」

藤川帶了茶過來，端給四人。

藤川「不好意思呢，讓你們在這種地方」

四人，接過茶，道謝。

藤川「你們組成四重奏很久了嗎？」

司「沒有，才幾個月而已」

藤川「真是厲害呢。馬上就接到這麼大的工作了」

四人，表情有所保留。

藤川「其實我本來是彈鋼琴的人。（比劃了一下自己）不過完全沒有站上舞台的機會。（看著四人）真是羨慕你們呢」

對面的工作人員大喊：藤川！

藤川「請大家好好加油！」

點頭致意後，跑回工作人員身邊。

四人，帶著複雜的心思目送他……

真紀「我看我們真的該好好加油」

點頭認同的三人。

20 同・錄音室內

真紀、小雀、司、諭高，開始演奏彩排。

才剛開始演奏，馬上就……

岡中「停停停停（邊說邊制止大家）」

四人，不解。
岡中，走到小雀的身邊，抓起她的手腕。

岡中「再有力道一點」

小雀「好……」

岡中「像這樣、這樣（邊說著，邊舞動著手）」

小雀「好……」

岡中「用全身來表現。（看著真紀）嗯，好像有點太無聊了」

真紀「怎麼說？（看著樂譜問）」

岡中「（抓著真紀的裙子，對藤川說）在這裡開個衩吧。開到這裡」

真紀「……」

岡中「好，接下來換舞蹈」

×××

真紀與小雀，司與諭高，分為兩組開始跳起國標舞，但是腳步一直零零落落。
岡中，看著手錶，拍起手來。

岡中「好了，大家都辛苦啦」

司「哎……那個，還沒練習」

岡中「反正只有進場的時候而已，大家都會跳了吧」

真紀「演奏呢……」

講到一半就走出去的岡中。
四人，不知所措有點焦急，藤川走了過來。

藤川「我好感動。真的太棒了」

四人，感到疑惑。

小雀「可是，演奏的部分我們都還沒練習到」

藤川「（露出微笑）聽眾比較重視角色，音樂倒是其次啦」

四人，表情變得微妙。

藤川「怎麼了嗎？」

諭高「那個，我一整天心中有很多疑問。像是服裝，有的設計會妨礙演奏，運弓的動作也像在跳舞，那樣的話是無法拉出最佳演奏的」

藤川「啊，可是這就是我們的主題。我們大家，都是為了讓觀眾有心動的感覺在努力不是嗎」

司「我了解你的意思，可是……」

藤川「（像是有點不耐煩般苦笑）而且，這就是工作啊」

四人……

朝木走了進來。

朝木「大家辛苦了」

司「那個，剛剛時間不夠，這樣下去的話練習就……」

朝木「接下來是和贊助廠商的餐敘喔」

四人，一臉愕然。

小雀「第一次演奏的曲子我希望能多練習一下」

朝木「餐敘並不是玩樂喔。招待客戶也屬於工作的一環」

真紀「我們可能會來不及」

朝木「不會，所謂的專業，就是要讓一切來得及」

諭高「我們希望能回應需求，達到最佳的演奏……」

朝木「回應對方需求的人是一流，說會盡全力的人是二流。像我們這樣的三流角色，只要盡情享受工作就好了（冷笑）」

司「但承蒙你選了我們來……」

朝木「（表情變嚴肅）我會選擇你們，是因為受你弟弟所託」

司「（啊）……」

真紀、小雀、諭高，恍然大悟。

21　卡啦OK．包廂內（夜晚）

把狹窄的包廂擠得水泄不通的真紀、小雀、司、諭高在樂譜寫上筆記。

司「明天早上，在跟鋼琴對譜之前把我們該做的事情都做好吧」

點頭，排好樂譜，各自備好樂器。

小雀「現在幾點了」

諭高「一點半」

架好樂器彼此對了個眼神，開始練習演奏。

22　演奏會場．外景（隔天，白天）

23　同．後台準備室

進到後台準備室的真紀、小雀、司、諭高。

藤川把服飾搬進房間。

藤川「（面露笑容）昨天晚上有睡好嗎？」

真紀「有，讓我們一起做一場好表演吧」

藤川擺出打氣姿勢，走出後台準備室。

小雀「啊—怎麼辦，我想再跟大家對一次譜」

司「那趕快換好衣服再來對譜吧」

諭高「我去一趟廁所馬上回來」

24　同・洗手間

真紀，洗完手後看著鏡子，神情緊張。

用雙手拍打雙頰，為自己打氣！

25　同・走廊～後台準備室

真紀穿過慌忙的工作人員群走回來，正準備走進後台準備室，一臉嚴肅的朝木與岡中走了出來。

真紀「今天還請多多指教」

但，兩個人都沒有回應真紀就離開。

真紀，帶有一絲疑惑走進準備室，眼前是感覺虛脫了的小雀、司、諭高。

真紀，誒？

小雀「……我討厭這樣」

司，諭高……

小雀「我絕對無法接受」

司，諭高……

真紀「發生什麼事了？」

司「若田先生，就是彈鋼琴的若田先生遲到，看來他沒有辦法跟我們一起對五重奏的譜」

真紀「誒……所以是不對譜就直接上台？」

司「不是，聽說若田先生也無法這樣」

真紀「所以我們的演出取消了？」

司「曲目表都定了，所以還是要上台」

真紀「那是……？」

司「（猶豫該如何回答）」

小雀「他們說，要用播帶放曲子，我們只要配合音樂，假裝在演奏的樣子就好」

真紀「……」

小雀，看了寫滿註記的樂譜，一手抓起來，把樂譜揉成一團。

三人，被嚇到。

小雀，把樂譜揉成一團，用力往地上砸，但又有點後悔，悲傷地看著被揉成一團的樂譜。

諭高，從小雀的手上拿走樂譜，放在一旁。

諭高「好啊，我們不用一定要上台」

真紀與司，看著諭高。

諭高「這種工作不做也罷。我們是演奏者。要我們假裝演奏什麼的根本就是把人當笨蛋耍嘛」

司「對不起……」

諭高「為什麼別府要道歉呢？小雀，別在意。真紀，我們回家吧。」

司，垂頭喪氣。

真紀「（看著沮喪的司）……」

諭高「走人走人」

司「好……」

真紀「家森」

諭高「沒關係，我會去把話說清楚……」

真紀「還是做吧」

諭高「什麼……」

小雀與司，看著真紀露出疑惑的表情。

真紀，把小雀揉成紙團的樂譜拿在手上。

真紀「我們還是上台表演吧」

諭高「可是，那是放帶子……」

真紀，一邊說話一邊把被揉成紙團的樂鋪攤在桌上，用手掌把樂譜整平。

真紀「畢竟，這原本就是難以置信的事情不是嗎？要說演奏者我們根本就不夠格，明明還不夠格掛上專業頭銜，明明連普通的人能做到的事我們都還做不到。突然被捧上天，能夠在大音樂廳演出，我們一開始不也覺得這是騙人的嗎？但果然現實就是這麼一回事。我覺得，這就是我們的實力。這就是現實」

小雀、司、諭高，有所感觸……

真紀「（看著三人並露出微笑）既然這樣，我們就去做吧。就帶著三流人士的自覺，帶著社會人失格的自覺，我們使出全力，去裝作在演奏吧。讓他們看看我們身為專業、身為甜甜圈洞四重奏一份子是怎麼看待夢想的」

小雀，司，諭高……

司「（面向小雀與諭高低下頭）拜託你們了」

看了一下大家，諭高點了頭。

小雀，注視著真紀。

真紀，和她對看。

小雀，略帶悲傷地撫摸著她的大提琴。

小雀「好」

司向小雀低頭致謝

真紀「(忍住心中湧上的思緒)感謝你巧克力!」

26 同・停車場(夜晚)

表演結束後，把樂器放入停在停車場的休旅車後上車的真紀、小雀、司、諭高。

朝木與藤川趕來送行。

朝木「表演真是太棒了!」

藤川「真是讓人心跳加速呢!」

司「謝謝你們」

四個人做出得體的回禮。

真紀，發動休旅車，開車離開。

朝木與藤川目送著休旅車離開。

藤川「他們是不是不是太開心呢?」

朝木「有志氣的三流只能是四流囉(一副我也很無奈的表情)」

27 街角

帶著琴盒走近的真紀、小雀、司、諭高。

站在街上一角，彼此對看了一下，決定就是這裡。

四人，拿出樂器，準備。

比肩而站的四人，架好琴後眼神交會。

真紀，一個吐氣，開始演奏起《Music For A Found Harmonium》1的四人。

過路的人群僅是瞥了一眼就繼續往前走。

四人不以為意地繼續演奏。

漸漸地，人開始聚集。
不知不覺中，周邊圍繞了10人左右的聽眾。
四人悄悄地交換眼神。
心中感到充實。

28 別墅・司的房間（另一天）

司，在講手機。

司「嗯，畢竟是你特別幫我安排的。嗯，不好意思。啊，是喔。不，有關錢的事情，還有離開別墅的事情，再說吧。嗯……」

29 教會・外面

小雀，打手機。

小雀「（對方接起電話）嗯，我現在老地方的教會。啊，是這樣啊。好，那個，我想做最後的回報。是，也就是我做出的結論。卷她是……什麼？」

30 東京都內、鏡子的家・餐桌旁

用完餐邊收餐具邊說話的鏡子。

鏡子「不用了。已經不用妳了，不需要了。」

31 教會・外面

聽到鏡子說完這些話的小雀，感到不解。

32 別墅・外面

帶著滿腹疑惑回到家的小雀，走進房子。

33　別墅・玄關～一樓

走進房子的小雀。

當小雀進到室內，真紀正坐在沙發上，緊坐在她身旁的是有朱。

洋裝與禮服堆成一座小山，兩個人正把衣服攤開。

每一件看起來都不是那麼適合真紀她們。

小雀，看著微笑的兩人……

有朱「這一件我覺得應該適合妳的」

真紀「啊～真的，這件好美」

有朱「這件也是……（察覺到小雀）妳回來啦」

真紀「啊，妳回來啦，小雀」

小雀「我回來了……」

真紀「有朱，她幫我帶了這些衣服」

有朱「雖然都是秋葉時代2用過的衣服，改一改應該還可以穿」

真紀「我去把針線包拿過來喔」

真紀，往二樓走去。

小雀，仔細一看，看到有朱的口袋露出插著的錄音筆……

有朱，發現小雀的視線，默默把錄音筆往裡面塞。

有朱「大提琴，還是要穿版型寬一點的裙子比較合適吧」

真紀「是啊……」

×　×　×

餐桌上，真紀與有朱坐一邊，小雀坐在對面，正做著簡單的修改針線活。

真紀「他們還在吵架嗎？」

有朱「在那之後，因為多可美把手機設定了密碼，大二郎又要求，以後不要再把夫妻寢室的門鎖上」

真紀「（微笑）手機又不是寢室」

有朱「（微笑）就是說啊」

在餐桌之下，有朱把手伸進口袋裡操作著錄音筆。

小雀，一直盯著那隻手的動作……

有朱「卷妳有看過男友的手機嗎？」

真紀「沒有耶」

有朱「（看向小雀）妳有看過嗎？」

小雀「沒有沒有」

有朱「（看向真紀）難道妳都不會在意嗎？」

真紀「倒也不是完全不在意啦」

有朱「會看的人，應該表示對另一半還是有所懷疑吧」

真紀「嗯，還有，或許也是想知道對方的一切吧」

有朱「哎」

真紀「像是自己不在的時候，對方會做什麼之類的」

有朱「那妳對那個怎麼想呢？外遇只要不穿幫就沒關係的這種說法」

真紀「哎」

有朱「雖然越是容易穿幫的人越容易搞外遇」

真紀「（微笑）不管穿幫或不穿幫，搞外遇就是不應該吧，不是嗎？」

有朱「對我而言，只要他藏得好不被我發現就可以」

真紀「喔」

有朱「（看向小雀）那妳呢？」
小雀「沒有穿幫的話就可以，這種說法就好像是穿了褲子但是沒穿內褲那樣」
真紀「（微笑）有點像呢」
小雀「感覺不是很奇怪嗎」
有朱「可是他還是有穿褲子啊？」
真紀「可是沒穿內褲耶？」
有朱「如果要這麼說的話，所有的人際關係，不就是有穿褲子但是沒穿內褲一樣嗎」
真紀「（微笑）是這樣說嗎」
有朱「我是贊成只要有穿褲子沒穿內褲也可以」
真紀「人家對妳說謊妳也甘願？」
有朱「不完全是那樣，不過如果是七成是真話那就算有三分假話，不也是算真話嗎？」
真紀「要這麼說的話，有朱我問妳，人有七成是水分吧？那人，是水嗎？」
有朱「（指著真紀）水，（指著小雀）水，（指著自己）我們不都是水嗎？（講完，面露微笑）」

三人，微笑。

真紀「（朝向有朱）其實，我以前也是那樣想的。可是，就好比像小雀這種人，是完全不說謊的」
小雀「（嗯）」
真紀「該說選擇跟這樣的人在一起很重要嘛。跟誠實、感情上直來直往的人在一起，原來可以這麼輕鬆愉快」
小雀「（無言）」
有朱「（看著小雀）」
真紀「（看著小雀）前一陣子，發生不少事。以後有機會我們再去路上演奏吧！」

小雀「（笑得曖昧點頭）……」
有朱「可是，所謂的夫妻，不就是建立在謊言基礎上嗎？」
真紀「（無言）」
小雀「（發現有朱出招了，往有朱看去）」
真紀「（一邊想著自己的事）夫妻也是不要有謊言比較好」
有朱「卷，妳是已婚人士吧。妳先生，是不會說謊的人嗎？」
真紀「（難以回答）嗯」
有朱「妳跟妳先生都會講真心話嗎？」
真紀「我們嘛……」
小雀「（突然插進來）卷，我們不是有那個嗎？」
真紀「嗯？」
小雀「年輪蛋糕啊」 有朱「妳跟先生」
真紀「（對著小雀）有嗎？」
有朱「（擺出妳為何岔開話題的表情看著小雀）」
小雀「（察覺到視線的同時）沒有嗎？」
有朱「我還不餓」
小雀「有小雞圖樣的」 有朱「妳跟先生」
真紀「（對著小雀）啊，蛋糕捲？」
小雀「啊，嗯」
有朱「我不想吃」
小雀「我想吃」 有朱「卷」
真紀「嗯？（看著有朱）」

有朱「妳現在家庭主婦當得如何呢？讓家裡空著，都不會被先生罵嗎？」
真紀「（這個嘛……）」
小雀「一起吃有小雞圖案的蛋糕捲吧」
真紀「（向著有朱）要吃嗎？」 有朱「我不想吃」
小雀「很美味的」
有朱「我屬雞」
小雀「這跟屬不屬雞有關係嗎？」
有朱「我不喜歡吃雞肉」
真紀「是蛋糕捲。雞只是個圖案」
小雀「我雖然叫小雀但還是人喔（微笑）」
有朱「（不予理會）我不喜歡吃甜食」
真紀「啊，這樣喔」
小雀「有的話她可能會吃」 有朱「妳的家，是在東京吧？」
真紀「（看了一下小雀，再看有朱，對有朱說）我先生，現在不在家」
小雀「（明明不用跟她說的……）」
真紀「一年前突然失蹤了（回答後，苦笑）」
有朱「誒，是離家出走嗎？為什麼呢？」
小雀「為什麼一定要追問理由啊？」
有朱「哎？不能問理由嗎？卷她自己說……」
小雀「因為，妳好像在挖人家的秘密……」
有朱「不行嗎？（妳不也做過一樣的事？）」
小雀「……」

有朱「妳不想知道嗎？」

真紀「（因為感覺氣氛奇怪，刻意微笑）我自己也不是很清楚啦，我想我跟我先生，大概只是我的單戀吧」

有朱「對先生單戀啊」

真紀「我先生應該也是穿上褲子在隱瞞吧，對我應該已經沒有戀愛的感覺了」

有朱「喔喔，是像倦怠期那樣嗎？」

小雀「（像是瞪人一樣地看著有朱）」

有朱「（儘管查覺到小雀的視線但仍冷靜對著真紀）可是夫妻，一般來說不就是沒有戀愛感覺的關係嗎？」

真紀「是這樣嗎？不過，夫妻間還是要有點心跳加速的感覺比較好吧？沒有感情還要維持下去的話，有一點像是，偽裝？」

有朱「哎，妳在說什麼呢，夫妻之間的神話故事」

真紀「哎？」

有朱「卷，那件洋裝，妳真的喜歡嗎？」

真紀「（那個）」

有朱「難道妳都不覺得有點不合適嗎？但是又覺得畢竟是人家特地幫妳拿來的所以」

真紀「（看著洋裝）……」

有朱「（用力拍了一下手）看吧，卷妳也是騙子」

真紀「……」

小雀「（對著有朱）什麼意思？」

有朱「什麼意思？」

小雀「所以妳帶這些洋裝過來但早就知道她不會喜歡嗎？」

第 5 話

有朱「嗯，都是我不需要的東西了」
小雀「為什麼要這樣……」
真紀「難道，小雀都不會說謊嗎？」
小雀「……什麼？」
有朱「大家都是騙子吧？這個世界最偉大的悄悄話，應該就是說出正義的一方通常會失敗這件事了。夢想通常不會實現，努力通常不會有回報，愛情通常會消失。說好聽話的人，說穿了也只是在逃避現實而已不是嗎？像夫妻之間，根本就不可能有戀愛感覺。要在這些事上求個黑白分明是不行的。真要那麼做的話，可能會跟下圍棋一樣，一不小心滿盤皆輸。就像是好愛你好愛你好愛你好愛你愛到想殺人一樣，哎？難道不是嗎？就是因為戀愛感覺帶到夫妻關係裡，才會發生那些夫妻殺人事件吧……」
真紀「（把話打斷）為什麼呢？」
有朱「什麼為什麼？妳是說哪個部分？」
真紀「妳是對我有什麼想法嗎？」
有朱「說到底，妳老公是怎麼失蹤的呢？」
真紀「這我也不知道……該說不知道嗎」
真紀的心中也有對於自己的疑惑，無法講明。
小雀「卷，沒關係啦，妳沒有必要回答」
真紀「（一邊努力回想）我也不知道，只是……」
小雀「我們來吃蛋糕捲吧」 **有朱**「妳先生，搞不好已經不在世上了」
真紀，聽著兩邊接踵而來的問題，兩邊都沒有辦法回答。
真紀「……（對著小雀）那就來吃蛋糕捲吧」

真紀從位子上站起來，朝著廚房走去。

有朱「因為覺得被先生背叛了，卷才會……」

有朱，跟著站起來，想跟在真紀後面。
小雀也馬上站起來，抓住有朱的手腕。
被拉住的有朱，錄音筆從口袋裡掉了出來，滾到真紀的腳邊。
小雀、有朱，驚呼一聲。
真紀，看到腳邊的錄音筆，心生疑惑。
回頭一看，看到桌台上同時擺放著電腦跟錄音筆。
有朱，上前想要撿回來時，真紀先撿了起來。
小雀，心驚膽顫。

小雀「卷，蛋糕捲」

真紀，按下了錄音筆的播放鍵。
聲音傳了出來。

諭高的聲音「妳是不淋檸檬那邊的嗎」

真紀，無言。
有朱，哎呀。
小雀不發一語……緊閉雙眼。

真紀的聲音「比起淋或不淋，抱歉，現在重要的好像不是這個吧」
司的聲音「那是什麼？」
真紀的聲音「為什麼要淋上檸檬之前，不先問一下呢？」
諭高的聲音「沒錯，就是這麼回事！當然確實有人會想在炸雞上淋檸檬。我不是說不能這樣」
真紀的聲音「家森的意思是為何不先問一句要淋上檸檬嗎？」

真紀，按了數次播放下一個聲源的按鈕。

真紀的聲音「我老公的後輩問他，你愛你的太太嗎？」

小雀的聲音「然後呢，妳先生怎麼說？」

真紀的聲音「他說：『我愛她，但不喜歡她』」

小雀，睜開眼睛，看。

真紀一直看著小雀。

小雀……

真紀「（是這麼一回事嗎？）」

小雀「……」

真紀「（是妳嗎？）」

小雀「……（撇開視線）」

真紀「（充滿疑問）」

有朱「（雙手合掌，輕輕地）對不起！我是受卷的婆婆所託！」

真紀「（啊）……」

真紀，看著放在桌台上的金屬亮片包的裝飾片。

有朱「那個人怪怪的。她口口聲聲說是卷殺了她先生。我們也知道那絕對是她的妄想，而且我們也相信卷的為人（對著小雀）是吧？所以才想說幫她調查，是吧？」

真紀「……（冷冷看著小雀）原來是這樣」

有朱「是的」

真紀「（冷冷看著小雀）謝謝妳們」

小雀「（無法正視真紀）」

真紀，正要走過小雀身前時。
對講機響了起來。
宅急便的聲音「別府先生，有你的包裹喔」
小雀，回對講機，迅速往玄關走。
真紀「（不解為什麼，在悲傷的心情中，看著小雀的背影）」
有朱「我們是站在卷這一邊的」
真紀「（沒聽她說什麼，默默看著客廳）」
擺放在一起的小提琴與大提琴。

34　別墅附近的道路

離開別墅後，一個人在散步的小雀。

35　別墅・玄關～一樓

打開玄關的門，回家的司與諭高。
司「有找到打工了嗎？」
諭高「是有一個好像還不錯，不過是做日本料理的」
司「廚師服。也沒什麼不好啊」
進入室內。
房間沒有開燈，也沒有任何人在。
窗簾是拉開的，攤在餐桌上的是縫補過的衣服就這樣擺著。
司「我們回來……？」
諭高「我才不想穿廚師服咧」

司「（環望四周）卷？小雀？」

諭高「你覺得我穿廚師服會合適嗎？」

司「（打斷話）她們都外出了嗎？」

司，準備上二樓。

諭高「誒，你說我穿廚師……」

走下來的真紀。

司「啊，原來妳在家啊」

真紀「（稍微低著頭）你們回來啦」

司・諭高「我們回來了」

真紀「不好意思，我沒去買東西」

司「啊，那就隨便弄點什麼吧」

諭高「卷，妳覺得我穿廚師服如何……」

司「（看著低著頭的真紀，察覺有異狀）怎麼了嗎？」

真紀「（心情複雜）……」

36　輕井澤車站前・天橋附近

從天橋走道走上來的小雀。

前方有個男人走下來，戴著帽子幾乎要遮住眼睛，掛著口罩。

小雀跟那個男人都低著頭，相撞。

小雀撞上扶手，男人則是摔了一大跤。

男人的行李也跟著迸開，皮包、換洗衣物、牙刷等物品散落一地。

小雀「啊，不好意思！」

男人的聲音「（小聲回答）沒事」

男人慌慌張張地收拾（男人的鞋子與褲腳像是沾到橘黃色油漆般布滿污垢）

小雀「你還好嗎？」

男人「（小聲說）我沒事」

小雀「（聽不太到，把臉靠過去）」

男人「（小聲說）我沒事，我沒事」

男人做出要對方快走的手勢。

小雀「（低頭致歉）不好意思」

小雀，在散亂一地的物品中，發現一張帶點皺痕的廣告傳單，順手撿了起來。

那是張甜甜圈洞四重奏的廣告傳單。

小雀，驚嘆一聲，往男人看了過去。

小雀「那個…你知道這個四重奏樂團嗎？」

男人回過頭來，拉下口罩，露出一點臉。

男人「（小聲說）該說知道嘛……」

小雀「（聽不太到，把臉靠過去）」

37　別墅・一樓

坐在餐桌旁的真紀、司、諭高。

真紀，滑著手機，並拿給兩個人看。

司與諭高，看著手機畫面。

諭高「（察覺是有看過的臉，啊的一聲）」

司「（剛想起來的樣子）是跟卷……」
真紀「他是我先生」
畫面中，是張請別人幫忙拍的照片。
餐廳裡的桌子旁，單手拿著紅酒露出笑容坐在一起的真紀與卷幹生（42歲）。
幹生就是在車站前的天橋和小雀相撞的男人。

38 輕井澤車站前・天橋附近

把行李重新塞回行李箱內的幹生。
小雀，發現幹生的右手手掌包著繃帶，還滲出了一絲血跡。
小雀「你的手不要緊吧？現在……」
幹生，急忙把手藏到背後。
幹生「（小聲說）不是妳想的那樣子」
小雀「（聽不太到）哎？」
幹生「（小聲說）這是被狗咬的」
小雀「（聽不太到，把臉靠過去）」
幹生「（小聲說）是拉不拉多」
小雀「（聽不太到）哎？」

第五話　完

註
1 出自企鵝咖啡館樂團，樂手 Simon Jeffes 在京都的巷子發現了一把破損的簧風琴，把琴修好後，便創作了這首曲子。
2 指自己還在當少男偶像時在秋葉原活動的時代。

「我愛她，但是不喜歡她。」（幹生）

第6話

1 佐久市，網咖・店內（白天）

店裡頭的包廂門打開，幹生走出來。
他穿著沾上橘色油漆的鞋，走到另一個包廂前。

幹生「（小小聲地）小雀？醒了嗎？」
房間裡沒有回應，幹生於是用包著繃帶的手敲門。
一個痛，他發出痛叫，改用手肘敲門。

幹生「小雀？」
沒有回應，他打開了門，不知是不是靠著門睡著的，小雀直接倒出門外。

幹生「抱歉……」
頂著一頭亂髮的小雀睜開眼，看著幹生。

小雀「唔？」

幹生「呃，我是槇村」

小雀「啊，槇村先生，家森的朋友。」
幹生指著放在旁邊的甜甜圈洞四重奏傳單上的諭高。

幹生「他是我的後輩。」
幹生的左手無名指上戴著戒指。

小雀「（看著戒指，彷彿察覺到了什麼）」

幹生「晚間包套是到七點的樣子，時間差不多了」

小雀「謝謝」
幹生回禮，然後回到自己的包廂。

小雀「（心中有了某種猜想，凝視著幹生的背影……）」

×××

小雀和幹生邊結帳邊交談。

小雀「（幹生拿出錢時偷看他手上的戒指）如果您想見家森的話，我可以帶您到別墅。」

幹生「不了，我只是想聽他的演奏而已，我會去店裡拜訪的」

小雀「今天沒有表演喔，明天才有」

幹生「那就明天……」

小雀「現在就去吧」

幹生「（被迫同意）謝謝」

店員「找您四十圓」

小雀想接過零錢卻弄掉了，她蹲下撿起時發現幹生的鞋子和褲腳都被染成了橘色。

小雀「現在流行這種的嗎？」

幹生「（細聲地）我踩到了東西」

小雀「槙村先生，有人說過你講話很小聲嗎？」

兩個人邊說話邊走出網咖。

收銀台後面的架上，放著防犯用的橘色彩球1。

2　別墅．一樓

真紀左手上戴著戒指，在講手機。

真紀「嗯，走上來馬上就看到剪票口了。嗯，待會見」

從廚房走出來，準備去上班的司。

司「要去見婆婆嗎？」

真紀「對」

司「沒事嗎」

真紀「（點頭）比起這個，小雀她……」

司「小雀有連絡我了」

司讓真紀看手機畫面，小雀的郵件上寫著：『今晚我住在佐久的網咖，明天就會回去，請不要擔心（笑臉表情符號）』。

司「而且訊息還用表情符號」

真紀「小雀平常不會用貼圖的」

司「（恍然大悟）」

真紀「今天讓我來做晚餐吧，我想做熱騰騰的菜等她回來」

司「好，那我也會早點回來」

真紀「還有，得買咖啡牛奶……」

諭高走過來。

諭高「我也差不多要出門了，聽說有個工作可以輕輕鬆鬆就賺到十萬圓」

真紀、司，好奇會是什麼？

諭高「什麼事？」

司「你的戶口……」

諭高「我不賣戶口」

真紀「黑幫組織……」

司「（忍不住笑了出來）我沒有參加黑社會，沒運奇怪的東西，是打工。」

3 **輕井澤車站前的天橋**

從車站方向走過來的小雀和幹生走進天橋。

真紀從相反方向的斜坡走上來。

兩邊逐漸靠近。

小雀和幹生在過橋時，有個老婆婆的手推車倒了。

幹生急忙跑過去，小雀也跟著過去。

兩人一起將行李扶起來。

真紀從他們背後經過，走向車站。

兩邊都沒有注意到彼此的存在。

4 **輕井澤車站．新幹線剪票口前**

真紀站在剪票口前面等待時，鏡子和幾個乘客一起走了出來。

真紀「（堆起笑容）這裡很遠吧」

鏡子「（苦笑）習慣了，已經來過好幾次了」

真紀「（微笑附和，也感到困惑）」

5 **別墅．一樓～玄關**

走進房間的小雀，環顧沒有人的房間。

小雀「家森？家森？卷……？」

幹生在玄關緊張地等待著。

6 **同．玄關前**

幹生在等待時，門被打開，小雀探出臉。

小雀「家森好像不在，請來裡面等吧」

幹生「可是，這樣……」

小雀「請進請進，不用客氣，槙、2村先生」

小雀請幹生進屋，關上大門。

上劇名

7　音樂餐廳「夜曲」‧店內

開店前的店內，諭高、大二郎和多可美正在說話。

諭高「猴子嗎？」

多可美「嗯，因為北輕牧場的活動被帶來的，結果擅自跑出去了」

大二郎「（朝著多可美）那是很珍貴的猴子不是嗎？」

多可美「聽說牠有藍色、（難以啟齒似地）的蛋蛋」

諭高「蛋蛋？」**大二郎**「蛋蛋是？」

多可美「（因為難以啟齒）你們估狗。藍色、蛋蛋、猴子」

諭高和大二郎用手機查起來。

多可美「總而言之，只要抓到這隻猴子，北輕牧場就會給十萬圓謝禮」

諭高和大二郎看著查到的圖片。

諭高「嘿—藍色的蛋？」

大二郎「蛋蛋是說這個嗎？」

諭高「嘿—？」

大二郎「這就是嗎？」

諭高和大二郎變得很亢奮。

大二郎「（向諭高）是啊，怎麼樣？一樣嗎？」
諭高「（向大二郎）一樣啊，你看」
兩個人互看彼此查到的圖片。
那是睪丸呈現鮮藍色的猴子（黑面長尾猴）照片。
諭高「哇」**大二郎**「呀」
諭高「是蛋蛋」**大二郎**「是蛋蛋」
諭高「蛋蛋」
大二郎「蛋蛋。孩子媽，妳看。看得出這是蛋蛋嗎？」
諭高「這就是蛋蛋喔，藍色的蛋」
多可美冷冷地看著兩人。
多可美「不就是睪丸嘛！自己也有的東西，還這麼興奮」
諭高「對不起……」**大二郎**「對不起……」
有朱從裡面走出來。
有朱「發生什麼事—？蛋蛋是什麼啊？」
諭高．大二郎「（在多可美面前不敢說，緊閉著嘴）」

8　教會．禮拜堂內
真紀與鏡子走進來。
鏡子「每次我跟小雀都約在這裡見面」
真紀「（微笑）是這樣啊」
鏡子在長椅坐下，真紀坐在她旁邊。

真紀手上拿的兩罐咖啡，遞給她其中一罐。

鏡子沒有接受。

真紀「（微笑）婆婆，喝點熱的吧……」

鏡子突然摑了真紀一巴掌。

真紀仍拿著兩罐咖啡……

真紀「……（微笑）婆婆，這裡是教會」

鏡子「妳要裝到什麼時候？我們來說說真心話吧」

真紀「我……」

鏡子「妳殺了幹生嗎？」**真紀**「……（欲言又止）」

年輕情侶進來參觀。

兩個人安靜了……

9　別墅・一樓

小雀從廚房將幹生的茶和自己的三角咖啡牛奶拿過來。

幹生無所適從地站著，看著放在地上的小提琴盒。

小雀「……這是卷的」

幹生「（一瞬間嚇了一跳）什麼？」

小雀「您對小提琴有興趣嗎？」

幹生「不……」

幹生坐下。

幹生「謝謝了（喝起放在桌上的茶）」

小雀「（邊將吸管插進三角包裝裡）槇村先生結婚了吧」

幹生「什麼？」
小雀「結婚戒指」
幹生「（看著自己的戒指）啊，說是戒指」
小雀「不是嗎？」
幹生「比較像是裝飾品吧」
小雀「看起來像戒指啊」
幹生「是看起來像戒指的裝飾品」
小雀「看起來像裝飾品的戒指就是戒指吧」
幹生「（微笑）嗯，是啊」
小雀「我好像看過很像它的戒指呢。對了，槇村先生，您的體溫是幾度？」

幹生從口袋掏出體溫計，放在桌上。

幹生「呃？」
小雀「可以請您量一下嗎？」
幹生「（想含混過去，用開玩笑的口吻）這裡是醫院嗎？」
小雀「我認識的朋友的老公，體溫是三十七點二度，（指著脖子）聽說這裡會散發出香味」
幹生「（歪著頭，喝了口茶）」
小雀「家森都沒有連絡呢（拿起手機）」

小雀操作著手機，來到傳訊息給真紀的畫面，正要開始打。
玄關的門鈴響起。

小雀「（看著幹生）是回來了嗎」
幹生「（緊張起來）……」

小雀一邊觀察幹生，走向玄關。

小雀打開門，看見宅配的送貨員。

送貨員「您好」

小雀「（發現不是）辛苦了」

接過來，是出版社寄給真紀的小包裹。

送貨員「請在這裡簽名」

小雀正簽名時。

送貨員「（看著腳邊，微微地笑了起來）這個，沒事嗎？」

小雀「什麼？」

小雀沿著送貨員的視線，看到染成橘色的幹生的鞋。

送貨員「這有點像被防犯彩球丟到的」

小雀「彩球」

送貨員「您沒在銀行或便利商店看過嗎？用來丟搶匪的東西。像這樣，丟到他們腳上，染上顏色。」

小雀「是喔……」

小雀簽完名。

小雀「辛苦了—」

小雀關上門……

將傘架裡看起來比較粗的傘拿在手上。

拿著傘回到房間，幹生蹲在真紀的小提琴前，凝視著。

小雀「……Maki」

幹生「怎麼了」

小雀「（領悟）」

幹生「（放棄）」

小雀「嗯……那個」

小雀指著幹生被染成橘色的褲腳，和包著繃帶的右手。

小雀「是銀行嗎？」

幹生「是便利商店」

小雀「喔—你在便利商店做了什麼」

幹生「我沒錢」

小雀「搶錢」

幹生「不，不算搶，店裡沒人，櫃台開著，我就進去了一下」

小雀「偷了多少錢」

幹生「（比著三根手指）」

小雀「三萬」

幹生「（伸出第四指）三萬九千」

小雀「那個，手是怎麼了」

幹生「店員出來，我嚇了一跳，把肉包的那個」

小雀「噢—」

幹生「推倒了，碰地一聲」

小雀「哦—那個的確放得有點高呢」

小雀拿起手機，叫出真紀的電話號碼。

幹生「妳在做什麼」

小雀「報警」

幹生「不……（動搖）」

小雀「如果不想被捕，為什麼要搶便利商店的錢呢？」

幹生「對不起……」

小雀想打給真紀。

小雀「怎麼辦？要怎麼跟卷說。真傷腦筋啊……」

10　教會・禮拜堂內

年輕情侶從教會走出來。

真紀與鏡子坐著。

真紀「為什麼會變成那樣，我也不知道」

鏡子「怎麼可能不知道。你們結婚以後住在一起兩年了。也有吵架吧？如果他是離家出走的話，也應該有離家出走的理由啊……」

真紀「我們沒有吵架，當我發現的時候，就已經沒了」

鏡子「什麼沒了」

真紀「他對我的，戀愛感覺」

11　別墅・一樓

面對面談話的小雀和幹生。

小雀「卷，她一直在等你回來。結果居然你卻搶了便利商店，真了不起」

幹生「我一直都想著她」

小雀「聽說失蹤的人，會想著被自己留下的人，還以此為樂呢」

幹生「我一直都感到很抱歉」

小雀「如果這麼覺得的話，為什麼，為什麼會」
幹生「這……」
小雀「嗯？」
幹生「因為我不愛她了」
12　教會・禮拜堂內
真紀「……（回想）」
13　別墅・一樓
幹生「……（回想）」
12　回想開始，計程車內（夜晚）
幹生坐上後面的座位，手上拿著印有廣告代理店公司名字的信封。
幹生「（對司機，輕聲地）麻煩到本鄉」
司機「（聽不見）什麼？」
幹生「到本鄉」
司機「本鄉啊，好」
這時窗戶被叩叩地敲著。
幹生「（對司機）可以開一下門嗎？」
門打開，有個胖男子。
男子「卷先生，不好意思，我招不到計程車。」
幹生「啊－沒關係，上車吧」
男子「今天拍攝拉小提琴的小姐和我一起」

幹生「請」

胖男子上車，接著是真紀。

真紀「（沒有直視著臉，對幹生說）不好意思」

幹生「（沒有直視著臉，對真紀說）不會」

分坐在胖男子左右，位子很窄的真紀和幹生。

幹生「（對司機說）那麼，一位在幡谷下車」

真紀「（細若蚊鳴）早稻田」

司機「（聽不見）什麼？」

幹生「另一位在早稻田下」

司機「好的」

幹生越過肥胖男子，第一次正眼看了真紀。真紀看著幹生，輕輕地點頭。

幹生的聲音「當時的感覺應該像是一見鍾情吧」

真紀的聲音「當時我只覺得他是職場上遇到的人」

15　小酒館（一個禮拜後，夜晚）

熱鬧的店內一角，真紀與幹生坐在雙人座位，面對面用餐。

幹生「（指著自己）我不是姓卷嗎」

真紀「（聽不清楚，臉靠近）」

幹生「（臉靠近）真紀應該不會選我這種姓的人當結婚對象吧（微笑）」

真紀「（微笑）卷真紀好像不太好聽」

幹生為真紀倒玻璃酒瓶裡的紅酒。

幹生「平時妳演奏什麼樣的曲子呢？啊，我對古典音樂不是很了解」
真紀「今天參加管弦樂團，拉了一首名叫馬斯卡尼的作曲家寫的歌劇曲《鄉間騎士》。是首很美的曲子……」
兩人聊個不停。
真紀的聲音「一起吃了幾次飯以後，我開始在意他下次什麼時候會打來。然後，我發現，我可能愛上這個人了」

16　草地棒球場（一個月後）
幾個小孩在放風箏。
真紀與幹生坐在板凳上，看著他們。
幹生的聲音「她是我沒有遇過的類型。高雅、學音樂，還有有時不知道在想什麼的那種神秘感吧，非常有魅力」
小孩子們奔跑著，把風箏放上天空，兩個人抬頭驚呼。
幹生拿出手機。
將飛舞在天上的風箏當成背景，真紀與幹生身體緊貼在一起，滿臉笑容地自拍。

17　大馬路～公寓．前（夜晚）
真紀與幹生走在夜晚的馬路上一邊聊天，一邊走近。
真紀的聲音「和他在一起，我感覺不用偽裝自己」
幹生「和她在一起，我覺得心跳加速」
兩個人走到公寓前面。
到了，兩人彼此凝視。
幹生「（想起來）對了」

幹生拿出一本有著書局藍色書皮包裝的書。

幹生「這本，有點像詩集」

真紀「咦，是卷先生寫的嗎？」

幹生「不是不是，是我喜歡的作家。不是什麼名著，如果妳有興趣的話」

真紀「（表示謝意）對了，那我可以給你馬斯卡尼的」

幹生「啊，ＣＤ」

真紀「現在（指著房間）」

18　公寓・真紀的一房一廳加廚房

微暗的房間中，音響裡流洩出《鄉間騎士間奏曲》。

茶几上有打開的ＣＤ盒、被撕開的砂糖袋、便條紙上兩人幫彼此畫的貓肖像（真紀畫得笨拙，幹生畫得美好），兩個茶杯中有一個是倒的，被紅茶稍微濺到的藍色書皮的書。

真紀與幹生站在廚房接吻。

真紀手上拿著抹布。

19　林蔭大道（一個月後）

和樂融融地，真紀與幹生並肩散步。

真紀挽著幹生的手臂。

幹生的聲音「我說，變成卷真紀（Maki Maki），妳不介意嗎？」

真紀的聲音「我說，這不算求婚吧？認真說」

幹生的聲音「我們結婚吧」

真紀的聲音「好」

轉到幹生的笑容。

幹生的聲音「我說，我們一起走下去吧」
轉到真紀的笑容。
真紀「我們兩個一起決定了」

20　商店街（半年後）
提著大包小包走在回家路上的真紀和幹生。
兩個人嘴裡都咬著剛買的可樂餅。
好好吃喔地說著，滿臉笑容。
真紀的聲音「結婚了，我想和他成為家人」
幹生「就算結婚了，我也想一直和她像戀人一樣」

21　卷家的公寓・房間
台子上裝飾著結婚時的合照，與其他幾張兩個人的合照。
真紀從購物袋裡拿出窗簾，幹生將它裝到窗簾架上。
幹生「啊，妳選了這個顏色？」
真紀「不對嗎？」
幹生「沒有啊，不錯」
裝上窗簾。
幹生「剛才妳的電話響了喔」
真紀「我回了，他們問我下個月要不要參加管弦樂團」
幹生「繼續拉小提琴吧」
真紀「你回家的時候看到沒有人，會覺得寂寞吧？」
幹生「我希望妳做自己喜歡的事啊，做妳自己就好了」

真紀「那我想待在家裡（微笑）」

幹生「（傾著頭，微笑）」

真紀拿著行李到臥室去。

幹生裝完了窗簾，發現地上紙箱裡有一本書。

把書拿起來，原來是幹生送的那本藍色書皮的書，裡面夾著兩個人畫了貓肖像的便條紙，翻開後看到是第9頁。

幹生覺得很可愛，微微地苦笑，將書放回去。

×××

一個月後，夜晚。

真紀在廚房將炸好的炸雞塊盛到盤子上。

幹生脫下襪子，換上家居服時。

真紀「我做了炸雞塊」

幹生「哦—（很開心的樣子）」

真紀把炸雞塊的盤子放到桌上。

真紀「你喜歡的吧」

幹生從冰箱拿出啤酒跟兩個玻璃杯。

幹生「小孩喜歡吃的東西我幾乎都喜歡。味道一定很棒。」

幹生坐下，倒啤酒。

真紀「不知道味道怎麼樣（微笑）」

真紀將旁邊的檸檬拿起，擠到炸雞塊上。

幹生邊倒著啤酒，邊注視著。

幹生「（啊，她會擠檸檬啊）……」

真紀「請用（看著幹生）」

幹生「（堆起笑容）開動（吃了一口以後，看著真紀）真是地球第一美味」

真紀「（微笑）又來了」

真紀回到廚房。

幹生瞥著被擠完的檸檬，邊說好吃地吃著。

真紀的聲音「不管我做什麼菜，他都吃得很美味的樣子」

幹生的聲音「我決定了不管她做了什麼菜，都要說好吃」

×　×　×

三個月後，夜晚。

真紀與幹生在客廳邊喝酒邊談話。

真紀「人事調動？」

幹生「調到總公司的人事部，要離開製作」

真紀「這樣啊」

幹生「對了，薪水好像會變多喔」

真紀「（擔心地望著幹生）能調回來嗎」

幹生「恐怕只要我還是社員（就不可能啊）」

真紀站起來，走到幹生身後抱住他。

真紀「辭職吧？」

幹生「（嚇了一跳）」

真紀「你不是喜歡現場工作嗎」

幹生「真紀，我沒有靠自己接案維生的實力啊」

真紀將幹生抱得更緊。

幹生感激地將手輕放到她的手上。

幹生的聲音「以後我就可以早點回家了」

真紀的聲音「可以一起看電影，或是去泡溫泉」

×××

臥房，床頭邊擺設著插著花的花瓶，被窩中，幹生疊在真紀身上。

幹生想把真紀的睡衣鈕扣解開，但一直解不開。

真紀要他稍等，然後自己解開鈕扣。

幹生的聲音「我們去看了醫生，要小孩似乎有點困難」

真紀的聲音「是有點遺憾沒錯」

幹生的聲音「我本來就希望兩個人可以一直像戀人一樣」

真紀的聲音「我覺得，就算是兩個人，家人就是家人啊」

×××

一個月後，夜晚。

穿著西裝的幹生回家，真紀出來迎接他。

幹生指著裝著DVD的袋子。

幹生「（靦腆地說）這是我看過最棒的影片」

真紀「哇—我會哭吧」

×××

將房間調暗，一起靠在沙發上看著電影的真紀和幹生。

傳來法文台詞。

真紀「這個人，是壞人嗎？」
幹生「嗯—也不能說是壞人的感覺」
真紀「這個人剛才道別了，為什麼還在？」
幹生「這是因為時間變了，那是三年前的場景。啊，那要不要倒帶回去？」

×　×　×

靠著幹生睡著的真紀。
幹生眼眶含淚，擤著鼻涕看著電影。
他看了一眼真紀，覺得有些寂寞。

×　×　×

隔天，夜晚。
幹生向出來迎接的真紀指了指裝著ＤＶＤ的袋子。

×　×　×

真紀與幹生看著電影。
流洩出懸疑片感覺的音樂，槍聲響起。
真紀「哇，哇啊（十分興奮）這個人」
幹生「是壞人」
真紀「這個人呢」
幹生「是好人」
真紀「這是大團圓結局吧，好好看喔」
幹生「真好看（其實一點也不有趣）」

×　×　×

三個月後，深夜。

獨自看著電影的幹生。

喝著酒，眼眶濕潤。

他想到廚房去倒酒，發現架子裡有本書和雜誌插在一起。

那是有著藍色書皮的書，裡面夾著畫著貓肖像的便條紙，打開一看，是第9頁。

幹生無言……

×××

隔天，中午。

幹生蹲在洗衣機前，從洗衣籃裡拿出自己的襯衫和內衣，放進洗衣機裡。

真紀的內衣也混在其中，他淡淡地放進洗衣機。

幹生回到房間，真紀在看電視。

幹生「公車路上不是有間新開的咖啡店嗎？雖然有點遠，我們要不要當作散步走過去看看？」

真紀「今天很冷耶。這裡有咖啡喔，要不要泡？」

幹生看了一眼，櫃子上放著用膠帶綁起來，三包六百八十圓的咖啡豆。

幹生「……（故做明朗）真的耶。那我就去一下書局就好」

幹生穿上外套，走出去。

真紀笑著目送他，繼續看電視。

真紀「在一起的時候，我們相處上不用互相勉強，沒有謊言和隱瞞，能做真實的自己」

22　草地棒球場

孩子們在放風箏。

幹生喝著咖啡，看著他們。

幹生的聲音「在一起以後，雖然是理所當然的事，但我發現原來她也是個平凡的人」

真紀的聲音「不過，戀愛，會讓人變得不像自己」

23　卷家公寓・房間

真紀用吸塵器在打掃。

幹生「戀愛的時候，我以為她是特別的人」

真紀「因為在他面前，我能做真實的自己」

24　草地棒球場

幹生不經意地看到稍遠的長椅上有一對抬頭看著風箏，開心地在說話的情侶。寂寞地凝視著他們。

幹生的聲音「一開始的，那個帶著神秘感的她，已經不在了」

25　卷家公寓・房間

真紀在廚房煮菜。

真紀的聲音「我以為，我找到了家人」

夜晚，收音機裡傳來流行歌曲。

幹生隔著廚房台子跟真紀說。

幹生「真紀，為什麼妳不拉小提琴了」

真紀「（苦笑）不拉了」

幹生「家裡的事妳可以放在一邊，做妳喜歡做的事啊」

真紀「（微笑）現在在做的，就是我想做的事啊」

幹生覺得音樂很吵，把收音機音量調小。

幹生「嗯……」

真紀「我現在，非常幸福喔」

幹生……

幹生的聲音「說出那樣的話的她，讓我覺得有點無趣」

開心做著菜的真紀。

真紀的聲音「我感覺很開心，想要在背後支持他」

×××

臥房裡，裝飾著插著花的花瓶，真紀和幹生在被窩裡。

真紀「管理委員會在說，管線有問題」

幹生「喔」

真紀「不過，吉田跟石川不是感情不好嗎」

幹生「喔─我去跟吉田談談好了」

真紀「太好了，謝謝」

幹生「嗯，晚安（拉過棉被，閉上眼睛）」

真紀「（心想，他要睡啊）晚安」

注視著花的真紀。

×××

深夜，真紀入睡後，幹生醒來看著天花板。

幹生的聲音「這樣下去不行。她是我的妻子，而且我們是戀愛結婚的啊。我得加油」

×××

真紀的聲音「我想讓氣氛變得開朗，說些在電視上看到的有趣話題」

幹生的聲音「她的生活圈很狹窄，話題多半是電視的事，可是我得要聽她說」

26　馬路上（一個月後，傍晚）

下班回家路上的幹生，走著走著，看到攝影隊在拍模特兒。

以前一起搭計程車的胖男子也在。

懷抱著複雜心情看著他們時，手機裡傳來簡訊。

一看之下，是真紀的簡訊。寫著：「辛苦了。回家的時候可以幫我買洗碗機的清潔劑嗎？」

幹生打「好」，突然停下手刪除，再打下「抱歉，今天要加班，會晚回去」

他轉身背對攝影隊，走回原來的方向。

27　獨立戲院前（夜晚）

電影結束，從電影院裡走出的觀眾裡，幹生的身影也在其中，這時。

女性的聲音「幹生」

回頭一看，是水嶋玲音（31歲）。

幹生「啊……」

玲音「啊什麼啊（笑出來）」

玲音突然對幹生使出鎖喉技。

28　咖啡店・店內

幹生和玲音並坐在四人座位上，討論著剛才看的電影內容。

幹生「那就是選了喬治對吧」

玲音「對啊，害我一瞬間笑出來了」

幹生「（指著玲音）我聽到了」

玲音「（指著幹生）聽到了喔」
幹生「結果，我們是為什麼分手的啊」
玲音「人啊，不是價值觀合得來，就是度量夠大，不然很難一起過下去吧」
笑容突然變僵硬的幹生。
幹生「（轉變話題）妳的貓，斷頭台牠還好吧？」
玲音「很好啊。我還是住在那間公寓」
幹生「明大前的嗎？」
玲音「嗯，現在要去嗎？斷頭台也會很高興的（輕輕地）」
幹生「牠哪會記得」
玲音「而且，我有話想跟你說（帶著誘惑的想法）」
幹生「……（微微地笑）明天還要早起呢，我還是回去吧」

29 卷家・公寓

台子上放著洗碗機的清潔劑。
真紀和幹生在客聽喝著酒聊天。

真紀「吉田太太說，為什麼她要把傘架放在那裡」
幹生「喔—」
真紀「所以我們決定先去跟石川太太說明，石川太太不是很喜歡草莓大福嗎」
幹生「嗯」
真紀「我想買去送她，有八個裝跟十二個裝的，哪個好啊？」
幹生「……十二個的吧」
真紀「唔—差了四百塊錢呢—」

真紀把啤酒空罐拿到廚房去。

幹生表情突然一變，變得很陰沉。

真紀的聲音「他總是很溫柔，是一百分的丈夫」

幹生的聲音「她是一百分的妻子，我很珍惜她」

30 商店街（一個月後）

幹生走在下班路上。

他停在房屋仲介前面，看著一間出租小公寓的宣傳紙。

幹生的聲音「當我看著自己喜歡的東西，看向旁邊時，她也和我有同樣的感受。其他都微不足道，我這樣告訴著自己」

31 卷家公寓・房間（夜晚）

幹生回到家，在換衣服時，真紀發現了塞在幹生包包上的雜誌。是溫泉特集。

幹生，被發現了……

真紀，哇一聲翻開雜誌，開始看。

真紀說：這裡不錯耶，幹生也附和。

幹生的聲音「有一次，我和她一起去溫泉」

真紀的聲音「在那裡遇到一對感情很好的夫婦」

幹生的聲音「一問之下，發現他們結婚四十年了」

真紀的聲音「（覺得很高興）四十年了啊」

幹生的聲音「（覺得很沉重）四十年了啊……」

×　×　×

一個月後，夜晚。

幹生在綁垃圾袋時，真紀看著從腋下拿出來的體溫計。

真紀「我好像有點發燒了」

幹生「幾度？給我看一下」

真紀「（微笑）沒什麼大……」

真紀扶著沙發椅背，然後直接蹲了下來。

幹生「真紀！」

32　醫院．病房（隔天）

真紀住院，在病床上睡著。

幹生將換洗衣物跟毛巾放進床邊的櫃子裡。

真紀「（笑著）你在救護車上一直哭叫著真紀、真紀！只是小病而已，真難為情（害羞地笑著）不過看到你這麼擔心，我也很高興就是了」

幹生「（微笑）……」

33　卷家公寓．房間（夜晚）

幹生回家，打開燈，進入房間。

空無一人，一個人的房間。

×　×　×

幹生的聲音「她一點都沒變」

幹生靠在沙發上，吃著炒飯。

太安靜了，於是他走到櫃子前選ＤＶＤ。

幹生的聲音「和一開始一樣，一直愛著我」

×××

幹生一邊看著電影，一邊喝著茶。

看著看著，突然噗哧地笑出來。

笑聲逐漸變大。

幹生「可是我卻」

×××

幹生又選起了其他ＤＶＤ。

選了好幾片拿過去。

他從冰箱裡拿出啤酒，開心地一邊打開，一邊要回客廳時，發現了。

擺在餐桌上的醫院健保卡和收據。

幹生，表情回過神來，有罪惡感。

×××

幹生將櫃子上的ＤＶＤ和書裝進紙箱。

默默地裝著。

突然，看向陰暗的窗外……

幹生的聲音「不行。那時候我心想，我死了的話真紀會傷心的，不能死啊。可是，越是這樣想就越……」

34　同樣・房間（半年後）

真紀送到門口，幹生穿著西裝出門。

真紀的聲音「知道他辭職，已經是他失蹤以後的事了」

35　公園

幹生落寞地坐在長椅上，百般無聊地喝著咖啡。

真紀的聲音「被命令轉調、遞了辭呈的事，他都沒有說，裝作一如往常地去上班」

手機裡傳來簡訊，一看之下，是玲音傳來的，寫著：『斷頭台死掉了，幫幫我』

一番掙扎後，他打下：『抱歉，我沒辦法幫妳』

36　卷家公寓・房間（晚上）

真紀在廚房，將沙拉裝到盤子上。

真紀「今天好早啊」

幹生用大鐵鍋準備著西班牙燉飯。

幹生「我已經習慣了嘛」

幹生將鐵鍋拿到客聽去。

幹生「啊─真紀！鍋墊」

真紀「啊」

幹生「好燙好燙好燙」

真紀「等一下」

真紀不管三七二十一地從旁邊架子上拿下一本書，放到桌上。

真紀「好了」

幹生要放下鐵鍋時，發現。

那是他送給真紀的藍色書皮的書。

幹生……

幹生將鐵鍋放到上面。

真紀「（看著燉飯）應該很好吃吧？」

幹生「應該吧（微笑）」

37 草地棒球場（隔天）

幹生眼睜睜地看著飛到一半的風箏無力地掉落。

風箏掉落到地面。

幹生的聲音「隔天，等我發現的時候，我的腳已經跨在陽台的欄杆上了」

38 醫院．病房（隔天）

幹生住院，躺在床上。

真紀將換洗衣物和毛巾放進床邊的櫃子。

真紀「跟你說在陽台上不可以用梯子了」

幹生「從三樓摔下去而已，死不了的啦」

真紀「有從二樓摔下去摔死的人喔」

幹生「好啦好啦」

這時，有個人推著點滴架進來。

真紀一回頭，看到頭和臉都包著繃帶，只露出三分之一臉、穿著睡衣的諭高。

幹生「（朝著真紀）他是隔壁床的」

諭高「妳好」

真紀「您好，承蒙您照顧了」

諭高偷看著真紀，回到自己床上。

×　×　×

夜晚，熄燈後，幹生就著床頭燈看書。
隔間的簾子被拉開，全身繃帶的諭高探出頭來。
幹生看著突然出現的臉，被驚嚇到。

諭高「要不要吃香蕉？（拿出香蕉）」
幹生「好（點頭）」

諭高在旁邊坐下，剝香蕉給幹生。
幹生道謝，拿過香蕉開始吃。
諭高從繃帶的縫隙吃著香蕉。

諭高「白天那位是您太太嗎」
幹生「是啊」
諭高「真漂亮啊，好羨慕」
幹生「（採保留態度，對諭高說）結婚了嗎」
諭高「我的婚姻是地獄」
幹生「是嗎」
諭高「真好，你們看起來好幸福啊」
幹生「（苦笑）也沒什麼好的」
諭高「有那麼好的太太還在抱怨，會有報應喔」
幹生「（是這樣說沒錯）……」
諭高「看起來很溫柔，又高雅。簡直就是完美，一億分的太太嘛」
幹生「（是這樣說沒錯）……」
諭高「你沒有在睡覺的時候被吸塵器吸過臉吧？沒被問過『為什麼你一天要吃三頓飯』吧？」
幹生「她會在炸雞塊上擠檸檬」

諭高「什麼？」
幹生「（指著自己）我不喜歡檸檬」
諭高「（苦笑）就因為那樣」
幹生「（不服氣）我會住院也是因為我太太」
諭高「什麼？」
幹生「是她從背後推我，我才會從陽台上摔下去的」
諭高「（眼神一變）哦……」
幹生「什麼完美，什麼一億分」
幹生露出卑鄙的表情。
幹生的聲音「因為我太不甘心了，想反駁他的話」

39 居酒屋・店內（兩個月後）

幹生與前同事西村坐在桌位上吃飯，幹生背對著入口。
西村「你為什麼要辭職啊？」
幹生「為什麼呢……」
西村「大村當上部長後，好辛苦啊」
店員喊著歡迎光臨。
真紀和兩個女性友人走進來。
幹生「大村不行啊」
店員帶位，真紀被帶到幹生背後的座位。
幹生「每次那傢伙惹出麻煩的時候，都是我幫他擦屁股的啊」

真紀察覺到幹生的聲音，看著這邊。
想要叫幹生。

幹生「為什麼不讓那傢伙調職啊」

聽到他粗暴的語氣，真紀無法出聲。

西村「（附和著）真的，是啊——」

店員過來，將炸雞塊的盤子放下。

店員「讓您久等了。這是比內地雞的炸雞塊」

真紀聽到是炸雞塊，在背後露出微笑。

西村「要擠檸檬嗎？」

幹生「別加，我討厭檸檬」

真紀在背後露出詫異的表情。

西村「加了比較好吃喔」

幹生「至少在外面的時候讓我照自己喜歡的吃嘛」

西村「（苦笑）你不是最近才結婚的嗎」

幹生「兩年吧，才兩年啊」

西村「跟太太還正是熱戀期吧？」

幹生「你，不懂的。我愛她」

西村「那……」

幹生「我愛她，但是不喜歡她」

在後面聽到的真紀……

幹生「這就是婚姻（開始吃）」
真紀低聲地向朋友說話，站起身來走出店裡。
友人A「卷太太說什麼？」
背後聽到的幹生，露出驚訝的表情。
友人B「好像突然身體不舒服」
友人A「哦─我沒聽到，她的聲音好小」
幹生錯愕的表情……

40　綠地
真紀走著。
真紀的聲音「我想要家人所以結婚」
×　×　×
其他時間。
走在同一條路對向的幹生。
幹生的聲音「就算結婚了，我也想要保持戀人的樣子」
×　×　×
真紀的腳步加快。
真紀「等我注意到時，他已經不是家人，變成我單戀的對象了」
×　×　×
其他時間，走在同一條路的對向，腳步加快的幹生。
幹生的聲音「她不再是戀人，變成了我的家人」

×××
真紀跑著。

真紀的聲音「為什麼會變成這樣」

×××

其他時間，跑在同一條路對向的幹生。

幹生「我們想要的東西，是相反的」

41　卷家公寓．前方道路（夜晚）

幹生站在公寓前，抬頭望著三樓的燈光。

幹生的聲音「我心想這樣下去不行。要跟她好好談談」

42　同．房間

真紀打開收音機，轉過頭，走向玄關。

真紀「我要好好跟他談談」

她打開玄關門，幹生走進來。

真紀「（堆起笑容）你回來啦」

幹生「（堆起笑容）我回來了」

兩人走進房間。

從收音機裡流洩出古典樂。

真紀「今天真冷」

幹生「是嗎？我一整天都待在辦公室裡」

真紀「飯馬上就好了，你先喝啤酒吧」

真紀拿出啤酒和玻璃杯，遞給幹生。

幹生「謝謝（接過來）」

兩個人的笑容有些不自然。
彼此都有話想說，卻說不出口。
看著臉，想說些什麼。
這時，收音機的音樂變成《鄉間騎士間奏曲》。
兩人察覺到，看向收音機。
旁邊放著結婚典禮的照片，和剛相遇時兩人臉貼著臉，笑得天真無邪的自拍照。
兩人再次看著彼此。
確認彼此臉上的悲傷。
真紀還想說些什麼。
幹生卻避開眼神，走到客廳去。
背對著廚房坐下的幹生，脫下襪子，將啤酒倒進玻璃杯，打開電視。
站在廚房的真紀忍不住當場蹲下，用手覆蓋住臉。
兩人都強忍著悲傷。
真紀站起身來，看著幹生的背影。

真紀「（忍著眼淚）……抱歉，我忘了買辣油了」

辣油在廚房裡。

真紀「我去一下超商喔」

幹生「（依然背對著）嗯」

真紀解開圍裙，穿上外套出門。
聽到門關起來的聲音，幹生轉過頭。

真紀已經不在了。

幹生感到悲傷和一股罪惡感……

他站起來，拿起包包和外套，留下襪子，赤腳走向玄關。

43　同・前方道路

幹生一走出來，就在道路前方看到真紀的背影。

她的背影在顫抖。

幹生凝視著，轉過身，朝相反方向走去。

真紀拭淚，試圖調整呼吸。

回想，結束。

真紀的聲音「所謂的夫婦，究竟是什麼呢」

44　教會・禮拜堂內

真紀與鏡子在談話。

鏡子以嚴肅的眼神，認真感受真紀的心情傾聽著。

真紀「我一直在想，可是我還是不懂。如果哪裡不一樣的話，我們會不會就不是現在這樣了呢。（回憶起，苦笑）如果我們在遙遠的陌生小島上，像是青梅竹馬一樣地相識了，感情雖然好，但不會想要做什麼，也不會覺得一定要怎麼樣，每天碰面，但不是男女關係，也不是家人，這樣的話，我們是不是就能一輩子在一起了。是不是那樣的話會比較好。不過，已經不會有答案了」

鏡子「（誠摯地接受她的心情，反省）我來找他，我一定會把他帶回妳身邊……」

真紀「（搖頭）對不起，婆婆。我決定，要提離婚協議書了」

鏡子「（困惑）等等……」

真紀「承蒙您照顧了（低下頭來）」

45 別墅・一樓

小雀和幹生在談話。

幹生「我馬上就把離職金換成現金，從新宿坐上夜巴，先到了關西（略顯得開心）」

小雀「（附和）哦—嘿—」

幹生「還挺有趣的，不過到了今年，我的口袋就只剩下七十塊了（露出笑容）」**小雀**「（陪著笑）嘿—」

幹生「想說，再這樣下去就要凍死了（笑）」

小雀「（早就料到，但還是一起笑）哈哈哈，啊—所以才來找卷」

幹生「去了東京的公寓，附近的人給了我這張傳單……」

小雀「（打斷他）啊，夠了」

小雀站起來。

幹生「我沒有要給真紀帶來麻煩的意思……」

小雀「是啊，見到你的話，卷一定會很高興吧。她一定會高興的……」

小雀拿起手機，作勢要撥電話。

幹生「別叫警……（想阻止她）」

小雀「（撥開）這就叫空歡喜一場啊。」

小雀開始打電話。

幹生，心緒不定，表情變得僵硬……

46 貓頭鷹甜甜圈・倉庫

司正在確認書架上的檔案夾，房間內的燈突然熄滅了。

司「啊（環顧四周）」

他回到入口處，想開電燈，但不亮。

去轉電子鎖的門把，也打不開。

司拿出手機，一看之下，電池只剩下1%。

覺得不妙，一邊照到宣傳部的內線號碼，正要撥打。

這時有來電，是諭高。

司「（猶豫著還是接起，快速地說）喂喂」

47　山裡

不知為何在山裡的諭高，正左顧右盼地在尋找什麼。

諭高「有朱？有朱？（對著電話）啊—喂喂，別府啊，我跟你說—」

48　貓頭鷹甜甜圈．倉庫

司「家森啊，你很急嗎？什麼？不是，我沒生氣。我現在被關在公司的倉庫裡，電池也快沒了。不，我不是生氣。如果電池用完了，我就沒辦法連絡其他地方了……」

斷線。

司「（看著手機，畫面一片黑）真的假的……」

49　山裡

諭高忍著笑意對著電話說。

諭高「啊，卷。現在可以講話嗎？別府好像被關在（笑出來）公司倉庫裡了」

50　教會附近的道路

真紀「我知道了。我現在正要回去，我去找名片，打給別府公司的人。好」

真紀掛上電話，邁開腳步。

51 別墅·一樓

門鎖被轉開，玄關大門敞開。
探頭窺視，接著走進來的，是有朱。
她收起鑰匙，為了不發出聲音，躡手躡腳地走進去。

52 同·真紀房間

小雀被用膠帶貼住嘴巴，雙腳也被綁住，雙手被綁在身後和床腳綁在一起。
她發出咿咿呀呀的聲音，搖擺著身體。

53 同·一樓

環顧著房間的有朱，找到了擺在客廳的小提琴盒。
有朱高興地拿起揹上肩，心想也許二樓還有，正要上樓時。

54 同·真紀房間

從樓下傳來有朱的尖叫聲。
小雀十分驚訝。

55 同·一樓

有朱被幹生追趕著，跑到廚房。

有朱「你要幹嘛？」

幹生「啊，那個（小提琴）」

幹生走過來，堵住了有朱的去路。

有朱「什麼什麼什麼」

幹生「那個，就是……」

幹生的手伸向小提琴。

有朱抓起 Tefal 的鍋子，朝幹生的側臉打下去。

幹生喊痛，蹲了下去。

有朱丟下掉落的鍋柄，跑出廚房，朝陽台跑去，打開陽台的門。

跑到陽台上的有朱，正要從螺旋樓梯下去的時候，幹生從背後抓住她的肩膀。

幹生抓住小提琴盒，搖晃著有朱。

幹生「這是真紀的小提琴！」

幹生硬是將小提琴盒子扯下，將有朱大力推開。

幹生因為反作用力，抱著琴盒撞上了玻璃窗，他啊地一聲，看著前方。

56　同・外面

從陽台上，可以看到身體扭曲，仰躺著掉在別墅後院的有朱。

57　同・真紀房間

小雀聽到樓下的聲音，不確定發生了什麼事。

58　馬路上

急忙趕回去的真紀。

第六話　完

註

1 擺放在收銀機旁邊的亮橘色小球，為日本便利商店或餐廳特有的防盜措施，發生搶劫或竊案時，店員可以拿小球朝嫌犯丟擲，方便警方日後追蹤。

2 槙：Maki，發音和卷相同。

「夫妻，夫妻是什麼呢？我們也一樣，

用同樣的洗髮精，頭髮聞起來是一樣的味道啊。」（小雀）

第7話

1　山路入口

夜曲的休旅車開了過來，停下。

諭高和有朱從上面走下來。

有朱「那如果，（看著手機上的黑面長尾猴）我抓到這隻猴子的話，獎金可以歸我嗎？」

諭高從車上拿出狗籠子。

諭高「應該不行喔。有朱妳不是有工作嗎？我現在失業了，來試試手氣。」

有朱「如果沒錢的話，把中提琴放到拍賣網上不就好了」

諭高「中提琴在拍賣網上賣得掉嗎」

兩人朝著山路走去。

有朱「樂器很值錢吧？」

諭高「我的是還好。卷跟別府的，應該吧」

有朱「（內心感到興趣，但只是輕輕回應）」

2　山路

諭高和有朱從林中道路裡走來。

諭高一個踩空，跌進草叢裡。

有朱「你沒事吧？」

諭高「（臉裝得很酷）嗯，我剛剛滑得很快，上去也很快」

一站起來，就大步邁出。

有朱看見諭高的鑰匙串掉下來。

她心想機會來了！輕輕蹲下來撿起，握在身後。

有朱「現在，別墅裡有人嗎？」

諭高「應該沒人吧？」
有朱「（哦——）」
諭高「我忘了問猴子的名字了（一回頭）」
有朱跑走，回過頭。
有朱「我去找一下另一邊喔」
諭高「什麼，等一下……」
想要追過去，又再次掉進草叢。

3　山路入口附近

有朱跑了過來，打開休旅車門，坐上去。
以高超的開車技術倒車、迴轉，滑上車道，奔馳而去。

4　貓頭鷹甜甜圈・書庫

當司在確認書架上的檔案夾時，房間內的燈突然熄滅了。
司「啊（環顧四周）」

5　別墅・真紀房間

幹生抱著大提琴站立著。
幹生「（嘆氣）我真的很抱歉」
往自己的腳踝纏膠帶的小雀，停下手，瞪著幹生。
幹生舉起大提琴。
小雀看著他，無可奈何地繼續纏起膠帶。
幹生「不用綁得太緊也沒關係，只要不能動就好了」

小雀綁完了腳。

幹生「啊，不好意思，嘴巴也要」

小雀在自己嘴巴上貼上膠帶。

幹生「不好意思，謝謝。啊，不好意思，那我可以綁手的部分嗎？」

幹生將大提琴放在旁邊。

幹生「失禮了。啊，把手放到後面。啊，對，這樣。」

幹生將小雀的雙手用膠帶綁在背後，和床腳綁在一起。

樓下傳來聲音。

幹生，嗯？

6　同・一樓

幹生一下樓，就和有朱撞個正著。

有朱嚇了一大跳。

有朱「（尖叫）」

幹生被她的尖叫聲嚇到，看著有朱肩上掛著的小提琴盒。

幹生「妳在做什麼？」

有朱「什麼什麼……」

幹生「那個，妳要幹嘛？」

有朱「什麼……」

有朱倒退著走，朝著客廳方向逃過去。

幹生追上。

有朱「有什麼事？」

有朱逃進廚房。

幹生「啊，那個（小提琴）」

幹生走過來，堵住了有朱的去路。

有朱「什麼什麼什麼」

幹生「那個，就是……」

幹生，手伸向小提琴。

有朱，抓起身邊的 Tefal 鍋鍋柄，朝幹生的側臉打下去。

幹生呻吟喊痛，蹲了下去。

有朱，丟下掉落的鍋柄，跑出廚房，朝陽台跑過去，打開門。

跑到陽台上的有朱，正要從螺旋樓梯下去，被幹生從背後抓住肩膀。

幹生抓住小提琴盒，和有朱拉扯。

幹生「這是真紀的小提琴！」

幹生硬是扯下小提琴盒，推了有朱。

因為反作用力，幹生抱著琴盒撞上了玻璃，他看著前方，驚呼一聲。

7　同・外面

從外面，從陽台上，可以看到身體扭曲，掉在別墅後院仰躺著的有朱。

8　同・別墅後面

幹生從陽台下走進來。

有朱仰躺著倒臥在地。

雙眼緊閉，一動也不動。

幹生抬起有朱的手臂，一放下，手臂就無力垂下。

他心驚膽顫地將耳朵貼在心臟上。

幹生，一顫，慌慌張張地撿起有朱掉在地上的手機，想要打電話。
用顫抖的手指按了119，但又將手機丟在地上。

幹生「（回頭看著有朱）……啊—真是的（不想面對）」

9　同·外面

真紀回到別墅。
內側有甜甜圈洞四重奏的廂型車，外側停著夜曲餐廳的車，共停有兩台車。
她好奇這是怎麼回事，一邊從郵箱拿出郵件。
正要朝玄關走去時，別墅後面傳來聲音。
覺得奇怪想走過去察看時，夾在腋下的郵件掉了下來。
她蹲下來撿拾，這時從別墅後面出現了一雙搖搖晃晃的腳。
眞紀，往上一看，是幹生。
真紀……
幹生帶著泫然欲泣的表情走近，和真紀一樣蹲了下來。

幹生「真紀」
真紀，複雜心情湧上，用手蓋住臉。

幹生「真紀（怎麼辦）」
真紀，露出臉。

真紀「……你瘦了？」
幹生的衣服上黏著雪花跟落葉。
真紀，用手將它們拍掉，手停在幹生身上。

真紀「你瘦了。三餐，有好好吃飯嗎？」

幹生「（點頭）有……」

真紀「那昨天，你吃了什麼？」
幹生「廣東炒麵」
真紀「（注意到幹生手上的繃帶）這是怎麼了？」
幹生「（搖頭，將手藏起來）」
真紀「我看一下。都髒了」
幹生「沒事」
真紀「怎麼可能沒事。你，之前也這麼說……（指著別墅）進去吧。消毒……」

真紀，抓住幹生的手腕想站起來，幹生不站起來，真紀被拉倒。
真紀，倒在幹生身上，二人倒向地面。
真紀，近距離看著幹生的臉。
她很開心很開心，看起來只是害羞地苦笑。

真紀「歡迎回來」

別墅的後方，進入幹生的視野。

幹生「……抱歉」
真紀「（只有抱歉嗎？略帶苦楚地微笑著）」

10 同・真紀房間

被綁起來的小雀，歪著頭，確認手腕。
開始將手上的膠帶往床角摩擦。

11 同・一樓

真紀與幹生，走進來。

真紀「坐著」

真紀直接走到洗手台。
陽台邊的門敞開著。
幹生急忙地走過去，看向外面，但不想面對又關上門，連簾子也拉起來。

12 同·洗手台

真紀取出消毒水和繃帶，正要返回時，看向鏡子。
用手整理了凌亂的頭髮。
拿出口紅，迅速地塗了一下。

上劇名

13 貓頭鷹甜甜圈·書庫～樓下

司就著手電筒的光，在記事本上寫下：「給路過的人：我被關在書庫裡面，不好意思，可以麻煩你幫忙連絡警衛人員嗎？宣傳部 別府司」，然後將這頁仔細撕下。
他趴在地上，從門縫往外塞。
走廊上，從門縫遞出的紙，被黏在地板上的口香糖卡住翻了過來，變成反面。
司，心想自己做得很好，沒問題了！

14 山路

諭高全身黏著樹葉，從森林裡走出來。
他環顧四周，周圍只有大片樹林。
這是哪裡？
看見前面有一個倒在地上的看板。
跑上前，撿起來一看之下，看板上有松鼠插畫旁邊寫的對白是，「野餐猜謎：想要一個人待著的時候會吃的甜點是～什～麼？」

諭高「（一怒）鬆餅1」

大腳踢走看板。

真紀為幹生在手上纏上新的繃帶。

15　別墅・一樓

真紀「沒撞到頭吧？」

幹生「只是跌了一下而已」

真紀「一下也很危險啊，像手機或杯子有時候只是掉了一下，也會裂掉啊」

幹生「（掃了一下陽台）啊—」

真紀「說只是跌倒一下的人，通常都沒跌倒吧」

真紀，看著幹生。

垂下臉的幹生。

真紀「（微笑）要吃點什麼嗎？」

站起來的真紀，走向廚房。

幹生「不……」

真紀「如果吃蛋包飯的話，馬上就……」

地板上小鍋子、鍋把、打蛋器、麥片盒等物品四散。

真紀「（為什麼？）」

幹生，觀察著真紀的表情……

真紀，走回來，往二樓走去。

真紀「小雀？（對幹生說）等一下」

真紀，想走上二樓。

幹生「真紀」

真紀「唔？」

幹生「沒事（低下頭來，搖頭）」

真紀，雖然有些疑惑，仍打算走上二樓。

幹生「真紀」

真紀「唔？」

幹生「（搖頭）」

真紀，感到怪異，走向二樓，但太不安了又走回來，在幹生面前坐下。

真紀「等等，我覺得好可怕」

幹生「（低著頭）」

真紀「什麼事？說啊！你怎麼了？你遇到小雀了嗎？」

幹生「（指著二樓）」

真紀「她在對吧？」

幹生「（點點頭）」

真紀「是在睡覺嗎」

幹生「（視線游移，小小聲地說著什麼）」

真紀「（聽不見）什麼？」

幹生「綁起來了」

真紀「什麼？」

幹生「她說要報警，所以我讓她動不了」

真紀「（無法理解）……」

幹生「她沒有受傷，她很好」
真紀「什麼？」
幹生「抱歉……」
真紀「警察？報警？為什麼要報警？」
幹生「在濱松」
真紀「濱松，嗯」
幹生「我搶了便利超商」
真紀「（無法理解）……」
幹生「沒錢了」
真紀「（無法理解）……」
幹生「那個時候，（抬起右手）這……」
真紀「店員呢」
幹生「店員沒有受傷，店員很好」
真紀「只拿了錢？」
幹生「還有我把蒸包子的機器推倒，弄壞了」
真紀「……這樣啊（握著幹生的手）我懂了。我們去自首吧。我陪你一起去，去警局」
幹生「（搖頭）」
真紀「就算逃走，一定會被抓的啊。沒事的，雖然我不清楚，不過應該不會坐太久牢，我會等你回來的。啊，如果你不希望我等你的話，我會幫你把可以回去的地方準備好。在你回來之前煮好飯，然後出去。沒事的，沒事，我們一起去警局……」
幹生「我殺了人」
真紀「（什麼？）」

幹生「我還殺了人」

真紀「（以為是說謊，微微地笑起來）你不是說店員沒事嗎」

幹生「剛剛」

真紀「唔？」

幹生「在那裡（指著陽台）」

真紀「（什麼？看向陽台）」

幹生走到陽台前，打開簾子。

真紀「（看了一眼）……（微笑）什麼都沒有啊」

幹生，開陽台的門，走到外面去。

真紀，感到疑惑，跟著出去。

幹生指著欄杆外，真紀探頭出去。

並肩從陽台往下看的二人。

過了一會，又走了回來。

關上門，再坐回原地。

真紀若有所思地……

幹生「……真紀，那個，還沒交吧」

真紀「……什麼？」

幹生「妳還沒交給區公所吧」

真紀「（領會）嗯……」

幹生「離婚協議書這種東西，不知道東京的夫婦能不能在輕井澤提出呢？很微妙吧，在長野縣提出結婚申請的夫婦，如果在香川縣提出離婚申請的話，就像在烏龍麵店點蕎麥吧2……啊，不一樣嗎……妳能不能上網查一下？離婚協議、居住地以外。」

真紀「……」
幹生「總之我們先去區公所，還是市公所，還有印章……」
真紀「有人看到嗎？」
幹生「什麼？」
真紀「（看一眼陽台）」
幹生「（看一眼陽台）沒有」
真紀「小雀呢？」
幹生「（搖頭）」

真紀，鬆了口氣。

真紀「我們逃走吧」
幹生「（咦）」
真紀「我們逃走，到沒有人的地方一起生活」
幹生「不……」
真紀「幹生，你會被抓走，再也沒辦法從監獄出來喔，這樣也沒關係嗎？沒問題的，我和你一起，兩個人總是比較方便。如果你不想跟我在一起的話，我會和你保持距離……」
幹生「為什麼妳要」
真紀「別說為什麼我要了」
幹生「犯案的是我啊」
真紀「我們還是夫妻啊」
幹生「……我們還是好好地提出離婚協議吧。妳該過好自己的人生了……」
真紀「沒關係的，我一個人的人生。一點都不有趣。這樣的人生，我不需要」
幹生「……（看著陽台的方向）要把她放在這裡嗎？」

真紀「（搖頭）不能放在這裡」

真紀，站起身來，走向玄關。

幹生不解，聽到啪噠啪噠的聲音，看到拿著睡袋回來的真紀。

幹生「咦……？」

真紀「又不能把她放在這」

幹生「要搬去哪裡」

真紀「不能放在這啊」

16　同．二樓走廊

真紀用手機看著濱松地方新聞的報導。

報導中寫道：市內的便利商店闖入一名三十到四十歲左右的男性，搶走現金後逃逸，警方正在確認防盜監視器。

真紀……

17　同．真紀房間

小雀正在用背後雙手上的膠帶摩擦床角，房門打開，真紀走了進來。

小雀「（呻吟叫著卷）」

真紀，走到小雀面前，看著她被綁起來的手腳。

真紀「很痛嗎？」

小雀「（笑著搖頭）」

真紀「沒事吧？」

小雀「（笑著點頭）」

真紀「（放心，點頭）」

小雀「（用臉示意門外，妳老公，妳老公他）」
真紀「（會意）謝謝妳。妳再忍耐一下，等別府和家森回來喔。」
小雀「（笑容僵固，不解）」
真紀「抱歉，現在我沒辦法把妳解開」
小雀「（為什麼!?）」
小雀「（快幫我解開）」
真紀「（想傳達她的心意）小雀，那個……」
真紀「（決定還是不要多說什麼）我去去就回」
小雀「（從她的表情察覺異常，無法理解）」
真紀「抱歉了，本來今天要做妳喜歡吃的菜，想大家一起開開心心吃的……
我出去一下喔」
小雀「（凝視著真紀，像是在問妳要去哪？）」
真紀「（凝視著小雀）」
小雀「（搖著頭表示不行）」
真紀「……」

這時幹生來到門外，拿出鏟子。

真紀「（嗯）」
幹生「有這種的」

小雀了解到事態嚴重，用呻吟和掙扎向真紀抗議。

真紀「（看著小雀，說了抱歉）」

真紀和幹生一起走出房間。

小雀「（呻吟叫著卷！卷！）」

18 同・後面

睜開眼睛，左看右看的有朱。

她想移動身體，但感到有點痛。

她聽見踩雪的腳步聲，疑惑地用眼睛瞥了一眼，看見了逐漸靠近的幹生身影。

她一驚，閉上眼睛。

真紀和幹生的雙腳站在她的身邊，聽得見兩人粗重的呼吸聲，但有朱繼續閉氣。

睡袋被放在她的旁邊。

19 同・真紀房間

小雀拚命地鬆動被綁在背後的手。

綁在手上的膠帶一角斷了。

她用力割開剩下的部分，解開，伸展手臂。

動了動手指和手，確認沒事後，將嘴巴上的膠帶一口氣撕下，吐了一口氣。

20 同・外面

真紀和幹生將沉重的睡袋從別墅後面搬過來。

打開甜甜圈洞四重奏的廂型車後門，爬了上去，將睡袋放在座位腳邊。

座位上堆放著小提琴、鑷子、一整套行李。

幹生，盯著睡袋看。

真紀「（轉開視線）不要看」

幹生，下車，關上門。

真紀，回頭看著別墅告別，拿出鑰匙正要坐進駕駛座。

幹生「我來開吧」

真紀，點頭，將鑰匙交給幹生。
幹生坐上車。
真紀，走到副駕駛座旁，正要開門時，發現門鎖著。
敲了敲窗，要幹生打開。
幹生，搖下一半副駕駛座的窗戶。

真紀「開門」
幹生「這附近有比較大的湖嗎？」
真紀「什麼？」
幹生「（指了指後面）我帶著她一起去投湖」
真紀「你在說什麼」
幹生「我不能再依靠真紀了」
真紀「怎麼說這種話」
幹生「如果警察來的話，妳就隨便告訴他們我是跟情婦逃走了吧」
真紀「我說了要跟你一起走啊……」
幹生「（微笑，舉起手告別）」

幹生，踩下油門，開動車。
真紀，喊著等等，敲打車門。
廂型車還是開出別墅了。
真紀，跑著追上去，看到餐廳夜曲的休旅車，一扳車門，門就開了。
鑰匙也插在上面。
當她要坐上去時，小雀從玄關飛奔出來。

小雀「卷！」

真紀回頭，那瞬間與小雀眼神交會。

但真紀直接坐上車，驅車離開。

小雀「卷！」

21 林蔭大道

幹生開的廂型車奔馳中。

稍微後頭，是真紀開的休旅車在逼近中。

廂型車裡的幹生，看著後照鏡，發現真紀。

睡袋滾在後座下。

睡袋中的有朱，輕輕地蠕動。

22 馬路上

在紅燈前停下，前、後台分別是幹生的廂型車，真紀的休旅車。

幹生，用後照鏡看著休旅車……

真紀，看著前方的廂型車……

變成了綠燈，廂型車左轉。

真紀，打算跟著左轉，但前方有對中學生情侶邊過馬路邊打情罵俏，他們的前進速度緩慢，真紀十分焦躁。

好不容易左轉，幹生的廂型車已不見蹤影。

真紀……

23 別墅．外面

從別墅出來的小雀，正要離開，看到馬路上開進來一台計程車，停下。

她好奇看是誰，下車的人，是鏡子。

小雀，……

鏡子，看到小雀，走上前來。

鏡子「小雀，那個人呢……」
小雀，忍不住抓起鏡子的手。
小雀「您兒子，還活著」
鏡子「……！」
小雀，將鑰匙交給鏡子，指著別墅。
小雀「請等等」
小雀，跑到出了大馬路的計程車旁，攔下。
鏡子「妳要去哪！」
鏡子，想追上去，但突然扶了下腰。
小雀，坐上了計程車。

24 馬路上

在奔馳的計程車裡，小雀坐在後面座位。
小雀「開上國道，然後……先開上去（看著窗外，尋找車的蹤影）」

25 水壩前的馬路

被群山包圍的巨大水壩。
廂型車停在前面的路肩上。
幹生從駕駛座上走下來，走到水壩前，檢視著周邊環境是否合適。
他靠在欄杆上，俯視著下面的水壩。
心想：就是這裡了。
×　×　×
滾落在車後座地上的睡袋。

拉鍊被打開，有朱的臉探了出來。

想要拉更開時，頭髮被夾住。

有朱「痛痛痛……」

把拉鍊拉回來一些，然後再次打開，吐了口氣。

從睡袋裡爬出來，上半身坐起，感到身體有點痛，突然發現。

上面放著真紀的琴盒。

她要去拿，先看向窗外，對面方向，是正盯著河川的幹生。

有朱驚覺是那個男人，臉色大變。

×××

幹生，心想是時候了回頭，聽到引擎聲。

回頭一看，有朱正坐在駕駛座上握著方向盤。

幹生一驚。

和幹生視線相交的有朱，十分害怕。

有朱，倒著車往後開，俐落的迴轉，揚長而去。

被留在原地的幹生，一臉錯愕……

26

馬路上

真紀開的車奔跑著。

前方出現顯示「湯川水壩」的標誌。

真紀，繼續往前開，從正面開過來的是甜甜圈洞四重奏的廂型車。

真紀，一驚，在兩台車並排時踩了煞車。

廂型車也同時停下，駕駛座的兩人並肩交會。

廂型車的駕駛座上坐著有朱，她看著真紀的臉，表情驚恐。

真紀也看到了有朱，非常驚訝。

兩人一起搖下車窗，情緒激動。

真紀「很抱歉！」**有朱**「對不起！」

真紀一臉疑惑。

有朱走下車來。

有朱「（指著廂型車）還妳」

真紀「好」

真紀走下車，看著還活著的有朱感到不可思議，有朱迅速上了夜曲的休旅車。

有朱「還妳了喔」

真紀「那個……」

有朱漂亮地迴轉，離去。

真紀「（大聲）我老公呢！」

27 貓頭鷹甜甜圈．書庫

坐在舒適的椅子上，就著手電筒的光，有點優雅地玩著拼字遊戲的司。

手電筒的燈突然熄滅，啊一聲後搖著手電筒。

搖了一下便點亮，然後又熄滅，一連搖了好幾下。

28 山路入口

諭高走了回來，原本應該停在那的休旅車不翼而飛。

他不解，呆立在那裡時，休旅車奔馳而來，俐落地停在諭高身旁。

有朱，打開車窗。

有朱「我一直都在找猴子，沒錯吧」

諭高「妳跑到哪去了？」

有朱「我一直在找猴子」

諭高「（不明所以地）嗯」

29　馬路上

坐在計程車上的小雀，看著窗外。

司機「不管要去哪，都會經過這裡的」

小雀「那就請您再開回去一次」

紅燈停下。

一看之下，隔壁車道停著夜曲的休旅車。

駕駛座上是有朱，副駕駛座上是諭高，二人似乎很開心地在唱著歌。

小雀「（打開車窗）家森！」

車內的諭高，並沒有發現隔壁計程車內的小雀，哼唱著收音機傳出的輕井澤民謠。

小雀「家森！」

諭高沒有注意到，和有朱唱著輕井澤民謠。

休旅車開走。

小雀「家森！」

30　馬路上（傍晚）

走投無路，徬徨無助的幹生。

看到巡邏中的警察正在察看棄置在路上的腳踏車。

幹生，看著他們，走過去。

幹生「請問」

警察「是」

幹生「嗯，我是第一次做這種事……」

這時，廂型車在幹生背後停下。

他一回頭，駕駛座上探出了真紀的臉。

真紀「（觀察著幹生和警察的模樣）不好意思，我來晚了」

幹生「（呃）……」

真紀「很冷吧？快坐上來吧」

幹生默默點了頭，往副駕駛座方向走。

警察「請小心」

真紀「謝謝——」

警察，騎上自己的腳踏車離開。

真紀，鬆了口氣的同時，幹生坐上車。

真紀「（微笑）真沒想到呢，她竟然活過來」

幹生「（看著真紀的笑臉，浮現安心的笑容）我明明有（指著耳朵）確認了啊」

真紀「剛剛（指著對面）我遇見她，還跟我道歉呢」

幹生「她想拿走妳的小提琴」

真紀「什麼—」

幹生「她是那種人嗎？」

真紀「是很有趣的人。（握住方向盤）那」

幹生「真紀，我……」

真紀「（打斷）我們回東京吧」

幹生「不……」

真紀，留意到幹生微妙的反應但仍保持笑容發動了廂型車。

31 便利商店．前面停車場

停下的廂型車內，坐著真紀與幹生。

真紀「我去買茶，你餓了嗎？」

幹生「（因為在便利商店前還是先低著頭，搖頭）」

真紀「（將手搭在幹生肩上）我馬上就回來」

真紀，下車，進入店內。

32 馬路～便利商店前

奔馳的計程車車內的小雀。

看向窗外，發現停在便利商店前的廂型車。

小雀「（驚覺，對司機說）這裡下車！」

33 便利商店．店內～前面停車場

真紀，拿著兩瓶熱茶和兩個飯糰，走向櫃台。

傳出開門聲，一看之下，進來的是小雀，朝這邊走過來。

真紀「（啊）……」

小雀不發一語地站在真紀旁邊，看著她。

真紀，慚愧地垂下頭。

小雀，拿了一個飯糰，放在結帳櫃台。

店員「（看著真紀，用眼神確認是一起結嗎？）」

真紀「（示意可以）……」

店員「（結帳）總共八一〇圓」
真紀「好」
真紀付錢。
店員「收您八一〇，謝謝光臨。」
真紀，拿起自己的商品，轉身，朝入口的相反方向走去。
小雀，拿起自己的商品，跟上。
真紀，繞遠路轉了商店一圈，小雀，追著她走出店內。
真紀，正要直接走向廂型車的方向時。
小雀，抓住真紀的手臂。
回頭的真紀，看著被抓住的手臂。
真紀「……妳是在氣我剛才沒幫妳解開嗎？」
小雀，依然抓著真紀的手臂。
小雀「我很生氣，有一種確確實實的，被丟下的感覺」
真紀「對不起」
小雀「沒關係。我也對妳說了謊，我騙過妳。這樣我們就一筆勾銷了。回別墅去吧」
真紀「現在，不太……」
小雀「妳要去哪？」
真紀「妳不要知道會比較好」
小雀，一邊看向廂型車內低著頭的幹生。
小雀「藏匿犯人罪，對嗎？」
真紀「嗯……」

小雀「卷？」

真紀「真為難」

小雀「（提高聲音）哪裡為難」

真紀「……」

小雀「四重奏要怎麼辦啊？會變怎麼樣？就這樣？說掰掰？哦—是這樣啊」

真紀「……我們是夫妻啊」

小雀「夫妻，夫妻是什麼呢？我們也一樣，用同樣的洗髮精，頭髮聞起來是一樣的味道啊」

真紀「……」

小雀「別走」

真紀「……小雀」

小雀「（什麼）」

真紀「我喜歡他」

小雀「……」

真紀「我的喜歡從來沒有變過啊」

小雀「……」

真紀，把臉靠到小雀耳邊。

低聲說了些話。

小雀「……」

小雀的手失去力氣，放開了真紀的手臂。

真紀「（看著小雀，低下頭）」

真紀，坐上廂型車駕駛座。

開出停車場，離開。

被留下來，茫然站著的小雀。

34 東京都實景（夜晚）

35 卷家公寓・走廊

手上各提著裝了蘿蔔等材料的塑膠袋的真紀與幹生走過來。

真紀，還捧著一小束花。

真紀「三百八十圓（微笑）」

兩人，站在大門前。

門上掛著寫著卷的名牌。

36 同・房間

走進來的真紀和幹生。

幹生放下購物袋，環視著房間。

幹生「（有點害羞）房子不錯」

真紀「（微笑）歡迎回來」

幹生「（微笑）我回來了」

幹生，注意到掉在地上的襪子。

真紀，撿起。

真紀「脫了就這樣放著（輕斥般地微笑）」

拿到洗衣服的地方。

幹生「（微笑中仍帶著困惑）」

37 別墅・真紀房間

穿著睡衣，一邊扶著腰一邊躺進真紀的被窩裡的鏡子。

小雀，手放在燈光開關上，關上燈。

小雀「晚安」

小雀，正要走出房間時。

鏡子「小雀」

小雀「會痛嗎？要按摩嗎？」

鏡子「我擔心幹生。如果妳知道了他們兩個去了哪，要馬上告訴我喔」

小雀「（雖然心裡有底）好」

38　同・一樓

諭高吃著灑上碎鮭魚肉的茶泡飯。

小雀拿著大提琴下樓。

諭高「卷，去哪了啊？她還說今天要幫小雀做好吃的菜呢」

小雀，走到客廳，整理大提琴。

諭高「別府也沒回來，難道他們兩個人跑去吃壽司了嗎？也太狡猾了吧」

小雀，將弓放在大提琴上，輕拉。

諭高「怎麼啦？為什麼心情不好？」

小雀「沒有不好」

諭高，不置可否，吃起茶泡飯。

小雀，開始用大提琴拉起瓊妮．密雪兒的〈Both Sides Now〉。

小雀「（邊拉邊回想）……」

×××

回想，便利商店前的真紀和小雀。

真紀將臉靠到小雀的耳邊。

低聲說。

真紀「我想和他睡」

小雀「……」

小雀的手失去力氣，放開真紀的手臂。

×××

小雀繼續拉著……

39 東京，卷家公寓．房間

將花插進餐桌上的花瓶的真紀。

從浴室走出來，剛洗完澡穿著睡袍的幹生。

真紀「身體變暖和了嗎？」

幹生「嗯」

真紀「（凝視著幹生）」

幹生「唔？」

真紀「那個呢？」

幹生「嗯——（有點抗拒）」

真紀「來吧（催促）」

幹生心不甘情不願地走回浴室，又走了回來。

幹生「哇！」

他打開浴袍，露出前面。

裡面穿著運動衣。

真紀「（開心大笑）」

幹生「（有那麼好笑嗎？疑惑地微笑，然後再打開一次）哇！」

真紀「（拍手笑得更大聲）」

幹生「（不解）有趣嗎？」

真紀「（笑著點頭）」

幹生「（覺得這樣的真紀很可愛）」

×××

餐桌上放著黑輪鍋，面對面坐著的真紀和幹生。

幹生「開動了」

真紀「開動了」

兩個人把黑輪當作配菜吃飯。

吃得嘴鼓鼓的幹生。

真紀「（以眼神詢問味道如何？看著幹生）」

幹生「好吃」

真紀「我第一次聽到黑輪可以配飯吃的時候，嚇了一跳呢」

幹生「當然可以啊」

真紀「現在是覺得可以沒錯（吃起來）」

幹生「這個湯汁，跟飯」

真紀「很合呢」

幹生「隔天吃也很好吃啊」

真紀「嗯（想起來，發笑）」

幹生「什麼？」

真紀「我們成員裡面，有個叫家森的人」

真紀，拿起旁邊的甜甜圈洞四重奏的宣傳傳單。

真紀「（指著諭高）這個人。之前，在吃完咖哩的隔天，（模仿）誰？是誰把我留隔夜的咖哩吃掉了？」

幹生「（想像，微笑）嗯」

真紀「前天晚上全都吃光了，（模仿）什麼？咖哩一個晚上就吃掉，這跟訂了旅館卻當天回來有什麼不同？」

幹生「（笑）真麻煩」

真紀「他真的很麻煩。吃掉咖哩的，（指著照片裡的小雀）是小雀。她說：想吃的時候吃掉，不是比較美味嗎」

幹生「是啊」

真紀「小雀這個人，想睡的時候不管在哪都睡得著。之前還在浴室裡，（做出洗頭髮的樣子）這樣睡著了呢」

幹生「（笑）真厲害」

真紀「兩個人吵起架來，去勸架的人，（指著照片中的司）是別府。國小時候的綽號是秘書長」

幹生「（笑）」

真紀「不過有的時候他也會沒力，一邊被家森罵，一邊像這樣捲著毛衣袖子，等到發現的時候，兩邊袖子都變無袖了」

幹生「（笑）他們真有趣」

真紀「（點頭）大家真的很妙，我們聚在一起時會調侃彼此的這些缺點，是靠缺點結合在一起的」

幹生「哦——」

真紀「一邊說著，這樣不行、這樣真的不行」

幹生「（微笑）真好」

真紀「（微笑）幹生呢？」

幹生「唔？」

真紀「我想聽你的冒險故事」

幹生「哦——這一年來的（苦笑）」

真紀「發生了不少事吧」

幹生「是啊。嗯——像是三百張通心粉沙拉折價券的互搶事件」

真紀「（笑）那是什麼啊」

幹生「還有生火把古蹟燒掉事件、泰拳冠軍為了一條毛巾哭泣的事件」

真紀「（笑）真慘，那就說通心粉沙拉吧」

幹生「在一晚八百圓的民宿裡，有個叫泉谷的人……」

真紀「對了，有柚子胡椒喔」

幹生「啊，我想要」

　真紀，走到廚房。

　從放在旁邊的塑膠袋裡拿出柚子胡椒，注意到冰箱旁邊放著葡萄酒。

真紀「有葡萄酒，要喝嗎？」

幹生「啊……」

真紀「不要？」

幹生「喝好了（內心微妙）」
真紀「（看著他的表情）那就下次吧」
幹生「（點頭）」
真紀，放下葡萄酒，回到餐桌坐下。
真紀「啊，我忘了柚子胡椒（苦笑）」
正要站起來時，幹生叫她坐下，自己過去拿。
幹生，拿起放在桌上的柚子胡椒。
幹生「吃完以後，我去趟本鄉警局」
真紀「……」
幹生「還有，去警局前，我們去區公所」
真紀「……」
幹生，看著真紀的樣子，拿起葡萄酒。
幹生「還是喝吧。喝個一杯再去也……」
真紀「（心緒紊亂）……」
幹生，看著真紀的表情，放下葡萄酒，回到餐桌。
幹生「（低頭）對不起」
真紀「（驚訝）」
幹生「任性地消失，這一年來讓妳擔心了」
真紀「……（微笑）你沒做什麼需要向我道歉的事啊」
幹生「我做了」
真紀「我，過得很開心，做著自己喜歡的事，拉小提琴，過得像自己……」

幹生「我丟下妳一個人」
真紀「……（微笑）」
幹生「真的很對不起妳……」
真紀「你回來了，你來找我了啊」
幹生「我以為妳不會等我了」
真紀「（微笑，傾著頭）」
幹生「要是妳忘了我就好了……」
真紀「畢竟，你什麼都還沒對我說」
幹生「……（點頭）」
真紀「還沒有直接跟我說」
幹生「（點頭）」
幹生「我一直在想真紀」
真紀「嗯」
真紀「嗯」

真紀，抱著期待。

幹生「我沒有忘記過妳」
真紀「真的？怎麼說？」

真紀，有想聽的話。

幹生「畢竟我們做了兩年夫妻」
真紀「嗯」
幹生「在這裡一起生活，過得很開心」

真紀「嗯」
幹生「有許多美好的回憶」
真紀「嗯」
幹生「我真的很珍惜妳，一直都是，現在也是」
真紀「嗯」
幹生「所以，希望妳……」
真紀「嗯」
幹生「我希望妳過得幸福」
真紀「……」
幹生「我很感謝妳」
真紀「……」
幹生「謝謝」
真紀「……（低頭）」

真紀，下定決心不讓幹生看見，抬起頭。

真紀「（微笑）我也是，謝謝你」
幹生「（點頭）」
真紀「結婚兩年、三年來，我一直都很幸福喔」
幹生「（點頭）」
真紀「我很愛你」

《鄉村騎士間奏曲》響起。

×××

邊開心聊天，邊吃飯的真紀與幹生。
聽著幹生這一年來發生的事笑著的真紀。
×××
真紀幫幹生的繃帶重新包好。
×××
真紀準備好替換的襪子和內衣等。
兩人一起打包行李。

40 區公所・前

真紀和幹生走過來，走進去。

41 同・夜間窗口

遞交離婚協議書給窗口的真紀與幹生。
馬上就被受理。
兩人沒想到，這樣就結束了。

42 警局・前

走進的真紀和幹生。
站在警局前，面對彼此。
幹生，伸出雙手，做出要擁抱真紀的動作。
真紀，沒有回應他，伸出了右手。
幹生，握住。
幹生，舉起手道別，真紀也同樣舉起手。
幹生，朝著警局的方向走去。
一直目送他離開的真紀。

表情一掃黯然情緒，切換了心情，轉身。

43　馬路上

獨自步行的真紀。
拿出手機，一看，想起來。
滑著手機尋找通話紀錄。

真紀「……啊（想起了重要的事）」

44　貓頭鷹甜甜圈．走廊～書庫（清晨）

和警衛一起快步走過來的真紀。
在書庫前，警衛掏出鑰匙插進門鎖，打開。
真紀和警衛走進去。
真紀，看到坐在椅子上的司。

司「（發現他們抬起頭來）啊──卷」

司的針織外套和裡面的襯衫都被捲到了肩膀上。

45　音樂餐廳「夜曲」．店內（另一天，夜晚）

拿著樂器走進來的真紀、小雀、司、諭高。

四人「早安」

有朱正在打掃。

有朱「早安」

有朱，對著經過她面前的真紀。

有朱「（一如往常的笑容）今天也要麻煩您了」

真紀「（不自然的笑容）請多指教」

真紀，回答完經過，看著有朱的側臉，不確定她是否沒事，有些心驚膽顫。

46　別墅・一樓

餐桌上，用鐵板在煎大阪燒的真紀、小雀、司、諭高。

諭高「咦，卷，妳的姓變了嗎」

真紀「對，我恢復舊姓了」

小雀「那就不是卷了」

真紀「姓氏上不是了」

司「妳的舊姓是什麼？」

真紀「早乙女。我叫早乙女真紀」

小雀、司、諭高「（驚訝）」

司「早乙女真紀小姐」

真紀「是」

小雀、司、諭高顯得有點亢奮。

小雀「好像來勁了呢」

真紀「為什麼」

諭高「妳們家是名門嗎？家裡有管家？」

真紀「我們家很普通，沒有管家」

諭高「也是，妳會用大阪燒配飯吃」

司「跟那沒有關係吧。（指著真紀的外表）不過，的確有早乙女的感覺。」

真紀「有早乙女的感覺嗎（疑惑）」

小雀「有種升級的感覺」
諭高「從青甘變鰤魚的感覺」
小雀「離婚還真不錯」
司「其實，我一直覺得是不是不要提到卷真紀這個名字比較好」

小雀和諭高同意。

諭高「怕妳會很尷尬」
真紀「我不會啊」
小雀「卷真紀念起來是 Maki Maki，有一種裝偶像的感覺」
真紀「是我的本名啊」
司「我們以後叫妳早乙女嗎？」
真紀「叫下面的名字真紀就好了」
諭高「這樣會不會像是在叫之前的姓啊？」
司「是啊，離婚的感覺變淡了呢」
真紀「我不需要離婚的感覺吧？」
諭高「辛辛苦苦恢復了自己的名字，卻好像被捲回去了」
小雀「那就叫真紀吧」
諭高「（強調『捲』）感覺像捲回去呢」
真紀「（對著小雀）嗯」
諭高「（強調『捲』）有種捲回去的感覺呢」
司「那，我們就叫妳的名字真紀」
真紀「好」
諭高「沒有捲回去的感覺嗎？」

司「（看著對面）哇！」

三個人疑惑地回過頭。

三人「哇！」

鏡子在樓梯上面趴伏著，看著這邊。

真紀「怎麼了？」

真紀慌張跑過去。

鏡子「我吃飽了」

拿出放餐具的托盤。

真紀「我會過去拿啊」

鏡子「（對著三個人）抱歉啊，腰好了我就會回去了」

三人「沒關係……」

×　×　×

從二樓走下來的真紀。

坐在沙發上，抱著大提琴睡著的小雀。

真紀，微笑看著小雀，坐在柴火爐前，將書放在膝蓋上。

那是藍色書皮的書，沾著些微的紅茶印。

小雀，睜開眼睛，發現真紀也在。

摸著膝上的書的真紀背影。

小雀「（看著她）……唉呀，我睡著了」

真紀「（回過頭來，看著小雀微笑）」

小雀，放下大提琴，坐到真紀身邊。

小雀，偷看，真紀把書給她看。
真紀「這是結婚前他送我的詩集」
小雀「（喔—微笑）」
真紀「我看不太懂。他告訴我的電影也是，全都覺得不有趣（微笑）」
小雀「（微笑）」
真紀「我心想覺得，這個人把這麼不有趣的東西說得有趣，真是有趣的人啊。相處起來好開心」
小雀「（微笑）」

真紀，凝視著柴火爐，將書放了進去。
小雀，嚇了一跳。
凝視著燒起來的書的真紀。
注視這一切的小雀，站了起來，拿起大提琴。
小雀「要，來一下嗎？」
真紀「（點了點頭）」

×××

真紀和小雀，站在一起，拉起《Music For A Found Harmonium》。
兩人視線交會，愉快地演奏著。

第七話　完

註
1 鬆餅（ホットケーキ）的日文發音和「別管我（ほっとけ）」類似。
2 長野的名產是蕎麥麵，香川的名產是烏龍麵。

「我喜歡的人，有他喜歡的人，他喜歡的那個人，也是我喜歡的人」（小雀）

第
8
話

1

照月湖

結冰的湖面上放了摺椅，真紀、小雀、司、諭高四人圍圈坐著，把短釣竿放入洞口垂釣。

司，在看手機上的信，信上寫著「關於出售別墅的估價確認」。

司……

四人一起釣到西太公魚，發出興奮的聲音。

儘管過往行人並未駐足傾聽，小雀絲毫不受影響地繼續彈奏。

小雀「太簡單了」

諭高「這些傢伙太笨了」

真紀「到底是魚類啊（以嘲笑的口吻說道）」

×××

完全釣不到魚，嘆息的四人。

司「一定是大家剛才瞧不起魚才會這樣」

諭高「（不悅）欸，別府，所以你覺得魚聽得懂我們說的話？」

司「（懶得辯解）我錯了」

小雀「來聊點開心的話題吧」

真紀「我昨晚（已經開始笑），夢到了很好笑的夢」

諭高「（什麼？挑了一下眉）」

真紀「我們幾人，要在大演奏廳的舞台上演奏，上了台竟然看到空中鞦韆，為了上去演奏搞得很狼狽

（邊笑邊說）」

小雀「ㄟ——」 **司**「ㄟ——」 **諭高**「……」

司「這麼說來，我也夢到很好笑的夢」

諭高「（什麼？挑了一下眉）」

司「（已經開始笑）有一天我們四個人突然就靈魂交換了！（又笑）」
真紀「ㄟ——」 小雀「ㄟ——」 諭高「……」
小雀「阿，我昨天，也夢到……」
諭高「等、等、等一下，現在各位到底在說什麼？」
小雀「夢的……」
諭高「這已經不是夢的話題了吧」
小雀「是在聊夢沒錯」
諭高「真紀，聽到人家的夢，要怎麼回答？」
真紀「ㄟ——」
諭高「小雀你說」
小雀「ㄟ——」
司「（正等著被點到）」
諭高「聽到人家的夢，難道只能回ㄟ——嗎。ㄟ——讓人什麼都接不下去，不要說ㄟ——」
小雀「（嫌他囉嗦，對著真紀說）肚子餓了耶」
真紀「天氣也冷，回去吧」
小雀「回去了回去了」

四人開始收拾

司「其實，關於別墅……」

三人、好奇看向司

司「（面對這樣的視線，說不出口）阿……沒事，我是要說，你們知道我們家到了春天，會有很多松鼠聚集嗎？」
三人「（什麼？停下手）」

司「嗯？」

諭高「大家為了沒話聊明明很苦惱，為什麼到了要回去的時候，你才把有趣的事隨便拿出來聊？」

司「對不起」

小雀「有什麼關係，松鼠的話題可以在回程的車上聊」

諭高「回程我已經想好要玩文字接龍了！」

真紀覺得太冷已經走在前頭。

司「真紀！」

三人追著，一個接著一個滑倒在地

真紀「你們在做什麼，快點回去了」

2 別墅・一樓（夜晚）

桌上擺了豐盛的料理，穿著圍裙的鏡子正在做飯。

真紀、小雀、司、諭高，看著一桌的菜餚。

司「太厲害了」

諭高「感覺好美味」

一副興奮的模樣。

鏡子「腰傷終於好了。這是報答這段時間大家對我的照顧。」

四人、紛紛道謝，然後入座。

小雀「沒吃午飯大家應該都餓了吧」

真紀「沒吃夾在椅縫的麵包真是太幸運了」

四人、雙手合掌1

四人「開動」

鏡子「請等一下。吃飯前我有話想先跟大家說」

四人，疑問的表情，筷子懸在空中。

諭高「阿，如果是道歉的話，（真紀和鏡子）就個別……」

真紀「我的話沒關係（邊揮手）」

小雀「（也揮手）」

鏡子，坐下。

鏡子「我這幾日住在這，說來失禮，但注意到一些事」

四人，拿著筷子，想開動已經有點坐不住。

鏡子「大家的生活習慣太差，我已經無法睜一隻閉一隻眼」

四人變得像被訓話的孩子一般，在聽教。

鏡子「一早起來匆匆忙忙，沒有這個沒有那個的鬧個不停。知道為什麼會變成這樣嗎？因為前晚弄到太晚，然後沒有任何準備」

真紀「知道了」司「知道了」

鏡子「飯後也是，不趕快去洗澡，拖拖拉拉拖拖拉拉只知道聊天」

小雀「知道了」諭高「知道了」

四人，想吃飯想得受不了。

鏡子「我也不想跟你們說這些的喔……」

邊說邊移動到廚房，幫池沼公魚裹粉

鏡子「人啊，就是最晚在十點就要完全就寢才會成人。人的身體和心靈都是這樣孕育出來的」

小雀，看向料理、看向鏡子，快速伸出手，拿了一小菜放進嘴裡。
三人，啊地一聲。
小雀滿口咀嚼，一臉很美味的樣子。

鏡子「一位我尊敬的拼布課老師是這麼說的：人的心，與努力無關也與信念無關，而靠習慣做成的。」

真紀與司與諭高，確認鏡子沒有看向這方，都伸出手拿食物吃。
盤子看起來有點空了，小雀，伸出手，快速把小菜撥鬆一點。

鏡子「這是什麼意思呢，就是說，心是十分軟弱的，但是如果是習慣，一旦養成就不會隨便亂掉」

四人找空檔偷吃小菜。
小雀，確定鏡子看向了另一邊，站起來，拿遠處對角桌上的菜來吃。

三人「（喂！喂！這樣太危險了！）」

小雀吃得滿嘴食物。

三人「（可以挑戰一下）」

司和諭高，都站起來，拿遠處的小菜來吃。
鏡子回頭看。

四人「（戰戰兢兢）」

鏡子「這不是說一定要做什麼事。而是你的手、腳比起想法先動起來，這很重要。認真過好每一天，就能夠從容地待人接物。明鏡止水，心，自然就會變美。拼布的老師是這麼說的。所以，既然是冬天，就先從用冷水洗臉開始吧」

真紀，開始用杓子舀湯到湯碗。

三人「（湯不可能！湯不可能的，放棄吧！）」

真紀，就著湯碗喝湯，感覺美味。

三人「（哇，厲害！）」

司，盯上中間最大的一盤菜。

三人「（那不可能！一定會被發現！放棄吧！）」

司「（我要做）」

司，用叉子叉了一口大菜。

三人「（哇！）」

司，快速分菜給大家。

四人「（喔！）」

不過，盤子都慢慢空了。

小雀，伸出手，放了美生菜擺飾。

三人「（不行不行，不要鬧了！）」

四人　分別從別盤拿菜來放。

鏡子「首先，為了從今天開始更正生活習慣來做個時間表吧。然後……」

鏡子，回到桌前，立刻發現了餐桌上料理的慘狀，看向四人。

四人吃得兩頰鼓鼓的，還一副認真反省的模樣。

鏡子「……（對這四人表情鬆懈，不禁微笑）」

四人「（看到笑容，發現原來可以笑，安心後也笑）」

鏡子「（表情又變得恐怖）」

四人「（表情又黯下）」

上劇名

3　輕井澤車站．站前（另一天）

真紀與鏡子走近後，站住。

真紀「（給了便條）這個，是律師的電話」

鏡子「（深深鞠躬後收下）回去後，我會馬上去見那孩子」

真紀「嗯，那，電話……」

鏡子「（搖頭）我不會再跟你連絡了」

真紀「（那個）」

鏡子「（牽起真紀的手）請妳好好過自己的人生」

真紀「（不解）」

鏡子「對不起了，那，再見了」

鏡子笑著揮著手，往前走

真紀「（看著她的背影）媽！」

真紀趨前。

鏡子，雙手攤開迎接，真紀，只是遞出手上的提袋

真紀「衝菜的拌飯罐」

鏡子「（哎呀）是啊，來這裡一定要買這個回去呢」

兩人微笑。

4　別墅．小雀的房間

小雀捲在棉被裡，正在睡覺。

5　小雀的夢

在別墅的一樓，揹著琴盒和包包的小雀聽著拿著麵切的司在介紹。

司「冬天的輕井澤也不錯喔。雖然到了晚上，到處都是拉下的鐵門就是了。」

小雀「（環視周圍，視線落在司的麵切上）」

司「（發現自己正拿著麵切）啊，現在剛好在」

×××

小雀和司對坐在餐桌前，正準備吃番茄義大利麵。

司「以後請多多指教了」

小雀「請多多指教（準備要吃）」

司「啊（作勢請她等一下）」

司，解開自己身上的圍裙，站到小雀的背後。

司「番茄義大利麵很危險的，畢竟你穿著白色的漂亮洋裝。」

司，幫小雀套上圍裙，再繫上綁繩。

小雀，看著繞到自己身前的司的手，有些緊張，但還是讓他幫自己綁上，並道謝。

小雀，心跳有點加速，一邊拿起起司粉，灑在司和自己的麵上。

兩人相視而笑，吃著麵。

×××

陽台上，司正在曬衣服。

小雀一邊喝著三角包裝的咖啡牛奶一邊看著那副景象。

司「世吹小姐，之前也看到妳在喝咖啡牛奶吧，妳很喜歡是嗎？」

小雀「什麼？啊，對。（看著三角包裝）一直都很喜歡，喜歡到忘記我很喜歡它（微笑）」

6 別墅．小雀的房間

小雀在睡夢中，害躁似的摸著自己的臉。

7 同・一樓

諭高翻著鎮上雜誌的招募欄，若有所思，這時穿著圍裙拿著麵切的司走近。

司「這個月也有收入了，不用勉強去打工喔」

諭高「別府，你就算結婚，也不會把我趕出去的是吧」

司「我，要結婚了嗎？」

諭高「真紀都離婚了，機會不是來了嘛」

司「……（不否認，只有嘴巴動了一下）」

諭高「別府，你剛才心裡也同意了是吧」

司「沒有。沒有喔。」

諭高，詭笑地走上二樓

小雀接著下樓，看到圍著圍裙拿著麵切的司。

小雀「（吃了一驚）」

司「怎麼了嗎」

小雀「沒事，那個，我剛剛做了個夢」

司「嗯？」

小雀「啊，夢的事就算了」

司「小雀，中午要在家吃，對吧」

走向廚房的司。

小雀，看了一下穿著白色衣服的自己，心想該不會又！

小雀「（望著廚房裡的司）……」

× × ×

小雀在給仙人掌澆水。

司端著食物上桌。

司「仙人掌，還需要澆水嗎？」

小雀「正因為是仙人掌，不給水是不行的」

小雀，高興得看著仙人掌上少數的花苞

今天吃的是笊蕎麥麵。

小雀「（原來不是番茄義大利麵啊）……」

司，將脫下的圍裙掛在椅子上，拿出小型的刨菜板和芥末。

司「怎麼了嗎？」

小雀，沒回答，在司的醬汁裡猛刨芥末，也加在自己的醬汁裡。

小雀「為什麼，午飯可以叫中餐，但早飯不能叫上餐，晚飯不叫下餐啊2」

司「啊，上餐、下餐，的確不這麼說耶」

小雀「是吧，不會這麼說」

兩人邊說邊吃，這時感覺到芥末

小雀「（嗆！）」

司「（嗆！）」

兩人對視，微笑。

司「（忽然想到）感覺相處有一段時間了，但小雀第一次在這裡吃番茄義大利麵，還是不久前的事呢」

小雀「（心中竊喜）別府，你還記得呀，吃番茄義大利麵的事」

司「當然記得」

小雀「那，那個也是嗎」

司「那個？（思考後好像找到答案）」

小雀「（吃著，嗆到）」

司「我記得。雖然記得（傾著頭），但不知道該作何解釋……」

小雀「（心裡聽著，捏了一下鼻子）」

司「說了什麼 wifi」

小雀「不是吃了 ROCK'N ROLL NUTS 嘛」

司「什麼？阿，冰淇淋。我們好像去了便利商店」

小雀「去了」

這時，諭高從二樓下來。

諭高「別府、別府！」

司「是、是」

諭高「二樓的廁所，馬桶蓋不熱了」

司「你等一下」

司上了二樓。

諭高，來到餐桌前，坐在了司的位置上。

諭高「坐冷的馬桶蓋會縮短壽命你說是吧」

諭高，吃起蕎麥麵。

諭高「（芥末，嗆鼻）」

小雀「家森，你打工的工作找到了嗎？」

諭高「小雀，妳和別府 kiss 了對吧？」

小雀「為什麼要岔開話題」

諭高「別府呢，他喜歡的是真紀吧。真紀不是離婚了嘛，那妳現在不是面臨危機了？」

小雀「我們一起找工讀吧」

諭高「要玩文字接龍嗎？單相思」

小雀「思你個頭」

諭高「啊，要接思吧？」

小雀「接頭啦！你個頭！」

這時，真紀回來了。

真紀「我回來了」

小雀・諭高「回來啦」

真紀「（從購物袋中拿出電池，給小雀）三號對嗎？」

小雀「嗯，謝謝」

真紀，遞出三角咖啡牛奶和電池。

小雀，高興地收下，走上二樓。

真紀，在廚房洗手。

真紀「你們在吃什麼？」

諭高「吃什麼？（看著要放入嘴巴的蕎麥麵）蕎麥麵」

真紀，坐在餐桌前，吃起小雀的蕎麥麵，這時芥末又一。

真紀「（嗆上來了！）」

諭高「真紀，離婚公開了，是不是很火照りまくり」

真紀「（吃著，又嗆上來）」

諭高「別府這樣的如何呢？當作對象的話」

真紀「（吃著，又嗆上來）」

諭高「妳還是別吃了吧！」

真紀「（擤了鼻）家森才是有喜歡的人吧？」

諭高「我現在的主張是不去喜歡女生」

真紀「為什麼？」

諭高「因為對方喜歡上我的機率極度偏低」

真紀「家森，你還滿了解你自己的嘛」

諭高「就是太了解了，才有這樣的性格」

司從二樓走下來。

司「家森，馬桶（發現真紀）啊，妳回來啦」

真紀「（又嗆上來）我回來了」

諭高「馬桶蓋變暖呼呼了嗎？」

司「暖呼呼了」

諭高，上二樓

真紀「（邊擤鼻子）我吃飽了」

真紀，拿著餐具到廚房。

真紀「上坡道，昂昂昂～　下坡道，昂昂昂～」

司「（凝視唱得很開心的真紀）」

這時，手機來了訊息。

司「（看手機，讀訊息，嗯）」

8　同・玄關前

司送真紀和諭高離開。

諭高「你弟弟，要找你商量什麼？」

司「好像是夫妻間有點問題」

諭高「（點頭）那是應該好好聽他說」

真紀「（點頭）這確實很重要」

司「結束後我會聯絡你們」

真紀和諭高出門。

真紀「你知道新開了一間章魚燒店嗎？要不要邊吃邊喝啤酒？」

諭高「真紀，妳真喜歡白天喝酒耶」

真紀笑得很開心。

司「（凝視著）……」

9　同・小雀的房間

換電池換到一半睡著的小雀，可以聽到樓下傳來的門鈴聲。

10　同・一樓

司和圭坐在餐桌前。

著西裝的男房仲業者邊填寫書面資料，邊估價。

業者「這間的話一下就能找到買家了。那麼，請讓我再看看屋外」

業者走出屋，司和圭留下。

圭「離公司也比較近，你乾脆回高崎吧」

司「（嗯）……」

圭「是顧慮成員嗎？」

司「嗯……」

小雀從二樓下樓，發現餐桌旁的司和圭，停下腳步。

圭「我就不懂了，那幾個人，你不是也覺得是無能的人嗎」

小雀聽著……

圭「沒工作什麼的不是說有很多缺點嗎，為了這種敗類、無能的人」

司「哎？誰說的？」

圭「不是啦，被這麼說也不奇怪不是嗎？」

司「現在對我說的，只有（指著圭）你」

圭「不是吧，就是無能啊，無能的一群人」

司「（瞪了圭一眼）……」

圭「嗯？」

司「我以為你是為了建物估價來的」

圭「什麼」

司「你是來給人估價的嗎？　以什麼資格？」

司動怒，小雀看著這一切。

圭「（眼神避開，喝了口茶）那，我就跟老爸說，你這樣說的」

司「……（幫圭空掉的杯子再斟入茶）」

小雀，盯著司。

××

入夜，司和諭高邊說笑邊洗衣服。

諭高「也給俺來一點！」

司「（笑著）什麼」

諭高「東映電影時代的台詞啊，給俺來一點！」

司「（笑著）」

客廳裡，小雀看著仙人掌和另一頭的司……洗好衣服，司和諭高來到客廳。

諭高「別府，洗澡呢？」

司「你先請」

諭高，往浴室走。

司「小雀，今天不好意思，曲子順序錯了」

小雀「阿，完全不用在意」

司，道謝後也上樓。

小雀，目送他，思考要叫住還是跟去好的時候，真紀從浴室出來。

真紀「（走近小雀，小聲地）別府，今天是不是沒什麼精神啊，妳不覺得怪怪的嗎？」

小雀「（驚了一下，但表現泰然）是這樣嗎？」

真紀「會不會是弟弟來商量的夫妻問題很沉重」

小雀「（心裡明白）那個，我沒發現耶。他今天很沒精神嗎？」

真紀「是我想太多了嗎」

小雀「（想著不是）真紀，妳去問問別府吧？　冰箱裡有冰淇淋唷。妳拿給他，然後順便聊一下？」

真紀「啊。就這樣吧。」

小雀「嗯（看著真紀微笑）」

11　同・二樓

小雀從浴室出來，上樓。

傳來真紀和司的笑聲。

看過去，司房間的門開著，真紀和司邊吃冰淇淋在說笑。

小雀微笑看著。

司「還有，還會把麵包壓碎再小口小口吃」

真紀「啊，有有。我還被說了幾句（發現小雀），啊（招手喚她）小雀，妳有舔過冰淇淋的那層紙蓋嗎？」

小雀「（笑容）有喔有喔，（伸懶腰）我睡囉」

真紀「是唷，晚安」

司「（笑著）晚安」

小雀「（看到笑容很開心）晚安」

12　同・小雀的房間

小雀，拉開夾鏈袋，拿出裡頭摺起來的紙，打開。

是地政士資格的合格證書。

小雀看著證書，聽得到真紀和司的笑聲。

回神後，感到開心的小雀露出微笑。

13　同・一樓（另一天、早上）

真紀、司、諭高，正在吃早飯。

第 8 話

真紀「最近我吃什麼都覺得很美味」

諭高「真羨慕，我要以真紀為榜樣」

小雀從二樓下來。

三人「早安（道早後表情僵住）」

小雀穿著保守拘謹的服裝，頭髮都盤了起來。

諭高「發生什麼事了，穿成這樣」

小雀「我去面試打工的工作」

三人，感到驚訝。

真紀・司「（看著小雀，不可置信）」

小雀「（看著兩人，有點害羞）」

14　房屋仲介公司・外頭

小雀站在店前，很緊張。

發現褲襪破了一個洞。

覺得不妙，從包包拿出筆，把破洞處塗黑。

15　同・店內

經手許多別墅的房仲業者，從業人員全是看起來人很好的老爺爺。

留著薩提（Erik Satie）風格的大白鬍、帶圓型眼鏡的社長（根本）在面試小雀。

桌上放了小雀的履歷表、地政士的合格證書。

根本「我們非常歡迎喔」

小雀一邊聽一邊看著根本用手不停地調高他的圓眼鏡。

小雀「麻煩您了（鞠躬）」

16 同・外

走出來的小雀，感覺開心，模仿根本如何調高他的圓眼鏡。
看向天空，帶著衝勁往前快走。
以下，和艾瑞克・薩提（Erik Satie）的《我需要你》（Je te veux）一起混剪。

17 超市・店內（另一天）

小雀，蹲在洗髮精區，拿起一瓶瓶洗髮精，聞了聞味道。
覺得這個不錯，將 milky magic 這個牌子的商品放進籃裡。

18 別墅・一樓（另一天）

小雀喝著三角包裝咖啡牛奶在曬衣服。
曬司的睡衣，輕輕地將臉靠近聞了聞，嗯，就是這個味道！

19 同・一樓（夜晚）

穿著那件睡衣的司，打算上二樓，與下樓的真紀擦身而過。
真紀在交錯的瞬間，停住，聞到好聞的味道。
真紀回頭，看著走上去的司。
真紀微微一笑，往廚房走。
幫仙人掌澆水的小雀，一邊偷偷觀察這一串行為，竊喜著。

×　×　×

另一天。
真紀在廚房中島上看著雜誌。
哇～想嚐嚐看的表情。

起身，去洗手間。
小雀，走來，看到真紀看的雜誌頁，報導了美味的水果三明治。
拿起手機，傳訊息給司。

×××

入夜，司回家，提著食物交給真紀。
真紀，打開看，是水果三明治！
真紀一臉開心，哇！就是想吃這個！
小雀披著垃圾袋正在給諭高剪頭髮，看到這一切。

20

房屋仲介公司·店內（另一天）

小雀在辦公桌上辦公。
根本將圓眼鏡推上推下，一邊向客戶解說。
小雀看著這個畫面覺得莫名愉快。

21

神社·內地（另一天）

真紀、小雀、司、諭高去求籤。
真紀，打開，是大吉；小雀，打開，大吉；諭高，打開，小吉。
司，一直解不開籤紙很苦惱。
小雀，要求接手。
司被諭高攀談，看諭高的籤紙。
小雀，看到司的籤，是凶。
小雀，和自己的籤交換，拿給司。
大吉！高興的司，拿籤和真紀分享。
看著兩人的小雀，感到很開心。

22　**別墅・一樓**

真紀與司並肩在廚房洗碗。

真紀想把玻璃杯放上架內。

司，打算幫忙，感覺有些重。

兩人的手不經意地碰觸，眼神避開，有點害羞。

小雀看到這個景象，滿意地微笑，看著花苞越長越大的仙人掌。

音樂結束，混剪到此為止。

23　**房屋仲介公司・店內**

小雀和根本和其他老爺爺一起，吃著中午訂的便當。

根本，拿出兩張票。

小雀，看到是在大賀演奏廳的鋼琴演奏門票（曲目是李斯特）。

根本「跟朋友一起去吧？」

小雀「（看著票）……這個，我可以給，我喜歡的人嗎？」

根本「當然，你們兩個去吧」

小雀「（搖頭）我想讓喜歡的人和他喜歡的人去，可以嗎？」

根本「（哎呀）」

24　**同・公司前面**

小雀在擦拭窗戶，和坐在長凳上抽著菸斗的根本聊天。

小雀「我喜歡的人，有他喜歡的人，那個他喜歡的人，也是我喜歡的人。希望他們能發展順利啊。」

根本「那，妳的喜歡要去哪裡？」

小雀「啊」

根本「還是心意去哪並不困擾妳」

小雀「（稍微想了想）我的喜歡，大概在那裡滾來滾去吧」

根本「滾來滾去」

小雀「躺在那。不是會有那種，需要稍微努力一下的時候嗎。需要把地址寫得筆直的時候，或是搭手扶梯下去的時候，小心不要搭錯巴士的時候，之類的」

根本「把蛋放進籃子的時候」

小雀「（點頭）穿著白色衣服吃番茄義大利麵的時候。像是那樣，有時候呢，那個人總是，剛好（指著自己身後）會在。他在那，然後幫我把圍裙綁上。所以我可以稍微努力一下。就是像這樣，我的喜歡，會讓我可以忘記我的喜歡。」

根本「（無聲竊笑）」

小雀「很怪嗎？」

根本「（搖頭）很燦爛（微笑）」

小雀「（微笑）」

25 **某別墅**

小雀帶著客人，在介紹別墅。

小雀，回頭，看著周圍的樹叢。

太陽光從樹叢縫中照入，有點刺眼。

孤單、無奈，真正的心情透露在小雀的臉上。

客人呼叫，小雀回應了一聲，快速趕去。

26 **別墅・一樓（另一天、早上）**

在廚房，一連串的早餐準備，真紀、小雀、司、諭高站著吃飯。

小雀「別看這樣，在職場上，我還是用漂亮姐姐的身分在闖的」
諭高「ㄟ—（揶揄口吻）」
司「（對諭高）她可是漂亮的姐姐呦」
小雀「然後，有個同年紀的，還不錯的人，昨天那個人問我：世吹小姐喜歡吃什麼菜呢」
真紀「啊，那是約吃飯的前奏」
小雀「他約了。問我鐵板燒如何」
真紀、司的反應：喔！諭高有些不以為然。
小雀「嘿嘿（鼻子沾到優格笑著）」
司，拿起紙巾，伸出手想幫她擦掉。
小雀「（啊！直覺地閃躲）」
司「（以為被嫌棄，感到有點奇怪）」
諭高，看到這一切，從中奪下紙巾，擦起自己的嘴。
諭高「一定是要騙妳買什麼貴的畫」
小雀，不理他，拿出兩張演奏會門票。
小雀「喏，就是這個，門票（遞給司）」
司「（收下，拿到真紀看）」
小雀「鐵板燒就算了，這個，你們兩個去吧」
真紀「應該你和那個人一起去」
小雀「我的話，聽鋼琴演奏會舒服到睡著」
真紀和司，對看了一下，若有所思。

諭高「那我去（搶下門票）」
小雀「（拿回來，給司）拿去」
諭高「給我去吧（再搶回門票）」
小雀「（搶回來，給司）拿去」
司「（對著真紀）那，要去嗎？」
真紀「（看小雀）」
小雀「（不用客氣！）」
真紀「（微微地對司）那就」
小雀「（微笑著）聽得愉快喔」

27 同・小雀的房間

小雀，拉著諭高進房間。

小雀「家森，你該不會是喜歡真紀吧？」
諭高「我只想被人喜歡，不會去喜歡人」

小雀，給諭高看房屋物件的圖面介紹資料。

小雀「我可以介紹你好的物件喔」
諭高「妳這是要把我趕出去的意思嗎？」
小雀「（再拿出別的圖面介紹）我自己這裡呢，正在想要不要去租個公寓。當然，四重奏還是會繼續，但我覺得要獨立生活了」
諭高「（指著地板）不是有這裡了嗎」
小雀「我們變成了司的負擔了」
諭高「ㄟ—」

小雀「我現在又不是在說夢的話題！」
諭高「就是夢話啊，單戀，就是一個人在做的夢」
小雀「(哎)……」
諭高「妳想出去住，是因為看到真紀、看到別府越來越難受了不是嗎？」
小雀「……那個」
諭高「兩情相悅是現實，單戀是非現實，這兩者中隔著一條非常深的河……」
小雀，抓起諭高的頸後，把他領出去。
小雀「我要說出去，你當初是為了錢才接近真紀的喲」
諭高「我已經洗心革面了，現在是無職無害的……」
小雀「你幫幫我啦，讓他們二人可以順利走下去」
諭高「(眼神變得深邃)是喔」

28　同・一樓

小雀準備好要去上班，下樓，真紀和司在看著仙人掌。
仙人掌已經開花。
真紀「開花了」
司「真了！原來真的會開花」
小雀，看著兩人的身後……

29　房屋仲介公司・店內

營業時間，小雀站在操作電腦的爺爺身後，一邊教學。
小雀「按是、是、是，打開這個，然後，就出來啦！」

×××

小雀和大夥兒一起吃著公司叫的便當。

小雀「剛才在那裡，我和烏鴉和鴿子在比賽瞪眼，你們覺得是誰贏？」

30 大賀演奏廳．外（夜晚）

觀眾魚貫進入演奏廳，真紀在其中等著。

司跑著過來。

司「不好意思，我遲到了」

真紀「不會」

司、真紀二人趕忙趨前，進入演奏廳。

31 房屋仲介公司．店內

在拖地的小雀。

根本和其他員工一行人先下班。

小雀「大家辛苦了」

×××

一個人單獨留下來的小雀，將資料 key 進電腦。

看了時鐘，覺得差不多了，操作電腦，播了鋼琴曲（李斯特的《安慰》）

×××

繼續工作的小雀。

突然停下了手，看了一下時鐘。

拄著臉，繼續聽音樂。

想著現在正進行中的演奏會……

告訴自己不行再想，然後重新開始工作。

趴在桌上睡著的小雀。

×××

32　小雀的夢

別墅一樓。

司，脫下自己的圍裙，走到小雀身後。

司「拿坡里肉醬麵很危險，畢竟你穿的是白色的漂亮洋裝。」

司，幫小雀穿上圍裙，繫上綁帶。

小雀，看著司的左手，有些緊張地讓他幫自己綁上，道謝。

司「小雀」

小雀「（對於不一樣的劇情展開有點詫異）嗯？」

司「你喜歡吃什麼菜呢？」

小雀「（哎，害羞）」

×××

手扶梯的下方。

司挽起小雀的手臂，一起下手扶梯。

小雀看起來很開心。

×××

大賀演奏廳前。

司，拿出兩張票，以小雀男伴的姿態，一起進場。

×××

餐廳。
兩人對坐，一邊用餐一邊開心談論著剛才演奏會的話題。

×××

便利商店前，司和小雀在吃冰淇淋。
司，拿出兩支冰淇淋給小雀選。
小雀，選了左手的那支。
邊吃的兩人。

33 **房屋仲介公司・店內**

睡夢中的小雀眼角有微微的淚水。
突然張開眼。
啊，我睡著了呀。想要繼續工作。手卻停了下來。
感覺情緒一湧而上。
想壓下感覺，拿起茶杯走向茶水間。
想煮水，但手又停了下來。
無法抑制。

34 **同・外**

為幾道門上鎖，步出。
緩緩的步伐，開始加快。
開始奔跑。

35 **道路**

奔跑的小雀。

36　十字路口

停在紅燈前，一換成綠燈又再次奔跑的小雀。

37　國道

奔跑的小雀。

38　馬路～大賀演奏廳前

奔跑的小雀。
眼前可以看到大賀演奏廳。
趨近後，看來演奏會已經結束，聽眾魚貫散場。
小雀，往前，在聽眾中來回尋找。
看到了走出來的司。
小雀，不禁往前走。
追出來的真紀來到司旁邊。
小雀，愕然停下。
司，將拿在手上的外套給真紀，從後面幫她披上。
小雀看著這幕……
司，想跟真紀在公演海報前拍照留念。
身旁一位小姐察覺，主動要幫他們拍照。
司將手機遞給小姐。
真紀與司，並肩合照。
小雀看著這幕。
司看起來在說那接下來去那裡吃吧，指著某個方向。
兩人決定續攤，步行前往。
小雀目送著兩人的背影。

露出微笑，覺得這樣再好不過了。
與散場的聽眾相撞，身體不穩的小雀。
男性「不好意思，妳還好嗎？」
小雀「不好意思！我沒事，真抱歉，謝謝」
小雀數度道歉。
回過神來，司與真紀已經不見了。
覺得和自己想的不一樣真是太好了，小雀露出微笑。

39 有 Live 演奏的餐廳「夜曲」・店內

有朱、多可美在結帳櫃檯招呼進來的客人。
多可美「晚安，歡迎光臨」
看到兩人，居然是真紀和司。
多可美「咦」
真紀「（指自己是）客人來了」
有朱「（笑臉看著真紀）晚安」
真紀「（心想這個人果然很恐怖）」

40 別墅・前

小雀走回家。
在玄關前要開門發現沒帶鑰匙。
按門鈴，但是沒人回應。
覺得肚子好餓來回踱步，聽到腳步聲，一回頭，是回來的諭高。
諭高「唉啊，鐵板燒呢？（故意這麼說）」

諭高手上拿的袋子裡裝了章魚燒。

41　餐廳「夜曲」．店內

舞台上的鋼琴演奏告一段落，演奏者下台。

真紀和司對坐著。

有朱和大二郎拿著紅酒要來倒酒。

大二郎「這是我送的」

有朱「最便宜的那種」

大二郎「有朱！」

有朱和大二郎走開。

有朱在騷大二郎的癢。

真紀「（哇，大二郎不會出什麼事吧）」

司「（看著舞台）原來看起來是這副風景啊」

真紀，好奇他說什麼，也看向舞台。

真紀「……（點頭）我以為一直在這裡表演也無妨，但這樣是不是太缺乏上進心了」

司「（搖頭）我覺得不是每個人都要抱著上進心，就像不是人人都要以成為有錢人為目標。我們並不是都活在競爭中，每一個人，都有剛好適合他的地方。」

真紀「（認同，再看向舞台）剛好的地方」

42　別墅．一樓

在客廳，小雀和諭高吃著章魚燒。

諭高，高興地看著吃得滿嘴冒煙的小雀。

小雀「你找到打工了嗎？」

諭高，滑手機裡的幾張照片給小雀看。
有著料理師傅服裝的諭高、道路施工工人的諭高、加油站工作中的諭高。
諭高「沒有一個感覺適合」
小雀「為什麼都選有制服的工作？」
諭高「現在那兩個人應該正喝著酒吧。單－戀－的人」
小雀「我沒關係，單戀很適合我。出發後的旅行會成為回憶，但沒有出發的旅行一樣會成為回憶啊」
諭高「聽不懂妳在說什麼」

43　餐廳「夜曲」．店內
打烊，店內的燈暗了幾盞，真紀和司、多可美和有朱在聊天。
多可美「我去拿演奏酬勞的明細，你可以等我十五分鐘左右嗎？」
司「好」
多可美「（對有朱說）我送妳」
有朱「（對真紀和司揮手）晚安了」
有朱和多可美離開，剩下真紀和司。
真紀，還是一直盯著鋼琴，坐在鋼琴前。
輕輕地彈起巴哈的《小步舞曲》，看著司笑得靦腆。
司也微笑。
真紀，換了口氣，開始稍微認真地彈。
司依著鋼琴，傾聽。

44　別墅．一樓
諭高和小雀在聊天。

諭高「你不感興趣的人跟你告白，反應就跟聊夢話的時候一樣吧。只會說ㄟ？這樣。就像真紀被司告白的話，我想她應該只會感到苦惱而以。會變成所謂的ＩＴＫ的三段式文法活用！」

小雀「ＩＴＫ？是什麼？」

諭高「不喜歡的人跟你告白的話怎麼辦？告白後殉難的話要怎麼辦？妳，現在跟我告白看看」

小雀「嗯？」

諭高「跟我，告白」

小雀覺得很困擾。

小雀「我喜歡你」

諭高，做了非常困惑的表情，然後說。

諭高「謝謝」

小雀「嗯？」

諭高「你看，被不喜歡的人告白只會這樣回吧！」

小雀「這根本不算回答吧」

諭高「因為不能回答啊。說『蛤？』的話會傷到對方。所以『我喜歡你』就是要配『謝謝』」

小雀「（傾頭）就算這是ＩＴ，那Ｋ呢？？」

諭高「我喜歡你」

小雀「謝謝」

諭高「阿，啊——！（逞強地微笑）開玩笑的啦！」

小雀「嗯？」

諭高「開玩笑的啦。就是這個，用玩笑的『Ｋ』來化解喜歡」

小雀「這有辦法化解嗎？」

諭高「就是靠這樣化解，大家才有辦法活下去」

45 餐廳「夜曲」・店內

彈鋼琴的真紀。

看著真紀的司。

真紀，彈完，看向司有些靦腆地笑。

真紀「開始拉琴後就沒有彈了」

司，不禁別過眼，逃跑似地想離開。

真紀「司？」

司，撞上桌子，桌上的餐具掉了一地。

司「搞什麼」

司，急忙收拾。

真紀，也過來一起收拾。

司「啊，沒關係的，沒關係，真紀」

真紀「沒關係啊」

司「我果然還是，喜歡妳」

真紀「又來（脫口而出）」

司「（愣）對，又來。我喜歡妳」

真紀內心困惑，但保持笑容。

真紀「謝謝」

司「真紀」

真紀「謝謝」

司「我喜歡你」

真紀「（困擾，點頭）Thank You」

司「（搖頭）這樣一起相處太難受了。如果一直這樣還不如拉開距離……」

真紀「嗯？」

對看下一陣沉默。

司「（逞強地微笑）開玩笑的啦」

真紀「（逞強微笑）我想也是」

兩人手上的湯匙互撞敲了一聲。

露出微笑但是呼吸都很亂。

真紀，拿走司手上的餐具，放進收納盒。

真紀「如果是我們兩個人相遇，也許狀況會不同。但我們不是四個人一起認識的嗎？我希望能一直保持這樣和大家在一起」

司「（理解但心有不甘）」

真紀「我喜歡現在，喜歡到就算現在死了也覺得很幸福（微笑）」

司「（配合著笑，但也有些驚訝）……」

46　大馬路

回家路上的真紀和司，走到路邊一間賣章魚燒的攤子，對老闆說。

真紀「可以買四球？」

老闆「好」

老闆，開始做章魚燒。

老闆「你們是夫妻嗎？」

司「不是。只有我，在單戀」
真紀「（情況不妙）」
老闆「（笑了笑）」
司「笑得太誇張了」
老闆「就在不久前呢，有一個客人來，說他喜歡的女生一定空著肚子，要帶章魚燒回去給她吃」
真紀．司「ㄟ—」
老闆「我問他『是你女朋友嗎？』他說：『不是，是我在單戀。』」
真紀．司「ㄟ—」

47　別墅．小雀的房間～走廊

諭高，揹著睡著的小雀。
幫她鋪床、蓋上棉被。
要離開房間，又看了小雀一眼。
諭高，心情難受。
諭高「開玩笑的啦」
站了起來，離開房間。

48　馬路

提了章魚燒會來的真紀和司。
真紀「♪上坡道，昂昂昂～♪下坡道，昂昂昂～」
司「你有時候會唱這首奇妙的歌」
真紀「（微笑）♪是耶，人生啊，沒像到～」

49　東京、沿線平交道柵欄的附近

雨靜靜的下。

撐著一把小孩用的可愛公仔圖案的小傘、穿著西裝的男人(大菅直木)站在那。另一個西裝打扮的男人(船村仙一),簡單交代了事情,指了一下方向。

雨中,兩人並行。

船村,撇了一眼大菅的傘。

大菅「跟我女兒的拿錯了。還被她罵。(暖暖地笑)」

50　鏡子的家・玄關前

大菅和船村,站在玄關門前,開門。

鏡子探頭出來。

船村「伯母,晚上打擾不好意思。(指大菅)我們是從富山縣來的才會這麼晚」

鏡子「富山(感到驚訝)」

大菅「富山縣縣警,我姓大菅」

51　同・客廳

大菅和船村用鏡子給的毛巾擦了擦衣服後坐下。

鏡子給兩人上茶,也坐。

船村「(笑著說)今天,我還跟您的兒子也聊過了」

鏡子「(低頭)真是太麻煩您了」

船村「然後呢(看了一下大菅)」

大菅,放下喝到一半的茶,從口袋拿出一張照片,放在桌上。是幹生和真紀結婚典禮上的照片。

船村「我把這個借來的照片,給他看了」

大菅「（指了幹生）這是您的兒子」
鏡子「幹生，在富山也做了什麼事嗎……」
大菅，指了真紀。
大菅「這邊這位女性是」
鏡子「（心中有所疑慮）是之前和我兒子離婚的，他的前妻。」
大菅「她的名字是？」
鏡子「早乙女真紀」
大菅「（點頭）」
大菅、船村微微對視。
大菅「是這樣的，伯母。這位女性，並不是早乙女真紀」
鏡子「（無法理解，露出苦笑）怎麼」
大菅「真正的早乙女真紀女士和這個人是完全不同的兩個人」
鏡子「……（呆住，一股恐懼感冒上來）那，（指著照片中的真紀）這個人是誰？」
大菅「會是誰呢。（微微地笑）這個女人誰都不是啊。」

第八話　完

註

1 日本人用餐前說「開動」時的手勢。

2 原文在討論「お昼ご飯」（午飯）可以簡稱為「お昼」（午），但「朝ご飯」（早飯）、「夜ご飯」（晚飯）卻無法簡稱為「お朝」（早）、「お夜」（晚），此處依中文語境另作翻譯。

「收音機，可以關掉嗎？
我的腦中，有太多想要回憶的音樂。」（真紀）

第9話

1　**回想、富山市內的國道（夜晚）**

顯示為富山市內的道路標誌出現。

一輛腳踏車從小路騎上國道。

騎的人是三十幾歲的女性（早乙女真紀本人）。

穿梭在車陣中，女子騎得跌跌撞撞，巡邏警察從後方追來。

警察追到後，出聲。

2　**回想、富山的警察局．調查室（另一天）**

女（早乙女真紀本人）一人，吃著叫來的便當。

操富山腔的刑警們的聲音。

大菅「只是一個偷腳踏車的，為什麼拘留了一個星期！」

同事的聲音「她不說自己的名字啊。無法寫調查書，想放人也放不了」

3　**現在、鏡子的家、客廳**

白天，鏡子和大菅在說話。

大菅，看著被小孩貼了貼紙的手帳，一邊說話。

大菅「總之呢，以點數卡的事為破口，說到了戶口等等的事，事實是呢，戶籍這個東西，就算賣了也不構成犯罪。那個腳踏車小偷一聽到這，就……」

×　×　×

回想剪接。

富山警察局的調查室，女子（早乙女真紀本人）抿了抿嘴邊的飯粒。

女子「這麼說來，我不會被逮捕囉」

×　×　×

大菅「她說自己十四年前把戶籍賣給了地下錢莊的業者，在那之後，害怕被逮捕，居住證明什麼都不敢去領，就這樣活到今日（苦笑）」

××

回想剪接。

女「真的？所以對方在 Tsutaya 辦了會員卡嗎？」

××

大菅「後來，警察查到了業者那裡。買了早乙女真紀的戶籍的女子的資料也在。發現她在東京生活，跟您兒子結婚了」

鏡子「（愕然但繼續聽著）……」

指著真紀和幹生的結婚照。

大菅「（邊對照手帳）嗯，她的本名叫做山本，嗯 akiko 吧，彰子。富山市出身、十歲的時候母親因故身亡，在那之後就被母親的再婚對象領養，養父經常對她施暴……」

鏡子「（啊，臉部扭曲）」

大菅「嗯，後來輾轉被送到許多家庭。在二〇〇三年十二月十九日的時候，以現金三百萬購買戶籍，嗯，然後就消失了。事情就是這樣。」

鏡子「（呆住）」

大菅，看了一下鏡子的表情，邊拿出一張單曲ＣＤ，放在桌上。是和服打扮、名為山本水江的演歌歌手的ＣＤ，曲名是《上坡道、下坡道、沒想到》

鏡子「（啊）」

大菅「山本彰子死去的母親是演歌歌手」

大菅，操作手機，放下ＣＤ，播了曲子。歌聲、「♪上坡道，昂昂昂～♪下坡道，昂昂昂～」

大菅「不是太紅的歌，您聽過嗎」
鏡子「（茫然、點頭）」
手機繼續傳來「♪是啊，人生啊～沒想到～」
鏡子「真紀她，這個人她，是想要遠離養父的暴力才買戶籍的對吧？是被害者對吧？」
大菅「嗯，大部分的罪犯，都是從被害者意識開始的（一臉另有隱情的樣子）」
鏡子「（察覺）難道她做的不只買戶籍這件事嗎？」

4　輕井澤・王子購物廣場

走在人群中的真紀和小雀。
真紀「只逛一下！」
小雀「只逛一下！」

5　某間店內

真紀和小雀在賣場中拿起衣服比試。
真紀「只逛一下！」
小雀「只逛一下！」
小雀，拿起一件衣服，拿給真紀。
小雀「適合妳呢」
真紀，把那件衣服放在小雀身前看了看。
真紀「比較適合妳呢」
兩人，看了一下標價，一臉買不起的表情，放了回去。
真紀「小雀，妳的生日是四月嗎？」

小雀「三號。咦，要送我禮物嗎？」
真紀「只是問一下（微笑）」
小雀「（笑）真紀呢，八月……」
真紀「八月十日。咦，要送我禮物嗎？」
小雀「只是問一下（微笑）」

6 **公園**

把裝著日用品的購物袋放在一旁，真紀和小雀在玩盪鞦韆。

7 **別墅・一樓**

真紀和小雀愉快地笑著回家。
廚房裡司和諭高正在做飯。

司・諭高「回來啦」
真紀・小雀「我們回來了」
上劇名

8 **別墅・一樓（另一天・早上）**

廚房裡，真紀和司和諭高正在做飯。
小雀在中島區看著他們，她穿著套裝，但依然吸著三角形的咖啡牛奶。
真紀，打開電鍋，熱氣蒸騰。
真紀，聞了聞、搧了搧熱氣，讓司、諭高、小雀也聞一聞。
三人配合地聞著氣味。

×　×　×

餐桌上，四人在吃早飯，聽到外頭傳來貓的叫聲司「應該是隔壁的貓吧」
小雀「我們家也來養貓吧？」
諭高「但是牠顧家的時候，感覺很孤單耶」
真紀「那熱帶魚如何？」
小雀「好耶，養尼莫」
諭高「（什麼？）」
真紀「尼莫好可愛喔」
諭高「尼莫？」
司「尼莫你不知道？」
莫名站起來的諭高，從桌上的筆架裡拿起 HOTCHKISS[1]，拿到大家面前。
諭高「這是什麼？」
司「HOTCHKISS」
諭高「不對，他叫做訂書機」
諭高捲起袖子，指了指手肘上的貼布。
諭高「這個呢？」
小雀「手肘！」
諭高「（再指得明確一點）這個」
真紀「Band - Aid[2]」
諭高「不對，ＯＫ繃」
三人，摸不清現在到底在討論什麼。
諭高「HOTCHKISS 是品牌名吧？Band - Aid 是品牌名吧？Post - it 是便利貼，Tupper 是收納盒，那哆啦A夢呢？」

司「貓型機器人」

諭高「（問真紀）YAZAWA 呢？」

真紀「矢澤永吉[3]」

諭高「（問小雀）馬桶塞住時用的長把呢？」

小雀「（那個……那個……）」

諭高「（一副這大家都知道吧的臉）馬桶吸把對吧？還有，妳袖子沾到東西了」

諭高「那條魚是小丑魚，尼莫是商品名。請講真正的名稱」

這時，門鈴響起。

真紀、小雀、司，逃走似地前往玄關。

9　同・玄關

真紀、小雀、司，隨後諭高也到，司開門，是前日拜訪的房仲公司的男業務。

業者「上次打擾您了。估價單出來了，我就送過來」

司「（呃）」

小雀的反應和司一樣，真紀、諭高一臉錯愕。

10　同・一樓（夜晚）

晚餐後，真紀、小雀、司、諭高坐在餐桌旁，邊吃貓頭鷹甜甜圈，邊傳閱別墅的估價文件。

司「（低頭）對不起，一直瞞著大家」

諭高「你要賣掉這裡嗎？」

司「我的家人是這麼打算的」

諭高「沒必要瞞著我們……」
司「對不起」
司感到很愧疚，頭低低的。
三人「（哎）」
真紀、小雀、諭高三人對看，確認彼此的心意。
小雀「不用道歉」
真紀「對啊」
諭高「這樣也好啊」
小雀「又不是這裡沒了四重奏就沒了」
真紀「不會發生這種事。我們可以各自」
諭高「租間便宜的公寓」
小雀「我也開始工作啦」
真紀「我的工作也會越來越多」
諭高「我會開始找工作」
司「那不就變成那邊才是本業了」
三人「（好像說得沒錯）」
小雀「……也沒什麼不好」
司「不好。以工作或打工為優先，或是為了輪班，本來想做的事都無法好好做，這樣的例子我看了太多了」
諭高「但是繼續這樣下去，我們真的要變成那隻蟋蟀了」
真紀「會餓死」

小雀「孤獨死」
諭高「我們也是時候思考，怎麼認真當一個社會人了」
真紀．小雀「（點頭）認真……」
司「認真當社會人的結果就是我」
三人「（咦？）」
司「認真練團吧，認真面對樂譜吧，小時候上小提琴教室時，我會對身邊的同伴這麼說。那個時候，沒有認真的小孩子，現在都活躍在世界的舞台，總是說著要認真的我，如今……」

三人沉默。

小雀「但是……」
司「餓死、孤獨死，不是很美好嗎？」
三人「（呃）」
司「我們的團名叫 Doughnuts Hole 是吧。沒有缺洞就不成甜甜圈。我喜歡大家不認真的樣子。就算全世界都認為我不對，我也會盡力維護大家」

三人沉默。

諭高「嗯，的確，沒有缺洞就不完整了」
小雀「就變成炸麵包了」
真紀「炸麵包四重奏，（對著司）這個團你應該會討厭吧」
司「（點頭）給我一點時間。這間別墅，我會守護的」

三人，有點不好意思，對司表示感謝。

三人「來練習吧」
司「來練習吧」

××

四人將樂器帶到客廳。

真紀「給我一個A」

小雀，起音。

11　回想、富山市內馬路

鏡子的聲音「山本彰子十歲的時候母親過世」

掛富山車牌的車子停在一旁。

抱著小提琴盒的十歲女孩（彰子）和母親（水江）一起走著。

母「♪上坡道～」

小女孩「♪昂昂昂～」

母「♪下坡道～」

小女孩「♪昂昂昂～」

通過坡道下的行人穿越道。

上坡處有一男子騎著腳踏車，高速下坡。

小女孩，樂譜散落，停下腳步撿譜。

母「♪是啊（發現腳踏車，愕然）」

騎士並沒有看到母女。

女孩子，撿樂譜。

母親，為了保護女孩，站在女孩前方。

疾行而來的腳踏車。

抱著小提琴盒的小女孩。

12　現在、靜岡縣警・會客室（另一天）

警察守在一旁，鏡子和幹生兩人隔著壓克力透明板交談。

鏡子「山本彰子是……」

幹生「是真紀啊。警方說的那些，我（表示不相信，搖頭）」

鏡子心中還有別的秘密。

鏡子「真紀，她對你是怎麼說的？」

幹生「（對鏡子）就是結婚前說的那樣啊。小時候，父親病故，之後母親因為意外也過世了」

鏡子「（點頭）但是實際上是媽媽再婚。雖然她媽媽和那個人後來也離婚了，但是真紀變成一個人後，又被交給那個人撫養」

幹生「（神情難受）那個傢伙，是個很糟糕的敗類呀……」

鏡子「（神情難受）好像在她臉上留下很多傷」

幹生「（深呼吸）……」

鏡子「但是，那個人身為義父，好像還是做了該做的事，有撫養她長大」

幹生「因為肇事者有付賠償金，賠償對象是真紀呀」

鏡子「（點頭）二億日圓。用這個錢上的小提琴教室，也付了大學學費……」

幹生「用母親的死亡賠償金去學小提琴難道不對嗎？」

鏡子「不是這樣……（住嘴）」

幹生「她被暴力對待，為了逃跑才買戶籍的不是嗎？」

鏡子，看了手邊的筆記上，被畫上紅線的身分證明文件不實、偽造文書等文字。

鏡子「是身分證明文件……」

幹生「事到如今，因為一些文書作業來刁難」

鏡子「（遮）那個義父，也死了」

幹生「呃？」

鏡子「就在真紀消失的那個時候，因為心律不整」

幹生「……巧合吧？因為心律不整不是嗎？（聯想到壞的一面，想要打消這個想法，口氣轉為帶有怒氣）媽媽妳啊……」

鏡子「這不是我說的。是警察那些人在懷疑真紀。」

鏡子，把手放上隔板。

鏡子「我已經不知道哪個才是真相了……」

幹生「（茫然）……」

13　餐廳「夜曲」・準備室（傍晚）

有朱擱著打掃用具，用手機在操作股票買賣。

有朱「啊……啊、啊、啊，為什麼！」

畫面當機，已經無法挽救，頭趴在桌上。

這時，大二郎出現。

大二郎「有朱，妳知道媽媽去哪裡了？」

有朱「（態度欠佳）不是去買東西了嗎」

大二郎「好」

大二郎往外走。

有朱「（突然想到，可愛地）阿，大二郎～」

用後手脫下高跟鞋，拔下鞋跟。

14 **同・店內**

拿著樂器的真紀，小雀，司，諭高走進店內。

四人「早安……」

多可美也在一旁，拿著生日蛋糕，並用手指抵著嘴邊，示意著「噓～」。

蛋糕上畫著有大二郎的肖像圖，旁邊寫著「爸爸　生日快樂」的字樣。

四人，用手指抵著嘴邊，並喃著「喔～」。

15 **同・走廊～準備室**

以手捧著點有蠟燭之蛋糕的多可美打頭陣，跟在後面的是戴有派對造型眼鏡，並拿著拉炮的真紀、小雀、司、諭高。

稍微拉開準備室的門，並從門縫窺視裡面。

可以看到大二郎以及有朱兩人比肩而坐的背影。

大二郎正幫有朱修理著高跟鞋。

有朱「大二郎，你是這間店的老闆嘛」

大二郎「就只是第二代囉」

有朱「想想還滿厲害的呢，地點又好，土地面積也大」

有朱，往大二郎的方向坐了過去。

正窺視著室內的多可美與四人，覺得有點不對勁。

有朱「大二郎的肩膀也很寬呢」

大二郎「是嗎」

有朱，繞到大二郎的背後，並把手臂靠在肩膀上。

大二郎「嗯，真的很寬呢」

有朱，把身體都靠在大二郎的身上。

多可美與四人都吃了一驚。

真紀「（小聲說）什麼狀況？」

小雀「（小聲說）貓啊，現在是貓」

有朱「總覺得最近有點寂寞呢」

小雀「（小聲說）這應該是被雨淋濕的小狗」

多可美手拿著蛋糕的雙手在顫抖，把蛋糕遞給司。

有朱「那個，大二郎」

有朱，如鎖定獵物般直盯著大二郎的背影，並慢慢轉到正面方向。

小雀「（小聲說）不，是老虎」

司端著的蛋糕，蠟油不斷滴在蛋糕上，大二郎的肖像逐漸被蠟燭滴得不成人形。

有朱「大二郎，其實我呢……」

多可美面以悲壯的表情正準備介入。

大二郎「（突然清醒的表情）妳，在幹嘛？」

有朱「嗯？」

大二郎「可以不要這樣子嗎？」

有朱「嗯？」

大二郎「我，可是深愛著太太的喔」

多可美嚇了一跳，四個人也嚇了一大跳。

有朱「（很乾脆地轉換成笑容）啊，是這樣喔。那好吧～」

離身而去的有朱，從大二郎手上把還沒修好的高跟鞋拿了回來，穿好鞋後往門走出來。

走出門外，跟多可美以及四人對峙。

多可美「（瞪眼過去）」

有朱「（面露微笑）妳回來啦～（對四人也是面露微笑）大家早啊～」

帶著笑容，穿著高低不一的高跟鞋走離現場。

多可美「老公！」

多可美跑了上去，並抱住大二郎。

大二郎「嗯？」

四人用溫暖的眼神看著這一幕。

真紀「（突然回過神來）別府！別府！」

司捧在手上的蛋糕，燭火正熊熊燃燒。

四人「（啊的一聲）」

16　同．店內（夜晚）

結束營業後，在準備要回家的真紀、小雀、司，諭高眾人的注目下，多可美遞了一個信封給有朱。

有朱，確認信封內的金額。

有朱「（露出笑容）多可美，一直以來謝謝妳了」

多可美「（擠出僵硬笑容，且試著保持冷靜）不用客氣」

有朱「多可美，最喜歡妳了」

有朱，緊緊抱著多可美。

多可美……

有朱，走到比肩而站的四人面前。

有朱「真紀，希望妳不會忘記我」

真紀「我想我應該忘不了」

有朱，擁抱了一下真紀，接著走到諭高的面前。

有朱「家森，你什麼時候要帶我一起去滑雪呢？」

諭高「我會再跟妳連絡」

有朱，擁抱了一下諭高，然後走到司的面前。

有朱「（看著司）呃……」

司「我叫別府」

有朱「別府，我最喜歡你了」

有朱，擁抱了一下司，接著也抱了小雀一下。

有朱「（把臉湊上去）小雀，妳就跟我聯手一起闖一番大事業吧……」

小雀「（用力地左右甩頭）」

有朱「是喔。（看著四個人，瞬間露出失落貌）原來如此啊」

看著有朱的表情，四人覺得疑惑。

有朱，立刻回復笑容，揮舞著雙手離開。

在出口的地方轉過身來，擺出青春偶像時代的招牌動作。

有朱「♪我將帶著你進入夢遊仙境，我是有朱，下次見囉，掰掰～」

揮舞著雙手，帶著笑容離開了。

四人與多可美目送完有朱離開後，頓時備感疲勞，呼吸不順。

諭高「淀君4……」

真紀「（不如說是）楊貴妃？」

17　別墅・一樓（另一天・早上）

在餐桌一起吃著早餐的真紀、小雀、司、諭高。

司「回來前我會先回家一趟，今天會晚一點（很有決心地說）」

真紀・小雀「那就麻煩你了」

諭高「我今天會去日本料理店面試」

真紀・小雀「加油」

×××

擦拭著窗戶的真紀，仰望窗外的天空。

×××

在餐桌旁對著電腦工作的真紀。

不經意地拿起放在一旁的釘書機，喀嚓喀嚓地玩著，想起一些事情……

小雀「我回來了」

小雀手拿資料袋回家。

真紀「妳回來啦，怎麼了嗎？」

小雀「帶人到附近看房子，想說有沒有午餐可以吃」

真紀「（面露微笑）中華蓋飯？」

小雀「（面露微笑）好啊」

×××

真紀在廚房做中華蓋飯。

小雀在中島旁，喝著三角咖啡牛奶一邊看著真紀做菜。

真紀「工作還好嗎？」

小雀「我們公司，會用電腦的只有我一個人，我想不久後公司就是我的天下了（面露微笑）」

真紀「（面露微笑）畢竟小雀本來就是上班族哪」

小雀「我可是有擠過早上通勤時間的電車的」

真紀「真厲害」

小雀「真紀，妳有在公司上過班嗎？」

真紀「曾經在發行樂譜的出版社打過一陣子工」

小雀「妳一直都在東京吧」

真紀「嗯」

內心有別的心思，但不形於色的真紀。

小雀「（對著自己與真紀示意）可能在地鐵站」

真紀「嗯？」

小雀「我以前，常一個人搭地鐵。搞不好我們曾經在哪裡擦身而過呢（指了自己和真紀）」

真紀「在地鐵站，和揹著大提琴的小學生」

小雀「揹著小提琴的中學生，在剪票口或通道、隔壁車廂之類的，嗯」

真紀「嗯」

小雀「如果我們那時候就認識，很多事情可能就不一樣了吧」

真紀「嗯？」

小雀「我的周遭充滿了謊言，包括我自己。我總是在想，要逃到一個很遠的地方。如果能早點遇到像真紀一樣不說謊的人，我的童年應該會快樂許多吧。」

真紀「（邊微笑邊聽）」

小雀「妳以前都會逛哪裡呢？會去原宿嗎？」
真紀「原宿嗎？我應該沒有去過喔」
小雀「難道一放學，妳就馬上回家嗎？」
真紀「（看著小雀，面露微笑）」
小雀「嗯？」
真紀「離我家沒有多遠的地方有一塊空地」
小雀「空地（有點意外）」
真紀「那裡有一艘廢船。沒人在用的船。」
小雀「哇～（沒有想到）」
真紀「我常常躺在那，然後看上一整晚的星星」
小雀「星星？（有點驚訝）」
真紀「（察覺到小雀的反應）嗯。只要待在那裡，好像就能浮上天空，就像星際飛船吧，感覺它能帶我到很遠很遠的地方去」
小雀「哇～」
真紀「結果，就在輕井澤靠岸了」
小雀「那艘船和地下鐵，原來都是開往輕井澤的班次呢（面露微笑）」
真紀「原來這就是我想要去的地方，現在的我是這麼想的。（看著調理中的鍋子）應該夠了」
小雀「（對於真紀的用字遣詞感到訝異）咦？」
真紀「對了，敢吃木耳嗎？」

18　靜岡縣警察局．筆錄室

幹生與大菅兩人面對面而坐。

大菅把真紀與幹生結婚當時的數張照片排列在桌上，一邊說話。

幹生「真紀，不是一個可以讓你這樣懷疑的人」

大菅「（輕輕苦笑）」

幹生「就算真的做了什麼，也是正當防衛吧。真紀一直是受傷的一方，十歲的時候媽媽過世，又被繼父家暴……」

大菅「嗯，她可是拿了兩億日圓的賠償費喔」

幹生「她是受害者啊，是理所當然的吧」

大菅「加害者當時十二歲。他那天是為了趕到弟弟出生的醫院才造成事故的」

幹生「（忖量該說什麼）……」

大菅「在十二歲不小心奪走他人性命，他的家人因此失去工作，家庭也支離破碎。他從來沒有機會跟期盼已久的弟弟一起生活。儘管如此，山本彰子的家人仍不斷向他求償。時間長達十二年。」

幹生「（對這番話感到震撼）……」

大菅「嗯，就算這樣還是要分被害者加害者的話，或許就是那樣吧。」

幹生「……（突然想到什麼）」

大菅「（合起手中的筆記本）好吧，我了解了」

大菅正準備結束這次的調查。

幹生「誒？那就不是原因嗎？」

大菅「什麼？」

幹生「真紀他不是賠償費的受益人嗎？」

大菅「是啊」

幹生「真紀後來人消失，賠償費的支付，後來變成什麼狀況？」

大菅「（早就想到這一塊）支付停止了」

幹生「就是因為這樣吧。真紀買戶籍、失蹤的原因就是這個不是嗎？明明是受害者，心理上卻成了加害者，為了阻止繼父的求償……」

大菅「（想過這個可能，默默地聽著）」

幹生「（看著大菅的表情）誒？等一下。你都知道了還故意問我嗎？」

大菅「（不置可否）」

幹生「是那樣沒錯喔，我所認識的真紀是會選擇那條路的人」

大菅「不過，你也是被騙的一人」

幹生「不一樣，不一樣。那個跟我結婚的女孩，入了我的戶籍，也改了她的名字。不是山本彰子，也不是早乙女真紀，叫做卷真紀。那才是真紀她想要的名字……（突然想到了什麼，而拉高聲音）啊，對了。真紀她的願望是變成普通人」

幹生用手遮住眼睛。

幹生「她一直過著提心吊膽的生活，只是很單純地想像普通人一樣生活，好不容易終於……」

大菅「然後沒有想到先生也搞失蹤」

幹生「（停下動作）……」

幹生，雙肩顫抖，露出嗚咽聲。

大菅，默默收拾起兩人的照片，並用橡皮筋捆住。

19　同・走廊

離開的大菅與船村。

船村「到底是哪一種呢？是因為殺了繼父，還是為了拯救受害者的家庭呢……」

大菅「（看了看手錶）現在出發，不知道幾點才可以到輕井澤呢」

20 別墅・一樓

窗外傳來滂沱雨聲。

擺著豐富料理的餐桌旁，可以看到意志消沉的真紀、小雀、司。

司的頭髮跟肩膀都溼著，披掛著浴巾，鼻子上還貼著ＯＫ繃。

司「對不起，我沒能說服他」

真紀「你們又吵架了嗎？」

司「是我弟弟」

小雀「你們打架互毆嗎？」

司「我是被弟弟養的吉娃娃咬，我弟幫我貼ＯＫ繃……」

小雀「ＯＫ繃」

司「不好意思還要妳幫我貼」

真紀「你不要再道歉了」

小雀「是啊，你看真紀都做了這麼多飯菜」

司「本來應該是慶功宴的，卻變成失意大會了……」

這個時候，從玄關趴噠趴噠走了進來的諭高。

因為大雨被淋成了落湯雞。

真紀、小雀、司一臉訝異。

諭高「（以感觸良多的流淚笑容）我打工被錄取了！」

拿著只剩骨架的雨傘，做出拉桿的動作。

真紀與小雀，不由自主地站了起來。

真紀「別府！」

小雀「慶功宴！」

司也跟著站了起來。

司「太好了！」

×××

在餐桌用餐的真紀與小雀，剛換好衣服的司與諭高。

真紀「誒？你說你錄取的工作是在餐廳夜曲的工作？」

諭高「嗯，代替有朱做外場的工作。這樣一來我也算是社會人了。」

小雀「我想家森你還是先改掉不穿內褲的習慣比較好」

諭高「那我也問問妳。只穿內褲的人和除了內褲都穿上的人，那一種才是教養良好的社會人？」

司「這兩種都不算有教養吧」

×××

在餐桌上喝啤酒聊天的真紀、小雀、司、諭高。

諭高「能同時兼顧工作跟興趣算不錯了吧」

司「不過，身為甜甜圈洞四重奏成員的夢想呢」

真紀「無論開或不開都是花」

三人「啥？（回問）」

真紀「這是我想出來的諺語，呵呵」

小雀「無論醒著或睡著都是活著」

司「無論難過或痛苦都是我的心」

看著司感到擔心的三人。

小雀「不過，就算一次也好，真想在大場面演奏看看呢」

三人表示同意。

×××

在客廳，真紀、小雀、司、諭高準備了起司等點心，正準備開紅酒。

司「來看電影吧」

司，拿著一片名為「星艦領航大戰幽靈」，故事描述幽靈與太空船對決的電影外盒。

司「這部電影雖然叫做『星艦領航大戰幽靈』，但是戲中卻從未出現過太空船與幽靈喔（邊說邊笑）」

三人不懂，這樣是哪裡好看。

司「（仍繼續笑）一次都沒有，真的是連一次都沒有……」

對講機突然響了起來。

四人「（咦？都這麼晚了會是誰？轉過頭去）」

由於大家都拿著酒杯之類的東西，小雀站了起來前往玄關。

21　同・玄關

小雀，嘴上咬著餅乾，往玄關大門走。

小雀「是誰？」

從門的另一方傳來聲音。

大菅的聲音「敝姓大菅。請問早乙女真紀小姐在家嗎？」

小雀「那個。（朝向室內呼喚）真紀，是妳的客人喔。」

小雀，打開了大門，站在眼前的是大菅與船村。

大菅「您好。（很穩重地打招呼）」

小雀「（但仍感到些許不安）您好。」

真紀，也咬著餅乾走了過來。

真紀「來了」

大菅「（確認是真紀，並致意）可以跟您聊一下嗎？」

真紀「好」

大菅「（瞄了下小雀，對著真紀說）可以的話，單獨聊一下」

真紀「（警戒）什麼事情？」

大菅想說著算了，從胸前口袋取出警察手冊。

大菅「我是從富山警察局過來的」

真紀「（嘴上仍咬著餅乾）……」

小雀「（嘴上仍咬著餅乾）……什麼事情？」

大菅「（朝著真紀）您是山本彰子小姐吧？」

真紀「（表情頓時僵住）……」

大菅「（確認了真紀的表情）我們是來請您到警局配合調查的」

小雀「（沒有注意到真紀的表情，對著大菅）啊，你們應該是找錯人了吧。早乙女……」

小雀，注意到大菅的表情變化，回過頭來，看著真紀。

真紀「（啊，一切都結束了）」

小雀「（看著那表情，驚訝）……」

22　同・一樓～玄關

在中島附近的司與諭高兩人，正在想辦法把斷在紅酒瓶口的軟木塞拔出來。

諭高「有鉗子可以用嗎……」

司，突然覺得玄關有異，看了過去。
諭高也順勢往玄關看過去。
兩人覺得不對勁，往玄關走去，看到真紀、小雀、大菅與村船。
真紀態度冷靜，小雀表情茫然。

真紀「（向大菅）不好意思」
大菅「不會，不論如何要請您走一趟也是明天的事情。等到您工作結束後我會再過來」
真紀「那就麻煩您了」
行禮後，大菅與船村走了出去。
司與諭高，目送他們離開，當大門關上的同時，真紀馬上轉過身，不帶任何表情地往回走。
小雀，追了上來，叫住打算上樓的真紀。

小雀「真紀」
真紀停下腳步，並仍背對著小雀。

真紀「對不起，小雀」
小雀「（正準備開口問）」
真紀「我們，根本不可能在地下鐵擦身而過的」
小雀「……」
真紀就這樣上樓。
司與諭高，走了過來。

司「（朝著小雀）發生什麼事情了？」

23　同・真紀的房間～走廊
真紀，手伸到嘴邊，神經質地摸著嘴唇。

把小提琴盒抓了過來，像是準備什麼一樣地放好。
手上拿著包包，把錢包塞進去、幾個小收納包塞進去、充電器塞進去，筆電想塞但塞不進去，用力地往裡面擠。
暫且丟到一旁，從衣櫃中拿出衣服，一件接一件往地上丟。
看著散落一地的衣服，不知道該怎麼辦。
就一直站著，用手摸著嘴唇。
傳來敲門的聲音。
來到真紀房前的小雀、司、諭高。
諭高「真紀，可以進去嗎？」
沒有反應，司與諭高，對看了一下，決定把門打開。
真紀「（不看他們，只是應了一下）」
諭高「那個……」
真紀「（維持著略為低頭的狀態下）可以稍微等我一下嗎？十分鐘（不）五分鐘」
諭高「當然……」
司「妳還好嗎？」
真紀「嗯……（露出痛苦神情）」
小雀，一直看著那樣的真紀……

24 同．一樓

在客廳，在添加暖爐用薪柴的諭高。
拿著熱水壺與花茶整套道具，準備泡茶的司。
注視著樓梯方向的小雀。
真紀走下樓來。

真紀，坐了下來，低下頭。

諭高「（一邊準備薪柴）這個很快就會熱起來」

真紀「（點頭）」

司「（一邊準備花茶的材料）我先泡茶」

真紀「（點頭）」

小雀，目不轉睛看著……

諭高，掩飾內心的不安，更換著薪柴。

司也是，壓抑內心的不安，一邊泡茶。

諭高「（輕輕笑）一定是哪裡弄錯了」

司「如果需要的話，我可以去」

小雀知道眼前發生了什麼，注視著真紀……

真紀，一直低著的頭抬了起來，表情略顯痛苦。

真紀「我以前，做了一些不好的事情，今天這些事情回來找我了」

司「真紀……」

真紀「對不起。我並不是早乙女真紀。」

司與諭高，吃了一驚，小雀……

真紀，不時地摸著唇，開始說明。

真紀「我一直都在說謊。我就是個謊言。那不是我的名字，我另有名字。十四年前我買了某人的戶籍。買了戶籍之後就逃跑，到了東京。從那之後我一直都叫早乙女。是個假的早乙女真紀，我一直假扮成她。我就是個謊言。很幸運，幸運的是這謊言一直沒被拆穿，我得意忘形地結了婚，換了一個姓之後，就當作沒有這麼一回事，一路騙了過來。我也騙了大家，還跟大家組了四重奏樂團，裝得感情很好似的，但我壓根就是個謊言。現在謊言被拆穿了，等到明天演奏結束我會自己去警察局，一切都結束了。大家真的都很照顧我，其實真正的我……我……我是……」

太痛苦了，說不出口。

低頭，眼淚落了下來。

內心糾結，緊緊注視著真紀的小雀。

真紀「我……」

小雀「（打斷話）真紀，夠了」

真紀「真正的我其實是……」

小雀「夠了」

真紀「我……」

小雀「夠了夠了，真的夠了，妳什麼都不用再說了」

真紀「……」

小雀「真的，也好。假的，也罷。不管真紀以前是誰（搖頭），所有的一切（搖頭），我們所認識的，就是，就是眼前這個真紀而已，我才不管其他（邊說邊搖頭）」

抱持同樣的想法，在泡花茶的司，繼續添柴的諭高。

真紀「我對大家說謊了……」

小雀「我才不在乎，我一點都不在乎」

真紀「我背叛了大家……」

小雀「妳沒有背叛我們。喜歡上誰這件事，裡面絕對沒有背叛」

真紀「……」

小雀「我很清楚，至少我知道真紀是喜歡和我們在一起的。這絕對不可能是假的吧。畢竟，都會流露出來，喜歡上誰的那份心意，會擅自流露出來的。這種滿溢出來的情感，不可能是假的」

真紀「……（嗯）」

小雀「過去什麼的（搖頭），不管過去我們一樣可以一起玩音樂，那時在路上演奏的我們不是很快樂嗎？」

真紀「（微微點頭）」

小雀「真紀妳是演奏者吧？音樂是不會往回走的，只會一直往前。（用手摀著胸口）這裡也一樣。心動了，就往前。喜歡上的同時，人們就會從過去向前走。」

真紀「（嗯）」

小雀「我喜歡真紀這個人。現在，妳只要說希望我們相信妳，還是不相信妳，只要說這個就好」

真紀……

等待著回答的小雀，司與諭高也停下手來。

真紀「我希望你們能相信我」

小雀「（露出微笑，並點頭）就是這句話」

小雀緊緊抱住淚流的真紀。

微笑的司，泡好了四人份的花茶

微笑的諭高，關上了暖爐的門。

小雀，緊緊抱著真紀也露出笑容。

小雀「那，別府，我們就來看『星艦領航大戰幽靈』吧」

×　×　×

在客廳，真紀、小雀、司、諭高邊喝紅酒邊用桌子的筆電觀賞電影。

諭高「別府，這部電影，到哪裡才會變精彩啊」

小雀「還沒有看到外太空耶」
真紀「幽靈又在哪裡啊」
司「所以我一開始不就說過了嗎？這就是這部電影有趣的地方」
三人「誒？（什麼啊）」

×××

不再看電影的真紀與小雀，整個趴在地板上，非常專注地用冰棍棒排骨牌。
冰棍棒骨牌繞行了客廳一圈，甚至沿著斜坡延伸到廚房，在終點位置還做了一個用紙杯做的小塔。
司與諭高則是促膝而坐喝著紅酒。

諭高「人啊，應該有這兩種類型。（說著，把臉湊到司身邊）」
司「（因為諭高的臉靠得太近而後退）請說」
諭高「如果有可以讓人生重來的按鈕，有的人會按，有的人不會按。我呢，不會再按了。」
真紀跟小雀準備好了冰棍棒骨牌。
真紀．小雀「（配合彼此準備的呼吸）剪刀石頭布，妳要出哪個，我要出這個」
小雀「妳是個大笨蛋」
真紀「我比妳好一點」
真紀．小雀「再猜一把，再猜一把，再猜一把……」
真紀「（猜贏）喔耶！」小雀「（猜輸）啊—」
真紀，朝著冰棍棒飛天骨牌的起點走去。
小雀，拿出智慧型手機，準備拍攝影片。
小雀「啊～來勁了」

諭高「（把臉靠近司旁邊）你覺得我為什麼不會按呢？」
司「（因為諭高靠得太近往後退）這個嘛」
諭高「因為我遇到你們了。哪、哪」
真紀，把起點位置的冰棒棍挪開。
像倒骨牌一樣，冰棍棒一根接著一根彈飛。
邊笑邊追著冰棍棒的真紀與小雀。
諭高「（冰棍棒剛好彈到身旁）⁉（被嚇了一跳）」
哇～興奮而相擁的真紀與小雀。
×××
倚靠在沙發上的真紀在打盹。
小雀、司、諭高發現了，在一旁觀察。
完全進入夢鄉了。
司，輕輕地幫真紀蓋上了毛毯。
在三人的守護下，看起來睡得很安穩的真紀。
×××
隔天，早上。
以下，配合音樂。
穿著睡衣刷牙的真紀、小雀、司、諭高。
一邊刷著牙，隨手拉開窗簾、拿走換洗衣物、啊這個拜託你、這個借用一下、洗衣店的袋子在這裡……四人度過無言的日常早晨。

25　同・陽台

分頭處理在洗衣籃內的大量衣物，攤開後交給對方，然後晾起來的真紀、小雀、司、諭高。

當B'z的Ultra Soul內褲出現的時候，大家都笑了。

×××

26 **同・一樓**

在餐桌旁，邊聊天邊包大量的餃子的真紀、小雀、司、諭高。

看著司包的餃子很漂亮，大夥稱讚他。

×××

用電熱烤盤煎著餃子吃的四人。

有說有笑地用餐。

×××

做好出發的準備，拿著樂器出門的司與諭高。

司說自己先上車了，然後便先出門。

小雀說了一聲「好」，揹上大提琴，望過去，發現肩上揹著小提琴的真紀正眺望窗外。

小雀，走到身旁，跟真紀一起看著窗外。

真紀「陰天啊」

小雀「是啊，陰天」

27 **音樂餐廳「夜曲」・店內（夜晚）**

營業中，店內有客人，在舞台上的真紀、小雀、司、諭高正在演奏《聖母頌》

小雀、司、諭高用餘光看向真紀。

只是單純在演奏的真紀。

演奏結束。

朝著傳來掌聲的客席致謝，開始準備下一首的樂譜。

真紀，翻著樂譜的時候，察覺到什麼。

經由多可美的領位，大菅與船村走進了店內。
兩人坐在吧台。
真紀，繼續翻樂譜。
小雀、司、諭高擔心地看著真紀。
真紀，說自己沒問題，點頭示意大家開始，深呼吸、拿起琴弓。
眼神交會後，開始演奏起史麥塔納的《我的祖國》。
聽得入迷的客人，看到這一切的大菅與船村。
全神貫注於演奏的四人。
真紀，真心地投入。

28　同・準備室

換好衣服的真紀、小雀、司、諭高，都面對鏡子。

真紀「啊，明天份的麵包，可能沒了」
司「是這樣嗎」
諭高「回家路上繞到便利商店吧」
司「好」
真紀「還有，優格只剩一點了」
司「好」
真紀「小雀，之前買的洗髮精呢」
小雀「啊，洗臉台的」
真紀「應該在櫃子吧，如果用完了」
小雀「嗯」

小雀，內心的情感湧上，頭低了下去。

真紀「……大概就這些了」

真紀，用手梳整頭髮。

諭高站了起來，站到真紀的背後，幫忙真紀整理頭髮。

真紀「不好意思」

諭高「不會」

真紀，伸手拿化妝道具但是不小心弄掉。

司，看到後站起來，撿起來，遞給真紀。

真紀「謝謝」

司，說了聲不客氣，順勢坐到真紀旁邊。

司「昨天回老家的時候」

真紀「是被吉娃娃咬鼻子的那個時候嗎？（說完，微笑）」

司「（苦笑）是啊。我聽他們說，那間別墅啊，真的每到春天就會有松鼠出現」

真紀「誒～」

司「如果給牠們小的、像這樣的飯糰，聽說牠們會用雙手捧著吃呢。而且好像只會吃一半，另一半會帶回家」

真紀「真是精打細算」

司「如果下雨，據說牠們會坐在玄關躲雨。躲雨，然後抬頭仰望春天的細雨」

真紀「（開始想像）」

司「春天的時候，我們再一起看吧」

真紀「（沒有回應，只是微笑）」

司「（沒有回應）……」

諭高，幫真紀整理完頭髮。

真紀「（看著鏡中諭高的倒影）謝謝」

諭高「很好看」

真紀「（害羞）別府，我被家森稱讚了耶」

司「很好看」

真紀「（害羞）小雀」

小雀仍然低著頭。

真紀，一邊把小提琴收拾到盒子裡。

真紀「家森。我想，我也不會按下人生的重來鍵」

諭高「（微笑）收到」

真紀「別府。那天我和你在卡拉ＯＫ包廂的相遇應該真的是命中注定吧」

司「（微笑）是啊」

外頭傳來敲門聲，四人嚇了一跳。

真紀「好！我現在出去！」

拿著行李與小提琴盒站起來的真紀。

走到低著頭的小雀前面，蹲了下去。

真紀「小雀。可以幫我保管一下它嗎？」

將小提琴盒遞出。

小雀「（仍然低著頭）……真紀」

真紀「嗯」

小雀，把頭抬起來。

小雀「妳的生日，是什麼時候？」

真紀，感覺像有什麼東西壓在胸口上。

真紀「（微笑）六月一日」

小雀「（露出笑容，點頭表示知道了）」

小雀，收下了真紀的小提琴盒。

小雀「我們會一起等妳」

真紀「（點頭道謝）」

真紀，僅拿起行李站了起來，面對著三人往後退，往門的方向。

小雀、司、諭高跟著站了起來，打算前去送行。

真紀「（伸出手制止）我去上個廁所就回來」

小雀、司、諭高，聽懂了那句話的涵義，接受，點頭。

真紀，維持笑容，伸手到背後打開門，走了出去。

用笑容目送她的小雀、司、諭高。

真紀，一直帶著笑容，靜靜地把門帶上，走了。

被留下來的三人，湧起一陣難以言喻的寂寞感。

小雀整個人蹲了下去。

司與諭高，抱著蹲姿的小雀的肩膀。

彼此支持的三人。

29　同・外面

真紀與大菅來到船村坐在駕駛座等待的車子旁。

大菅，打開後車箱的門。

大菅「請上車（說道，朝座位示意）」

真紀，要搭車，忽然有東西進入視線。

停在一旁的休旅車上，有手寫的 Quartet Doughnuts Hole 字樣、每一個人的名字、音符。

真紀，一股感受湧上。

像是要努力甩開糾纏一般轉過身，坐進車內。

大菅從另一邊車門上車。

大菅「那出發囉」

真紀「好」

船村，發動引擎，開啟車頭燈。

收音機傳來低音量的明日天氣預報。

真紀「收音機，可以關掉嗎？」

大菅「會開很長一段路喔？」

真紀，想了一下，點頭。

真紀「我的腦中，有太多想要回憶的音樂」

船村關掉收音機。

點頭致謝，閉上雙眼的真紀。

車子開走。

30 同・準備室

仔細摺著真紀的衣服的司，一張一張收著真紀的樂譜的諭高。

緊緊地抱著真紀的小提琴的小雀。

小雀，把眼睛閉上……

×××

回想景色。

倚靠在古老漁船的側船板，手抱著小提琴，抬頭仰望星空的中學生的真紀（看不到表情）

31 **行駛中的車內**

車中的真紀，閉著眼睛……

×××

回想景色。

走出地下鐵的剪票口，走在通道上，揹著大提琴的是孩童時期的小雀（看不到表情）

×××

真紀……

32 **音樂餐廳「夜曲」．準備室**

小雀……

33 **別墅．司的房間**

像空殼一般，虛弱坐著的司。

手抓著褲子的布面，表情苦楚。

34 **同．諭高的房間**

像是掉了魂，躺在地板上的諭高。

用兩手遮著臉，小聲地呻吟。

35 **同．一樓**

摸黑，從二樓下來的小雀，往廚房方向走。
打開冰箱，確認裡面的東西。
把放在笊裡的米用水清洗。
把裝米的內鍋裝到飯鍋，按下按鈕。
裝水到鍋子，煮熱水。
洗完牛蒡與紅蘿蔔，切成薄片。
用瓦斯爐開始烤起魚來。
切好豆腐，加入湯鍋內。
攪拌味噌膏，試味道。
把烤魚翻面。
用平底鍋炒起牛蒡與紅蘿蔔。
抓一點起來試味道後，調味。
電鍋傳來飯煮好的聲音。
打開電鍋，熱氣蒸騰，聞聞味道。
在餐桌擺碗筷時，司與諭高從二樓走了下來。
小雀，請他們入座。
小雀、司、諭高三人，坐上餐桌。
三人面前，有白飯、味噌湯、烤魚、炒牛蒡絲，和醬菜。
合手說完開動，開始用餐。
安靜地用著餐的三人。

第九話　完

註

1 HOTCHKISS為日本首次引進訂書機販賣時，美國製造商的名稱，因為訂書機上印了HOTCHKISS字樣，造成了日後的混用。

2 Band-Aid為美國知名的OK繃品牌。

3 日本八〇年代知名搖滾男歌手，YAZAWA為「矢澤」的發音。

4 淀君即為淀殿，為豐臣秀吉側室淺井茶茶的別名，因與家臣傳出逾矩關係，在日本歷史留下惡女形象。

「請告訴我。你們覺得這有價值嗎？有意義嗎？有未來嗎？
為什麼要繼續呢？為什麼不放棄呢？」（聽眾）

第10話

1

國營住宅・某房間

遠處傳來蟬鳴聲。

房間看起來生活相當簡樸。

白頭髮有點明顯的真紀，戴著眼鏡，穿著短袖上衣，和脫掉了西裝外套的男子（柊學）一邊喝著麥茶在談話。

柊「我以為妳回輕井澤了」

真紀「也找到工作了，我打算在這裡生活」

小小的書桌上，放著電腦、錄音機、資料。

柊「音樂方面的工作不繼續嗎？是因為給成員帶來麻煩嗎？」

真紀「那些人，是不會認為這些事情是麻煩的人，我想他們會像什麼事都沒發生過般接納我」

柊「既然如此，被判了緩刑，可以繼續啊」

真紀注視著牆上的某處。

真紀「我想，就算我拉小提琴，也沒辦法像之前一樣有人願意聽了。出現在八卦周刊上的犯人拉的莫札特、有嫌疑的人演奏的貝多芬，是無法讓人享受的吧。從現在起，我所演奏的音樂都會變成灰色的。我已經不能再回到那裡了……」

傳來洗衣機嘈雜的聲音。

真紀「抱歉，洗衣機有點故障」

真紀站起來，正要走向洗手台時，又看了一眼牆上。

真紀「對我來說，就是那麼燦爛的一段時間」

用膠帶貼在牆上的，是甜甜圈洞四重奏的傳單。

2　輕井澤車站前（另一天）

肩上掛著小提琴的女子，大橋繪茉（30歲）。
甜甜圈洞四重奏的廂型車在她面前停下，司從車上走下來。

司「抱歉，遲到了。我是別府。」
司正要幫大橋拿起包包時。

大橋「（看著廂型車）不是禮車呀」
大橋的聲音響亮，音量充足。

司「（嚇了一跳）啊，啊，是……」

3　林蔭大道

諭高被由年輕女主人牽著散步的大型犬壓倒在地，舔著臉。

飼主「麻莉子，麻莉子，麻莉子——！」
廂型車在他們旁邊停下。
諭高好不容易逃走，向飼主點頭打招呼後，坐上廂型車的後座。

諭高「（鬆了口氣）麻莉子啊……」

司「諭高（指著大橋）」

諭高「（對大橋說）妳好，我是家森」

大橋「我叫大橋繪茉，請多多指教」

諭高「（被她的音量嚇了一跳）啊，啊，好……」

4　別墅．一樓

司、諭高，和大橋走了進來。

諭高「大橋小姐，是用腹式呼吸法嗎？」
大橋「（看見某樣東西，尖叫起來）」
地板上倒著小豬造型的布偶。
司「這是小雀」
司和諭高，將人偶搬過來，拿下頭部，出現了小雀的臉。
司「小雀，這是我們的客座小提琴手……」
大橋「我叫大橋繪茉，請多多指教」
小雀「（被大聲量嚇了一跳）啊，啊，好……」
×××
在客廳裡排好椅子、手持樂器坐著的小雀穿的是小豬布偶裝、司是牛裝、諭高是公雞裝、大橋是廚師制服。
司「這是吃肉日祭典的促銷活動，大橋小姐的角色是人喔」
大橋「穿這種裝扮我沒辦法演奏」
諭高「要跟公雞換嗎」
小雀「要跟小豬換嗎」
大橋「我沒想到是這麼低水準的工作」
小雀「（內心暗暗生氣）這沒什麼，我們還做過更誇張的呢」
諭高「多多指教淡菜」
大橋站起來。
大橋「你們不覺得可恥嗎？就像在搶椅子遊戲裡輸了，還假裝沒事坐著不是嗎」
三人，哎呀呀……

×××

換下服裝的小雀、諭高、司吃著蕨餅。

小雀「她的人真好，還把蕨餅留給我們」

司端茶過來。

司「抱歉，我只能找到吃肉日祭典這種工作」

諭高「沒辦法啊，我們又不能露臉」

小雀和諭高站起來。

小雀「那，我去念書了」

諭高「我也要去工作了，這些蕨餅給你吃吧」

司「練習呢？」

諭高「沒工作還要練習？沒工作的人還真輕鬆，真羨慕啊」

說完，走了出去。

司「（對小雀說）那晚上我們來練習……」

小雀「今晚不熬夜念書的話，考試前就來不及了」

司「熬夜（搖了搖頭）適合小雀的是睡回籠覺……」

小雀「三個人練習，只是徒增空虛罷了」

小雀，拿著參考書走上二樓。

留在原地的司吃起蕨餅。

司的聲音「真紀的裁判結束，夏天時我們討論著四重奏的復歸，但回過神來，已經迎向了第二個冬天」

5　同・小雀的房間

小雀，對著小小的桌子，為了考取不動產相關資格正在用功。

司的聲音「小雀不再一直睡覺了」

6　別墅區的馬路上

前往工作的路上的諭高，因為花粉症而拿出了高級面紙擤鼻涕。

司的聲音「家森一個禮拜七天都在工作。兩個人都很奇怪，行為異常」

7　別墅・一樓

司，坐在沙發上，怔怔地看著前方。

司「正常的只有我」

他自言自語地說。

司「從那天起，真紀從我們的面前消失了」

8　回想

別墅前停著警車。

在飯桌吃飯的小雀、司、諭高。

他們一邊吃著飯，看著幾個刑警從二樓下來，抱著紙箱搬出去。

司的聲音「不久後，真紀以不當取得身分證明文件的罪名被起訴了」

×　×　×

看著周刊雜誌報導的小雀、司、諭高。

一整頁的報導，放了甜甜圈洞四重奏傳單上的真紀的臉被放大後的照片。

標題寫著：美女小提琴手是偽造的！

司的聲音「起初小篇的報導，篇幅也逐漸擴大了」

×××

放著幾本周刊雜誌，上面的標題是：謎團！養父之死成謎！是心臟衰竭嗎？為何證據不足？

司的聲音「一轉眼間，真紀成了可以常在電視上看到的超級名人」

×××

買完東西，要回到停車場的廂型車時，被記者們包圍的小雀、司、諭高。

感到很困擾，急忙地坐上廂型車的三人。

司的聲音「過沒多久，甜甜圈洞四重奏、我的家人、小雀的過去都被寫成了報導，不過沒有關於家森的報導」

以最誇張的姿態遮著臉的家森身後並沒有記者追趕。

×××

周刊雜誌的報導中，小雀的照片被標上騙子魔法少女，司的照片則加註了世界級別府家族的長男。

諭高，拚命地想把自己被放在雜誌裝訂部分上的臉攤平開來。

司的聲音「其中也有好事，小雀和家森的工作處都讓他們留下來，感受到了人情的溫暖。別墅沒找到買主，事情一直懸著。我辭掉了工作」

×××

圍著餐桌，開心地用餐的小雀、司、諭高。

司的聲音「嫌疑沒有釐清，真紀被判了緩刑，而我們的網站也湧入了許多謾罵的聲音」

×××

正在打掃的司、裝飾著花的小雀、貼著「歡迎回來，真紀」海報的諭高。

司的聲音「不過，這樣真紀終於可以回來了。能聽到真紀的聲音了。我們期待著……」

9 別墅・一樓（晚上）

諭高回到家，看見司獨自一人坐在昏暗房間裡的沙發上，說著話。

司「真紀向我們證明了自己說過的話。所謂的消失，是不在狀態的持續。甜甜圈洞四重奏的命運……」

諭高，詫異地走到司的身旁。

諭高「司？司？」

司「（若無其事地回頭）是」

諭高「你在自言自語什麼啊？腦袋裡面的話跑出來了嗎」

司，秀出放在手邊的錄音機。

司「我在錄音，至少想把這份心情錄在真紀的錄音機上」

諭高「好恐怖好恐怖─還有，你的褲管捲起來了」

司的褲管捲到了膝蓋上。

10 同・小雀房間

喝著一般的咖啡在念書的小雀，突然停下手，回頭。

牆角放著大提琴跟小提琴的琴盒。

她寂寞地看了它們一眼，再回到書本。

11 日式料理餐廳「夜曲庵」・外景（另一天）

和風的「夜曲庵」招牌。

12 同・店內

店內維持著以往的裝潢，變成了時髦的和食店。

現在是午餐時間，客人們吃著日式套餐。

午休時間的小雀和司也在用餐。

諭高「請慢用」

穿著和風工作服的諭高，在幫女性客人倒茶。

司「會變成這樣，有一部分是因為我們的關係吧？」

諭高「聽說大二郎本來就想做日式料理喔。他最近還問我要不要在這裡當學徒」

小雀「哦─不錯啊」

司「哎，你是真的想當廚師嗎」

這時，對面桌的男子（村濱）走了過來。

村濱「可以打擾一下嗎」

村濱遞名片給司。

小雀、司、諭高一看，他似乎是一家叫 Bosnet 的網路媒體公司的記者。

村濱「關於山本彰子的嫌疑……」

司「裁判已經結束了」

村濱「您有聽說吧？她對父親下藥的謠言」

諭高「就因為這些不是事實，所以她才沒被起訴的」

村濱「不過，她也騙了你們吧？」

小雀「那些我們不在意，真紀和我們心意是相通的……」

村濱拿出幾乎全是照片的周刊雜誌，翻開其中某一頁。

村濱「這是今天早上最新出爐的照片」

從遠處拍到的照片，是真紀邊走邊吃著可樂餅的開心模樣，身旁有（臉上打著馬賽克的）柊，背景是看得見國營住宅區的馬路。

標題是，美女小提琴手嫌疑犯白天大大方方的可樂餅約會。

諭高「可樂餅約會……」

村濱「你們是不是只是被利用了？」

小雀、司、諭高，看著滿臉笑容的真紀……

13　別墅・一樓

在餐桌上吃著白菜鍋的小雀和諭高。

小雀，夾起長長的冬粉。

諭高，用料理剪刀幫她剪斷。

諭高「可樂餅約會啊。真紀，看起來真的很幸福呢」

小雀「只要是邊走邊吃可樂餅，誰都只會露出幸福的表情吧」

諭高「畢竟，已經過去半年多了啊？」

小雀「那，諭高你也去可樂餅約會不就好了」

小雀再次夾起長長的冬粉。

諭高用料理剪刀幫她剪斷。

諭高「小雀，妳要跟我一起嗎？那真是再幸福不過了」

小雀「（對著客廳）別府，你不吃飯嗎？」

司一個人在客廳，背對著他們。

小雀和諭高，端著小盤子邊吃邊走過去。

司還在看著雜誌。

諭高「糟了，司也得了可樂餅約會症候群了」

小雀「別府？」

司「我們解散吧」

小雀．諭高「什麼……」

司「我們，解散吧」

諭高「……等一下」

諭高，將自己跟小雀的小盤子拿到餐桌去。

小雀嘴邊的冬粉長長地連到小盤子上，沒有切斷。

諭高，走了回來，小雀，把冬粉吸進嘴裡。

諭高，將小盤子放到餐桌上走回來。

諭高「你那麼想要可樂餅約會的話」

小雀「我們一起去買可樂餅吃嘛」

司「我想，真紀再也不會回來了。也沒有工作上門，再繼續下去也毫無意義了」

小雀「真紀會回來的」

司「真紀已經不當蟋蟀了。真紀，是改變過自己人生好幾次的人，我想她不是不回來，而是走上其他的路了」

小雀「光憑那種照片……」

司「傻瓜」

諭高「什麼？」

小雀「什麼意思？」

司「我是對自己說。小雀最近都不睡覺了，諭高一個禮拜工作七天，你們沒有四重奏也沒關係，你們不也走上其他的路了嗎」

小雀．諭高「（心想，是這樣嗎）」

司「只有我一直站在同一個地方，我也要趕快把我心裡那隻蟋蟀殺死」

司，走到餐桌旁，吃起白菜鍋。

諭高也回到餐桌。

小雀，凝視著司丟下的周刊雜誌裡的真紀……

司，因為冬粉太長了而站了起來。

諭高，用料理剪刀幫他剪斷，聽見有東西被丟出來的聲音。

他回頭，看到周刊雜誌被丟在地上，小雀跑上樓梯。

諭高「……（一邊夾著冬粉）的確，吃肉日祭典是有點難做。但其他還有昆蟲日、內褲日嘛，有很多種活動啊，還有機會的」

因為冬粉拉得太長，站到椅子上的諭高。

小雀衝下樓梯回來。

手上拿著真紀的小提琴。

諭高「（從椅子上問）怎麼了？」

小雀「（對著司說）既然路已經不一樣了，我們走在不同路上了，那這把小提琴要怎麼辦」

司「……」

小雀「是真紀說寄放在我這的，我們約定好要一起等她。如果想解散的話，就解散吧。不過，要等把這把小提琴還給真紀以後」

司「……」

諭高坐下。

諭高「是啊，我們去找她吧」

小雀「找得到嗎」

司「應該馬上就能找到」

小雀．諭高「（驚訝）」

×××
小雀、司、諭高，用電腦裡的街景圖，對照可樂餅約會的照片，檢視著。

司「有了，有了有了。找到了找到了」
司，把照片放在可以看見國營住宅的街景圖旁。
風景一致。

14　同・外面（另一天）
小雀、司、諭高，拿著樂器盒走出來，坐上廂型車。
小雀關上車門，將真紀的小提琴盒抱在懷裡。
廂型車開動。

上劇名

15　團地・走廊
真紀與穿著作業服的管理員站在門口。
真紀的房門上被用油性筆寫著斗大潦草的「殺人犯滾出去」。
越下面的字寫得越小。

管理員「一開始寫得太大了呢（態度悠哉）」
真紀「（低下頭）很抱歉，我馬上擦掉」

16　同・真紀房間
真紀手上拿著律師的名片，用手機講著電話。

真紀「是。之前跟您在一起的時候。是，照片的，應該是看那個發現是這裡的。很抱歉，給您帶來困擾了……」

17　**同・國營住宅正面**

正面可看到國營住宅巨大的建物並排著。

小雀、司、諭高仰望著。

諭高「要把這些全部繞完，得花上三天吧」

小雀「門牌上可能也沒有名字」

司「把她引出來呢」

諭高「怎麼引？」

司「諭高脫掉內褲大鬧之類的」

諭高「那樣被引出來的應該是警察吧。現在就已經是三重奏了，變成二重奏也可以嗎？」

小雀打開後座車門，鑽進車內。

諭高「小雀？」

小雀拿出大提琴盒。

小雀「我來引出她」

司和諭高，恍然大悟。

諭高「（仰望著頭頂上的團地）聽得到嗎……」

小雀，已經跑起來了。

小雀「我會讓她聽到！」

18　**同・真紀房間**

真紀關上洗衣機的蓋子，打開開關。

不確定有沒有問題，拿起洗好的籃子，回到房間。

×××

在陽台上曬著衣服的真紀。

發現襪子破了個洞，唉呀一聲。

瞬間似乎聽到從某處傳來微微的弦樂聲。

但是在真紀注意到那道聲音前，洗衣機就開始發出巨大的聲響。

她嚇了一跳，關上陽台窗戶，走掉。

×××

真紀在洗衣機的噪音中，吃著雞蛋拌飯。

陽台上晾著衣物，不知是否因為風太強了，衣物啪噠啪噠地舞動著。

這時，玄關大門砰地被踢了一下。

真紀一驚，看著門……

×××

真紀打開電腦，準備錄音機。

在意著洗衣機的聲音，一邊將耳機塞進耳朵裡，準備工作。

不經意間一看，發現陽台上洗好的浴巾快要掉下來了。

真紀，站了起來，走到陽台上。

收起浴巾，正要回房間時，洗衣機的聲音停住。

她鬆了口氣，正要關起落地窗的門時，手停下。

遠處傳來微微的弦樂演奏。

真紀，豎起耳朵，發現曲子是《Music for A Found Harmonium》。

她重新回到陽台上，探出身子。

她看不到，也不知道音樂是從哪裡傳來的。

19

同·走廊

走出房間，腳上穿著拖鞋的真紀。
微微的演奏聲傳來，她一再從扶手上探出身體，穿越走廊。
她開始跑了起來。

20 同·樓梯

聽見微弱的演奏聲，跑下來的真紀。
與正要上樓的人擦肩而過，下樓。
演奏的聲音變得更大聲。

21 倉庫前～中庭

真紀跑下樓梯，飛奔出來。
她被地面不平絆倒，狠狠地摔了一跤。
真紀趴倒在地面上。
臉趴在地上的真紀，聽見演奏聲。
她站了起來，拖著隱隱作痛的腳往前走。
走到黃昏時刻的中庭。
演奏聲越來越響亮。
她拖著腳前進。
小孩們興奮地跑了過來。
她避開他們，繼續往前走。
演奏聲變得更大，可以明確地聽到音樂了。
真紀，看著前方的景象，停下腳步。
大概有四十個左右的小孩聚在一起。
小孩們蹦蹦跳跳，或是用手打著節拍，或是揮舞著雙手，在享受音樂。
而前方在演奏的，是小雀、司、諭高。

無法移開視線的真紀。
笑著的三人，笑著的孩子們。
情感激昂，凝視著一切的真紀。
她的腳步不斷地向前。
小雀、司、諭高，讓孩子們越來越開心。
小雀，隔著孩子們，發現了真紀的身影。
她不禁停了下來。
司，發現，諭高，發現，一齊停下。
音樂停止。
孩子們感到不解。
小雀、司、諭高與真紀對望。
真紀發現不對，想轉過身走開。
三人，為了挽留她，再次展開演奏。
真紀，停住，回頭。
孩子們又感到興奮不已。
真紀，看著這副光景，開始用手打拍子。
看著這樣的真紀，小雀、司、諭高感動至極。

×××

夕陽落下，孩子都回家去以後。
結束演奏的小雀、司、諭高把樂器收起來。
獨自一人留在原地的真紀。
三人提著樂器，走向真紀。

真紀「你們在做什麼」
諭高「啊，我們剛好到這附近來」

真紀「演奏差強人意啊」

司「因為第一小提琴手不在嘛」

真紀「沒看過這麼差勁的四重奏」

小雀走近，站在真紀面前。

小雀「那妳來拉看看啊？」

真紀「……（苦笑）」

小雀「（微笑）」

小雀抓起真紀的手臂，握住她的手。

小雀「真紀，妳過得還好……（正要問的時候，發現）」

手掌的觸感不一樣。

小雀察覺到這點，用雙手撫摸著。

她撫摸著真紀的手，凝視著她。

真紀的頭上有著明顯的白髮。

小雀伸出手，輕撫真紀的頭髮。

真紀垂下眼。

小雀「……別府，車開過來」

司「（什麼？）」

小雀「家森，過來幫忙」

諭高「（什麼？）」

小雀緊緊地抱住真紀。

小雀「把真紀帶回去」

司跑走，諭高也一起抱住真紀。

周圍已是一片漆黑，環繞著中庭的國營住宅窗戶裡，透出無數的燈光。

22 別墅・一樓（晚上）

真紀在客廳，將小提琴從琴盒裡拿出來撫摸，凝視著。

小雀在一旁看著她。

司和諭高在廚房做菜。

諭高「司，杏鮑菇放在哪了」

司「啊，放在諭高的，就是那裡，對，那裡」

真紀聽到他們的對話，皺起臉。

真紀「為什麼他們開始這樣互叫？」

小雀「是啊，不知道什麼時候開始就變成這樣了，真煩——」

諭高「真紀，以後我們該怎麼叫妳呢？」

真紀「啊，就叫真紀。可以嗎？」

小雀、司、諭高欣然點頭同意。

×××

餐桌上，吃著起士鍋的真紀、小雀、司、諭高。

真紀看起來吃得津津有味。

小雀、司、諭高低調用餘光確認真紀的表情，分別露出欣慰的笑容。

諭高「我們看到那個了喔，對不對？司。照片啊」

司「（不理他）真紀，多吃一點喔」

真紀「什麼照片？」

小雀「可樂餅約會啊」

真紀「啊——（苦笑）那不是約會，是去找律師商量事情，被拍成了那樣」

司「喔——就是啊（鬆了一口氣）」

諭高「司，不能放心喔。可樂餅加律師，這個組合在地球上可是無敵的」

真紀「根本不是那麼一回事」

司「看吧」

小雀「吃完飯以後，怎麼辦？」

真紀「唔？」

期待中的小雀、司、諭高。

真紀「（察覺）啊……要來一曲嗎？」

開心點頭的小雀、司、諭高。

×××

客廳裡排了四張椅子，拿起樂器聚集到此的四人。分別坐著試音。

真紀「請給我一個A」

小雀拉了一聲，四個人調音。

真紀「我拉得出來嗎，隔了一年了」

諭高「沒問題的，我們最近也都沒拉」

真紀「（推測著三個人的狀況）……夜曲現在？」

司「夜曲現在是日式料理店喔」

真紀「日式料理？」

諭高「我下禮拜要開始廚師的修業了」

真紀「（內心有點吃驚）哦……小雀呢」

小雀「我現在在念書，社長退休，公司也要關了，為了就業想再考個資格」

真紀「（內心有點吃驚）哦……別府呢」

司「要不要開始了？」

真紀「（等著他的答案）」

司「我辭掉工作了，現在是無職狀態」

真紀「（內心有點吃驚）哦」

司「（開朗地）如果可以的話，我想在音樂教室當老師，不過還沒找到」

真紀「這樣啊……」

真紀放下小提琴。

三人，看著這樣的真紀……

諭高「這不是真紀的錯喔」

小雀和司也同意。

諭高「一年前我們不是也討論過嗎？要把喜歡的事當成興趣，還是當成夢想。雖然當成興趣的話會很幸福，但當成夢想的話就是泥沼。我想，現在正好就是時候了。夢想結束的時候，把音樂當成興趣的時機自己找上門來了」

真紀「（默默地聽著）……」

司「我認為這一年沒有浪費。夢想，不是一定要百分百實現，也不是不放棄就能實現。不過，我覺得作夢不會有損失，我沒有任何的損失」

真紀「（默默地聽著）……」

小雀「放假的時候，大家聚集起來在路邊演奏不就好了嗎？無論有沒有人聽，只要我們自己開心就好了」

真紀「……玉米茶」

三人「（什麼？）」

真紀，放下小提琴，站了起來。

真紀「我去泡玉米茶」

真紀，想走到廚房。

司「已經沒有玉米茶了喔」

背對著三人，停住的真紀。

小雀、司、諭高放下樂器，站了起來。

小雀「（對著真紀的背影）真紀」

真紀「音樂會……」

小雀「唔？」

真紀「（回過頭來）我們來開音樂會好不好？」

真紀走到廚房櫃台，拿起放在那裡的城市情報誌翻閱並走過來。

真紀將雜誌放在地上。

三人圍著它坐下。

真紀「我們在這裡開音樂會吧（指著情報誌的頁面）」

三人一看，頁面上刊載的是輕井澤的大賀音樂廳。

它的外觀、舞台、環繞著舞台的大聽眾席。

三人，呃……

真紀「我們在這裡，在滿場的聽眾面前演奏吧」

三人，回不過神來。

諭高「嗯，意思是……」

小雀「在這座音樂廳的前面的意思嗎？」

真紀「不，就是這裡，因為是淡季，我想應該空著」

司「就算空著」

諭高「以這座音樂廳的規模」

小雀「要滿場」

真紀「（苦笑）你們真不懂呢」

三人「（什麼？）」

真紀「我，可是假早乙女真紀呢，美女小提琴手嫌犯喔！名氣很大喔！」

三人「（領會）」

真紀「有很多人都對我有興趣，只要我以假早乙女真紀的身分站到舞台上，這樣大小的音樂廳，我能讓它客滿的」

三人「（腦筋一片空白）」

真紀「我們不是一直在說嗎？有一天想站在大舞台上，在大音樂廳演奏啊。現在的話，我們能實現甜甜圈洞四重奏的夢想」

訝異的司和諭高。

小雀逐漸感到或許真能實現。

諭高「不過這樣的話，這麼做的話，真紀不是讓自己淪為笑柄嗎」

司「只會把自己暴露在好奇的眼光下」

真紀「有什麼關係，淪為笑柄或是好奇的眼光，對我來說這些沒什麼」

司「可是，就算因為這樣聚集起人」

諭高「那些人又不是來聽音樂的」

小雀「聽得懂的人就能聽懂不是嗎？」

司・諭高「（驚訝地看著小雀）」

真紀「（點頭）」

小雀「能傳遞給其中的某些人不就好了嗎？不論是一個，還是兩個人」

小雀「我也算是前騙子魔法少女。以前還算有點名氣，也許能幫忙召集一些客人」

真紀與小雀相視而笑。

看著她們，司和諭高也興奮了起來。

司「要比的話，我好歹也是別府家族裡的一名小卒，要說有名也很有名喔」

諭高「好歹我也演過出租的錄影帶」

四個人相互對視，再次看著音樂廳的照片。

司「來吧」

諭高「只能上了啊」

小雀「上吧」

眼神閃閃發光的三人。

真紀「（看著他們，欣喜地點頭）好」

23 大賀音樂廳・前面（另一天）

公告欄上，混在幾張音樂會的海報中，貼著甜甜圈洞四重奏名為神秘弦樂之夜的演奏宣傳海報。

設計上，四個人的眼睛以粗黑線遮住。

有些路人停下觀看。

24　日式料理店「夜曲庵」・店內

休息時間，大二郎及多可美看著周刊雜誌。

報導標題是，涉嫌偽造身分的美女小提琴手不顧一切舉辦音樂會。

偷拍的照片裡，真紀、小雀、司、諭高從甜甜圈洞四重奏的廂型車上走下，拿著樂器。

諭高在為餐桌擺桌。

大二郎「雖然有很多關於真紀的謠言，不過她是清白的吧」

多可美「當然啊。（對諭高說）對吧？」

諭高「難說喔（以調侃語氣說道）」

諭高，正要走開。

多可美「（拿出信封）這是在我們這發現的」

正面寫著「給甜甜圈洞四重奏」。

25　別墅不動產物件的室內

小雀帶著中年夫婦的客人在參觀。

小雀，要打開窗戶時。

妻子「聽說，那個女人在輕井澤是不是？」

小雀「什麼？」

妻子「拉小提琴的，可能殺了她繼父的女人」

小雀「哦—哦—是啊是啊。聽說她走路還會邊啃排骨，還踢電線杆呢」

妻子「什麼——」

小雀「最近聽說要開音樂會了，可以去看看啊？」

26　別墅・一樓（晚上）

餐桌上散著樂譜，真紀、司、諭高為了演奏會在討論。

從冰箱拿出三角包裝咖啡牛奶的小雀，發現桌上放著「給甜甜圈洞四重奏」的信封，拿了起來。

小雀「這是什麼？」

諭高「啊，我稍微看了一下，可以丟掉了」

小雀，想丟掉，但還是有些在意於是打開，稍微看了一點開頭部分。了解是怎麼樣的一封信，開始念出聲來。

小雀「初次來信，我是在去年冬天，聽過甜甜圈洞四重奏演奏的人。恕我直言，感覺是很糟糕的演出」

肩膀不禁怔了一下的三人。

諭高「就說了不用念了」

小雀「可是人家都寫信來了」

小雀在中島區坐下，對著大家。

小雀「（繼續念下去）不協調、弓法不合、選曲缺乏一貫性。比起這些，用一句話來說，就是我認為各位沒有身為演奏家具有的才能」

以嚴肅的表情傾聽的三人。

×　×　×

另一天，在客廳，並排演奏中的真紀、小雀、司、諭高。

小雀的聲音「你們是世界上優秀的音樂的誕生過程中，所產生的多餘之物。你們的音樂，就像煙囪裡冒出來的煙」

×　×　×

從樓梯走下來的小雀。
穿著演奏服裝的禮服，像走伸展台般地走過來。
真紀、司、諭高欣賞並拍手。
接下來，真紀、司、諭高也分別穿上服裝，向走伸展台般走秀。
小雀的聲音「沒有價值，沒有意義，不是必要，也不會留在誰的記憶裡。我覺得很不可思議」
×××
另一天，在廚房煮飯時似乎想起了什麼的真紀，在附近的發票背面，畫上五線譜和音符。
小雀的聲音「這些人，明明只是一團烏煙，為了什麼在努力？早點放棄比較好吧」

27　同・陽台

在打掃途中，不經意眺望著外面的司。
他把小型掃把用下巴夾住，用撢子當作弓，模仿洶湧澎湃的拉弓演奏。
小雀的聲音「我在五年前放棄了當專業的演奏者，因為我很早就發現，自己只是煙」

28　日式料理店「夜曲庵」・店內

營業中，在上菜的諭高。
他輕快地在桌與桌之間移動，放下一道道料理。
轉了個圈，像拉弓一樣地舉起托盤。
小雀的聲音「我發現自己做的事的愚蠢，很乾脆地放棄了。那是個正確的選擇。」

29　靈骨堂

小雀，拿出音樂會門票，放在櫃內骨灰罈前面。
她拉開海報，向骨灰罈展示。
小雀的聲音「今天我會再造訪店裡，是因為想直接問。為什麼你們不放棄」

30　別墅・一樓（另一天、夜晚）

深夜，只有餐桌上還留著燈光，真紀和司攤開樂譜書寫著編曲。

小雀和諭高撥弄著樂器，正在交換意見。

小雀的聲音「只不過是煙罷了，繼續下去到底有什麼意義呢？這一年來，這個疑問一直在我的腦海裡盤旋」

31　馬路～大賀音樂廳（清晨）

跑過來的真紀、小雀、司、諭高。

穿越道路，來到池邊。

他們並排站在池邊，望向前方，可以看見大賀音樂廳。

激動地凝視前方的四人。

小雀的聲音「請告訴我。你們覺得這有價值嗎？有意義嗎？有未來嗎？為什麼要繼續呢？為什麼不放棄呢？」

32　別墅・一樓

並排演奏著的真紀、小雀、司、諭高。

小雀的聲音「為什麼？請一定要告訴我。」

33　大賀音樂廳・正面入口前（另一天）

貼著甜甜圈洞四重奏的海報。

上面寫了完售。

34　別墅・一樓

等待著的司，從樓梯上走下來的真紀，從洗手台走過來的小雀，從廚房走過來的諭高。

慌慌張張的四人，都穿了橫條紋的衣物。

諭高「撞衫了撞衫了撞衫了」

真紀「我去換掉吧」

司「不行，沒時間了」

小雀「我想弄直翹起來的頭髮」

司「在休息室又會弄一次，也沒有人會看」

35 大賀音樂廳・休息室入口

記者、攝影師陣容浩大，拍攝走進來的真紀、小雀、司、諭高。

無數的鏡頭對準他們，鎂光燈此起彼落。

四個人拚命想掩蓋的，是撞衫的橫條紋，和睡翹的頭髮。

36 同・正面入口（夜晚）

客人開始入場。

盛裝的大二郎和多可美走了過來。

正要進入音樂廳時，發現有人掉了東西。

一看之下，是阿波羅巧克力。

多可美，把它撿了起來後，看見穿著粉色西裝的半田，和穿著一般西裝的墨田站在那裡。

半田將流洩出《兩人的夏日物語》歌曲的耳機拿下，從多可美手中接過阿波羅巧克力。

半田「謝謝妳（微笑）」

多可美「不客氣（微笑）」

走進音樂廳的半田和墨田。

大二郎「剛剛那個男的是不是對媽媽妳拋了媚眼？」

多可美「你在說什麼啊。我對爸爸以外的人才……」

就在此時，黑色禮車在旁邊停靠，走下一個穿著燕尾服的英俊白人男性。

多可美「（好帥！移不開視線）」

男性打開車門，牽起車內女性的手。

走下來的，是裝扮充滿奢華感的有朱。

大二郎．多可美「!?」

被男性引領向前的有朱，注意到大二郎和多可美，滿臉笑容。

有朱「多可美阿—姨，大二郎叔—叔，人生，太輕鬆了」

她舉起閃亮的鑽戒，走進音樂廳。

大二郎與多可美，無言地目送……

37 同．休息室

妝髮準備妥當的真紀、小雀、司、諭高。

司「我去一下洗手間」

諭高「我也去」

兩人走出去。

小雀，看著樂譜，輕鬆地聊起一直藏在心中的事。

小雀「第一首曲子，是故意選這首的嗎？」

真紀「什麼意思？是我喜歡的曲子」

小雀「因為懷疑真紀才來聽演奏會的人，可能會想成別種意思」

真紀「是嗎」

小雀「這是死神的歌吧」

真紀「哦——」

小雀「死神在唱著睡吧，睡吧的歌」

真紀「會被誤會嗎」
小雀「對那些只看得到自己想看到的東西的人」
真紀「(微笑)」
小雀，看了一眼轉向鏡子的真紀的側臉。
小雀「(若有所思，問出來)為什麼選這首曲子?」
真紀「(突然表情定格)……」
小雀「(有某種預感，看著真紀)……」
真紀「(補著口紅)跑出來了啊」
小雀「……」
真紀「(對著鏡子)保密喔」
小雀，內心確定了。
小雀「嗯(微笑)」
小雀，將手上的樂譜放到旁邊，開始準備。
樂譜上寫的曲名是《死與少女》。

38　同・舞台側台

工作人員來回穿梭，站在微暗的舞台側面的真紀、小雀、司、諭高。
解開襯衫領口扣子的諭高。
擦著眼鏡的司。
打赤腳的小雀。
真紀想將戒指拿下時發現，已經沒戴婚戒了。

39　同・音樂廳內

聽眾席座無虛席。
有些客人手上拿著刊了真紀照片的周刊雜誌，或是嘲笑，或是一臉嫌惡。
多可美、大二郎、半田、墨田、有朱分坐各處。
客座、舞台的燈熄滅。
聽眾席一片寂靜。
真紀、小雀、司、諭高的呼吸聲重疊。
呼吸聲逐漸加快。
舞台燈光再次點起。
真紀、小雀、司、諭高同時拉起琴弓。
舒伯特的《死與少女》。
許多視線投注在真紀的身上。
大二郎、多可美、半田、墨田、有朱也目不轉睛。
四個人全神貫注地演奏著。
每一張臉。

× × ×

回想，第9話中。
在別墅客廳，真紀告解自己的罪，小雀維護她的場景。

× × ×

演奏中的四人。

× × ×

回想，第5話中。
在音樂廳的休息室裡，四個人掙扎著是否要配合音樂假裝拉琴。

× × ×

四個人演奏著，接著是諭高。

×××

回想，第4話中。

送走茶馬子和光大坐上的計程車的諭高。

×××

四個人演奏著，接著是小雀。

×××

回想，第3話中。

在蕎麥麵店裡與真紀卸下心防談話的小雀。

×××

四個人演奏著，接著是司。

×××

回想，第2話中。

玩著疊疊樂，說起往事，向真紀告白的司。

×××

四個人演奏著，接著是真紀。

×××

回想，第1話中。

在客廳練習時，說出自己的丈夫失蹤了的真紀。

×××

四個人演奏著。
曲子漸入佳境，他們更加熱情，揮汗，髮絲凌亂，激動地運弓。
這時，聽眾席的一角飛出了一個空罐。
聽眾一起仰望。
空罐呈拋物線狀飛了出去，落在舞台的地板上。

×××

回想，第1話中。
在卡拉OK的走道上，包廂門同時打開，假裝偶然遇見的四個人。
司的聲音「啊，你們想要一輩子做音樂嗎？」

×××

回想，在卡拉OK的大包廂裡。
真紀、小雀、司、諭高放下樂器坐著。
喝著果汁，聊天。
真紀「不知道呢，我已經好久沒碰小提琴了，現在感覺就是用來抒發情緒的」
小雀「我一直都是自己在拉的，沒想過要當職業的大提琴手」
司「我已經拉了二十年以上的弦樂，結果還是沒有喜歡上。那樣的自己應該也有問題吧」
諭高「就現實問題來說，沒辦法靠音樂吃飯啊」
四個人喝起果汁。
小雀「對了」
諭高「什麼？」
小雀「在戶外拉琴，覺得自己今天拉得很開心的時候，如果還有人停下來聽，就會覺得特別不同呢」
諭高「是啊—嗯，會很開心」

司「好像有什麼東西」
真紀「傳遞給了那個人」
小雀「沒錯」
諭高「有一股感覺，像這樣，心情」
真紀「自己的心情變成了音符」
司「飛出去」
真紀「對，飛得遠遠的」
諭高「我懂，像是對音符說，飛吧，飛吧」
小雀「傳遞出去吧」
真紀「就是那種感覺呢」
司「是啊」

在不知不覺中，拉近距離的四人。

×××

空罐落地，發出聲音滾落在地上。
聽眾心頭一顫。
但四人不為動搖。
他們專注地演奏。
頭髮飛舞、汗水淋漓的演奏。
強而有力地拉下最後一弓，結束了演奏。
喘息，相互凝視的四人。
聽眾席一片寂靜，有人表情興奮，有人盤起手臂，也有人離開座位。
其中，大二郎、多可美、半田、墨田、有朱，接著有幾成的聽眾開始鼓掌。

聽眾席後方有個抱著小提琴的女性，眼眶泛淚注視著他們。（但四人並未注意到她）。
舞台上的四個人鞠躬致意。
四人，交換了一個帶點戲謔的眼神，打了暗號。
他們開始演奏的是，勇者鬥惡龍的《序曲》。
聽眾們的表情，充滿不解。
大二郎、多可美、半田、墨田，有朱露出微笑。
開心演奏的四人。
有些聽眾開始拍手，也有些聽眾離開。
四人，演奏完畢，最後拉出了勇者鬥惡龍在教會中救回性命的音樂。

×××

音樂交疊，演奏中四人的身影。
聽眾席的空位十分明顯。
剩下的聽眾當中，一半在拍手，一半看似不耐。
四人毫不在意，繼續炒熱氣氛。

40 別墅．一樓（另一天、夜晚）

睡著的小雀，睜開眼睛。
她在客廳把頭枕在大提琴上睡著了。
環顧四周，司和諭高正在廚房做菜。
看不到真紀的身影。
她感到有點不安站了起來，正要去問司的時候發現。
櫃台上擺放著像是音樂廳演奏結束後，四個人在舞台上拍下的紀念照。

小雀「（凝視著）……」

這時從樓梯那邊傳來腳步聲，回頭一看，真紀走了下來。

真紀「妳睡著了吧？（指著臉頰）」

小雀「（遮住臉頰，微笑）」

諭高將料理端上桌。

諭高「飯煮好了喔」

真紀・小雀「好—」

×××

餐桌上有炸雞塊。

真紀、小雀、司、諭高拿著啤酒杯。

司「他是我原本公司的同事，那個熱海商店協會的人」

諭高「不過在放煙火的時候演奏，會聽得到嗎」

司「這是我們第一次的遠征喔，加油吧（舉起杯子）」

三人「（舉杯）請多多指教」

諭高「趁熱快吃吧」

司和小雀，注意到炸雞塊旁邊放著檸檬。

他們心領神會地先將檸檬放到了小盤子上。

拿炸雞塊。

小雀，悄悄地將一旁的香芹隨意撥到一邊，司也同樣把它撥開。

諭高「（眼角餘光目擊到）……」

司和小雀，在小盤子裡將檸檬擠到炸雞塊上。

司・小雀「（開心地）開動了—」

二人，正要開始吃的時候。

諭高「等等等等，你們兩個……」
司「我們在小盤子裡擠了啊」
小雀「沒有擠到全部雞塊上面」
諭高「不對不對不對不對。看看」

諭高，指著被撥到一旁，翻了過來的香芹。

諭高「這個，這是什麼」
小雀「香芹」
諭高「沒錯，是香芹」
司「香芹怎麼了嗎？」
諭高「香芹，在這裡吧？」
司「因為我不太喜歡」
小雀「我想吃炸雞塊了」
諭高「不對不對」
司「諭高，只不過是個香芹」
真紀「只不過是個香芹，這麼說不好吧」
小雀．司「什麼？」
真紀「我想，家森現在在說的，不是喜不喜歡的問題」
諭高「（點頭，表示沒錯）」
真紀「家森說的是，你們看到香芹了嗎」
小雀．司「（一頭霧水？）」
諭高「（點頭，表示沒錯）」

真紀「香芹，確認」

真紀・諭高「過了嗎？」

小雀・司「（一頭霧水？）」

諭高「有香芹的時候，跟沒有香芹的時候」

諭高，將炸雞塊旁邊的香芹放下又移開。

諭高「有、沒有，有、沒有，有、沒有。怎麼樣？沒有的話很冷清吧？很煞風景吧？這些孩子說著：我們在這裡喔─」

小雀「我們該怎麼做才對呢？」

諭高「打從心裡說（看著真紀）」

真紀「謝謝，香芹」

諭高「謝謝，香芹。你們吃不吃都沒關係，只是不要忘記香芹在那裡」

在真紀和諭高監督下，小雀和司從大盤子裡夾了炸雞塊。

小雀「（注意到香芹）啊」

司「（注意到香芹）啊」

小雀「這裡有香芹耶」

司「香芹，很漂亮耶」

小雀・司「謝謝，香芹」

諭高「就是這樣」

小雀和司一臉不服氣地互看了一下。

小雀，突然抓起檸檬，往中間大盤子裡的炸雞塊擠了大量的檸檬汁。

諭高「妳、妳、妳、妳在幹什麼」

司，也擠了一堆檸檬汁上去。

諭高「住手住手！是怎麼樣！革命嗎？叛變嗎？叛亂嗎？」

小雀，一邊淋檸檬汁，一邊拿起炸雞塊的盤子逃亡，諭高追上去。

看著兩人邊笑邊吃的真紀與司。

諭高「等等，小雀！司！真紀別笑了！」

41 同・外面（另一天）

拿著樂器走出來的真紀、小雀、司、諭高。

將樂器裝進廂型車，分別坐上車。

真紀坐上了駕駛座，小雀坐上副駕駛座，司和諭高坐在後座。

真紀變換排檔，踩下油門。

廂型車出發了。

門口掛著寫了「FOR SALE」的看板。

42 熱海市內，沿海道路

行駛的廂型車車內，駕駛座上是真紀，副駕駛座上是小雀。

後座是司與諭高。

大海出現在眼前。

真紀，看著海，唱起歌來。

開車中的真紀對嘴唱著主題曲。

曲子換了一段，小雀也用對嘴方式唱著主題曲。

注視著前方的真紀、注視著真紀的司、注視著司的小雀、注視著小雀的諭高。

到了副歌，四個人一起對嘴合唱。

43 馬路上

廂型車開了過來，慢慢降速，最後停在路肩上。

真紀、小雀、司、諭高走下車。

諭高「所以我才說要去加油嘛」

司「沒有加油站啊」

小雀「是家森說要走看得到海的路的啊」

司「再不快點就要來不及了」

真紀「用跑的吧」

四人，慌慌張張地拿起樂器，跑了起來。

跑了一大段路以後，停下。

司「（看著地圖）不是吧。抱歉，是那邊才對」

他指著另一個方向，繼續跑。

四人，拚命地跑過來。

司「啊—不對，不是吧。是那一邊」

又朝著另一個方向跑去的四人。

諭高「這一定是迷路了吧，我們迷路了對吧」

真紀「迷路了啊」

司「不行了，可能來不及了」

小雀卻笑著。

四人，一邊奔跑。

司「小雀，妳在笑什麼」

諭高「小雀」

真紀「小雀」
小雀「來勁了」

四重奏　終

國家圖書館出版品預行編目資料

四重奏：坂元裕二腳本書 / 坂元裕二著；王思穎，張佩瑩譯．-- 初版．-- 新北市：不二家出版：遠足文化發行，2018.02
面； 公分
ISBN 978-986-95775-1-9（平裝）
861.558　　106025220

四重奏：
坂元裕二腳本書

作者 坂元裕二 | 譯者 王思穎、張佩瑩 | 責任編輯 周天韻 | 封面設計 林宜賢
封面插畫 陳采瑩 | 內頁排版 唐大為 | 行銷企畫 陳詩韻 | 校對 魏秋綢 | 總編輯 賴淑玲
社長 郭重興 | 發行人兼出版總監 曾大福 | 出版者 大家出版 | 發行 遠足文化事業股份有限公司
231 新北市新店區民權路 108-2 號 9 樓 電話 (02)2218-1417 | 傳真 (02)8667-1851 劃撥帳號 19504465
戶名 遠足文化事業有限公司 | 印製 成陽印刷股份有限公司 電話 (02)2265-1491
法律顧問 華洋國際專利商標事務所 蘇文生律師 | 定價 420 元 | 初版一刷 2018 年 2 月